五味子

懒兔子

著

北京联合出版公司
Beijing United Publishing Co.,Ltd.

书中所提之中医药方均为个案。中医讲求辨证施治，读者切勿擅自依照书中案例服药，若有病症，请向专业中医咨询。

　　（五味子）其果实五味，皮肉甘、酸，核中辛、苦，都有咸味，此则五味具也。

——《新修本草》

第一章

2015 年 7 月的夏天，中午，刚刚入伏。

之前的梅雨季把金南市的天空刷洗一新，透蓝透蓝的。云朵像泡沫，低低地堆在蓝天下，阳光明亮得让人睁不开眼。整个城市又好像是被塑料袋捂着，不透一丝风。大地和人体的热气蒸腾到半空散不出去，弥漫成湿热，让人呼吸困难。街上行人不多，大家都躲在空调房间里。即使是路边的小吃店，也关着门，开着电扇，生怕外面的热浪会随时滚进来，灼伤汗流浃背的食客。

吴畏和妻子沈鸿默默地坐在一个面馆里，低头吃面。虽然小店里开着空调，但是汗水还是从他们额头上密密地渗出来，显得两人油腻而烦躁。

"我们一定要这样做吗？"沈鸿低低地问了一句，打破了沉默，她抬头看着丈夫的脸，目光阴郁。吴畏没有和她对视，只是闷闷地"嗯"了一声。

沈鸿看着吴畏。眼前这个男人是和她从小一起长大的，他们认识已经有 17 年了。当年那个高瘦青葱的阳光男孩儿，现在已经成了眼角有皱纹的中年人。但即使是这样，吴畏也是英俊挺拔的：简单的短发利索地蓬勃在头顶，两道剑眉下是一双深邃黑色的大眼睛，鼻梁直挺，嘴角坚毅地微微向下，整个脸的轮廓透着干脆硬朗。

现在，这张好看的脸上没有了平时的嬉笑与自信。他低沉着脸，像个满怀心事的小孩儿，心里揣着好多秘密，既怕被人察觉，又很想找人诉说。

"上名校对于孩子来说就这么重要吗，甚至比拥有一个健全的家庭更重要？我们要不要……"沈鸿盯着吴畏的眼睛，言语恳切。

"好啦，"吴畏忍不住打断了妻子的问话，口气有点儿不耐烦，但是眼神一直在躲闪，不敢迎着自己的妻子，"我们不是已经讨论过很多次了吗？昨天说好了，你答应听我的。"

"可是我，还是……"沈鸿眼圈儿一下子就红了，哽咽着有点儿说不下去。吴畏抬头悄悄地瞥了一眼，看到沈鸿难受的样子，他立刻心软了，伸出手握住沈鸿的手，哄道："不管怎样，我们都还是夫妻，最好的夫妻，永远都不会分开。"

下午2：30，民政局。随着啪的一声落下，吴畏和沈鸿离婚了。

出了门，吴畏牵起沈鸿的手："老婆，你终于自由了，这下你要是不理我，我就惨了。"沈鸿轻轻地挣脱了手，冷淡地看向一边："一点儿也不好笑。"吴畏尴尬地笑笑，然后正色说："好了，不开玩笑了。你赶紧去房管局开购房证明吧，我马上去和卖家再联系一下付款的问题，我们一会儿电话里再说。"看沈鸿没吱声，吴畏也没再说什么，拍了拍她的肩转身走了。汗慢慢地从吴畏头上流下来，他觉得太阳有点儿毒，他快被融化了。

沈鸿坐在出租车上，脸望向窗外。好奇的出租车司机一直在后视镜里偷偷地瞄她，不知道这炎热的下午，究竟有什么事情会让这个瘦弱好看的女人，像被冰裹着似的，从里到外透着凉意。沈鸿脸冲着窗外，但其实眼睛里什么都没有看。不停后退的高楼、大树和人，都逐渐变得缥缈，她的眼前被蒙了一层雾，不知道自己在哪里，也看不清周遭的世界。唯一能清晰感受到的，就是心里隐隐的疼痛——结婚快八年了，本来以为能长久一辈子的婚姻，居然就这么结束了。她有点儿反应不过来，像个被打蒙的人，不知道是该先抚摸自己的伤口，还是该先觉得疼。

多少人都羡慕她的婚姻，她和吴畏从高中走到现在，仿佛都已经长成了一个人。但是今天，为了买房，买学区房，给女儿上小学，就为了这么一件事，他们居然离婚了。不离没有办法，他们名下已经有一套房子，再买就限购了。可是毛毛到了要上小学的年纪，吴畏认为不能输在起跑线上，一定要让孩子上名校，所以买学区房成了当务之急。这一年来他们一直到处看，到处找，房子要么老，要么小，要么又老又小，破烂不堪，根本不适合住人。但是还必须买个像样子的，而且也必须搬进去住一下，否则开学前老师家访，根本逃不过老师的眼睛。

然而，学区房价太高，最差的也要近8万一平方米，一平方米的钱差不多是沈鸿一年的工资了。就这么犹犹豫豫地看来看去时，好在中介公司有个小伙子人挺好，偷偷地跟吴畏说，他得到消息，附近的几个小区明年都会被重新规划进来，成为学区房。现在很多人都已经知道了，因此附近的房价也在翻番地长，不如赶紧下手买下，等明年真的划进来的时候，想买肯定就买不着了。吴畏一听很心动，赶紧带着沈鸿去看，发现真的还行，附近有两个小区确实还像个样子。看中的那套房子是九几年的，还挺新，面积也不大，60多平方米，6万一平方米，400万肯定能搞定了。虽然谈不上完美，但至少比之前看的那些要好很多。于是他们不敢再犹豫，赶紧和卖家签了意向合同，这边就急着来离婚。

离婚，是买房的前提条件，而且只要妈妈和孩子两个人的户口在就行了。老师来检查的时候，也不需要家人都在场，省事儿。孩子上学为大，其他事儿都得让道。所以，婚，就这么离了。

沈鸿靠在椅背上，眼泪默默地顺着眼角滑落下来。尽管她知道这是假离婚，但是女人对于婚姻的安全感，在今天，还是彻底失去了。她感觉到了难以描述的痛楚。

可吴畏不这样想。

在他心里，那个证书一点儿也不重要。他认定这辈子和沈鸿是夫妻，永远在一起，这事儿和证书无关，和任何人、任何事儿都无关。没有人能分开他们，所以离婚不离婚，他根本没放在心上。他只想着赶紧和卖家办理过户，别临时又加价。要去办房产手续，要办贷款，好多事儿等着做，然后他还要出差。他真的没太多时间想其他事情，包括安抚沈鸿。沈鸿的情绪他可以理解，毕竟是女人，从一开始提离婚这个方案时，她就激烈反对。吴畏说了好多道理，讲了好多好话，她才松口。在教育问题上，他们很不相同。吴畏认为孩子就要上最好的学校，接受最优质的教育，才可能有个好的未来。但沈鸿觉得学校不重要，重要的是孩子是否能健康成长，家庭教育是关键，好父母胜过好老师。

为了这事儿，他们展开了婚后最激烈的讨论。最后吴畏胜出了，因为他太要强，沈鸿知道。要是不让他的女儿上最好的学校，他根本不能接受。所以退让不是因为同意，而是因为无奈，沈鸿不想为这事儿一直和他生气，毕竟他也是为了孩子好，想尽可能地做个好父亲。吴畏心里也确实这么想的，我是男人，我要给我爱的家人最好的生活环境和成长条件。因为妻子、孩子和岳父岳母，已经是他最后的亲人了，他不能让他们活得比别人差，他希望他们都能过上好日子。

吴畏的爸爸在他很小的时候就去世了。吴畏上到高中时，妈妈也生了重病。当时家里的亲戚全都跑了，谁也不敢接近他们，生怕巨额的医药费会牵连到自己的生活。妈妈是有单位的，医药费可以报销一些，所以吴畏就总拿着药费单去报销，每次都要工会主席签字才行。工会主席就是沈鸿的爸爸，而沈鸿和吴畏是同班同学。沈鸿的爸爸很同情吴畏，尽量在职权范围内多给报销一些费用，也会催着财务尽快给吴畏钱。沈爸爸很喜欢吴畏，觉得小伙子机灵聪明，还勤奋。回家后，沈爸爸总是在沈鸿面前提起吴畏，让本来没怎么注意到这个大男孩儿的沈鸿，开始对他留了心。

那时候的吴畏长得确实讨喜，高瘦高瘦的，紧致的皮肤下裹着精瘦有力的肌肉。沈鸿最喜欢看他上完体育课回来的样子，整个身体散发着代表青春的荷尔蒙，身体轻盈得好像一跃就可以飞起来。头发梢上总挂着的汗珠，以及有些腼腆又热情的微笑，让他看起来很萌。班上没人知道吴畏家里的窘境，吴畏从来不说，沈鸿也从来不在别人面前提及。他们之间，话也不多，但是眼神相对时，就好像互相在为对方守着天大的秘密。沈鸿喜欢这种感觉，这是又心动又心疼又心爱的感觉。吴畏也喜欢这种感觉，他觉得知心而温暖。

刚高中毕业，吴畏的妈妈还没有等到看见儿子的大学录取通知书那一天，就带着遗憾走了。妈妈的离开，摧毁了吴畏最后的坚强。他在家里号啕大哭，恨自己弱小无能，恨自己没有钱可以用上好药、请最好的医生，留住妈妈的生命。都是钱害的，都是穷害的。就是因为穷，他才失去了妈妈，失去了在这个世界上最后一位亲人。

后来吴畏的大学学费是沈鸿的爸爸出的，沈爸爸欣赏吴畏不卑不亢的性格，作为一个大厂子的领导，沈爸爸相信自己的眼光。他看得出吴畏眼睛里的那股子倔劲儿和不服输的气势，认定这孩子将来一定有出息。老沈愿意资助他，倒不是为了能得到回报，就是觉得不能可惜了这块材料。吴畏也没有让老沈失望，他从大学一年级开始就是优秀团干部、学生会干部，年年拿奖学金，空余时间去学校后勤做兼职，所以实际上也没有用到老沈多少钱。但是老沈对他的恩情，他牢牢地记在心里，发誓日后一定要像对待亲生父母一样赡养老沈和他老伴儿，因为吴畏和沈鸿恋爱了。

他们相爱得那么自然。一个孤独的小伙子终于在寒夜中找到了温暖的小窝。沈鸿是最适合的伴侣、爱人和朋友。沈鸿总是安安静静的，她身材高挑，皮肤白皙，是典型的江南女孩儿的模样。长长的头发，总是很松散地扎成一个马尾，弯弯的柳叶眉下，有一双温柔的眼睛，小巧的鼻子和薄薄的嘴唇相呼应，光从脸上看就知道这是个纯净单薄的女孩儿。虽然从小家庭生活优渥，但沈鸿身上没一点儿干部子弟的矫揉造作。她话不多，特别善解人意，那种淡淡的、不急不躁的沉静气质让吴畏迷恋。不管身边有多少漂亮活泼的小姑娘围绕，吴畏从来都看不见，他的眼里和心里只有沈鸿，沈鸿是他唯一的妻子人选，沈鸿是他生命中的彩虹，沈鸿是他的。

　　所以今天和沈鸿离婚，他一点儿都没有放在心上。他知道沈鸿不会离开他，他当然也不会离开沈鸿。他对他们未来的生活有很多规划，他要赚很多很多钱，他要让沈鸿成为最幸福的女人，要把女儿培养成为最优秀的人才。

第二章

两周后，家里。深夜。

吴畏拖着沉重的身体和皮箱，用钥匙悄悄地开门。结果钥匙刚插进门锁，门就开了。沈鸿穿着睡衣和往常一样，在等他。吴畏心里一暖，放下行李张开手臂抱住了她。她总是那么香香软软的，搂在怀里让人踏实。每次出差回来，吴畏进门都会这样搂着她，好像不这么贴近一会儿，就没办法抚慰一直在外面奔波的身体。可是今天，刚抱住一会儿，冷汗就从他额头、后背慢慢地流下来，他的身体越来越沉，重重地压在沈鸿的肩上。

沈鸿一惊，问："你怎么了，是不是又胃疼了？"吴畏哼了一声。沈鸿着急了，赶紧要扶丈夫坐下，但是吴畏不动，撒娇似的说："我不想动，我就想让你这样抱着我。"沈鸿本来还有点儿和他生气的心，一下子就软了，强撑着承受一个男人的重量。他们就这么抱着。

过了一会儿，吴畏的疼痛缓解了一些，可又有点儿恶心，赶紧三步并作两步地跑到马桶前，哇的一下吐出一口酸水，然后就是不停地反胃干呕。沈鸿吓坏了，一边拍吴畏的后背，一边给吴畏找杯子漱口。吴畏轻轻地摇摇手说："没事儿，最近老是这样，过一会儿就好了。"吴畏在马桶前接着蹲了几分钟，又吐了两口，才感觉舒服些，然后由沈鸿慢慢地扶着到沙发上半躺下。沈鸿想去给吴畏弄点儿吃的，吴畏不让，说什么都不想吃，就想和她说说话。自从那天办完离婚手续，第二天吴畏就出差了，一走就是两个星期。这两个星期里，沈鸿办好了买房的所有手续，贷款也办好了，女儿上学的事情，就这么妥妥地做好了全副准备。

吴畏瘫在沙发上，头发乱蓬蓬的，脸色不太好，汗把T恤都浸湿了。沈鸿看着他憔悴劳累的样子，心里叹了一口气，轻轻地摸了摸他的脸，一秒钟就原谅了他所有的任性。吴畏虽然感到很疲惫，可他心里是高兴的。人虽在外，但家里事情的进展他都知道，所以很开心——所有的付出都是值得的，再苦再累都不是问题。只要能挣到钱，他怎么辛苦都没关系。这次要不是因为有钱，也不可能说买学区房就买了，近400万的房子，也就贷款了不到100万。挣钱很重要，有钱好办事。吴畏有句口头禅：这世上没有钱解决不了的事儿；如果有，就是钱没花到位。一路走来，事实证明，基本都是这样的。

"这两周累坏了吧？辛苦你了。"吴畏抓起妻子的手，放在自己脸上轻轻地摩挲。沈鸿说："我还好，毕竟是在家里。你不一样，一个人在外面，要好好照顾自己啊。不能总是吃了上顿没下顿，睡觉也没个点儿，这样下去人怎么能受得了呢。是不是胃药又没有按时吃，所以才胃疼的？"

吴畏苦着脸说："是啊，忘记了。你现在赶紧去帮我拿一下吧，就在我的背包里。"

沈鸿赶紧起身去拿，打开背包一看，一个漂亮的礼盒出现在眼前。沈鸿嗔怪地看了吴畏一眼，说："又来这一套。"

吴畏得意地坏笑说："打开看看。"

沈鸿一边打开一边说："我猜猜看，嗯，根据这个重量来看嘛，可能是个首饰，但是什么首饰呢？手镯？"

吴畏不说话，就笑。

沈鸿好不容易拆开包装，一声惊呼："啊，手表，卡地亚蓝气球？"

吴畏说："是啊，你不是一直很想要块这样的手表吗？"

沈鸿又惊喜又心疼地说："可是这款太贵了，我只要普通的那种就好。这种镶钻的，太贵了，平时上班戴多不好意思。"

吴畏说："管别人怎么看呢，喜欢就好。你是我老婆，就应该穿戴得漂漂亮亮的，再说钱都是我靠本事赚来的，又不是来路不正的钱，你有什么可不好意思的？"

"可是……"沈鸿小心地拿着手表，左看右看，"这个手表很贵呢，你到底花了多少钱？"

吴畏有点儿得意地说："你就别管多少钱了，反正你老公能挣钱。"他挣扎着站起来，走到沈鸿身边，接过手表，说，"来，我给你戴上，看好看不好看。"

"哎哟，真是太好看了！"吴畏端着沈鸿的手，夸张地皱着眉，仿佛遇到了什么烦心事儿似的说，"瞧瞧，这哪儿像只人手！"沈鸿一听，刚要敲打他，他立刻严肃地说，"这明明就是仙女的手。"

沈鸿笑着瞥了他一眼，哼了一声。

吴畏忍不住了，抱着沈鸿好好地亲了一口，说："仙女是我老婆，我是猪八戒。"

沈鸿娇笑："谁是你老婆，我目前单身。"

"哈，这么巧啊，我也是哎。"吴畏来劲了，"仙女叫什么名字啊，家住天庭几环？"

沈鸿翻了一个白眼儿，一边高兴地翻着自己的手腕看闪闪发亮的手表，一边不屑地说："我不告诉你。我年龄还小，我妈不让我和陌生老男人说话。"

"哦，对了，说到妈，她怎么样了，医院最近怎么治疗的？你今天去看她了吗？"吴畏收起了调皮的笑容，认真地问。这话像是秤砣似的，一下子把沈鸿刚飞扬起的心情拽到了地上。沈鸿叹了一口气，垂下手臂，郁闷地看着吴畏说："还不是那样嘛，化疗有多痛苦，你又不是不知道。我们只能看着，谁也帮不了她。爸爸整天在她旁边守着，看她难受，爸爸也跟着流泪。"

吴畏慢慢地把沈鸿拉到怀里，把脸贴在沈鸿的头发上，闭着眼睛说："放心吧，我这两天再找人给妈换个单独的病房，让她好好休息。用最好的药、最好的治疗手段，会好的，一定会好的。"

沈妈妈是个个子不高、有点儿微胖的老太太，整个身形像个干瘪的梨子，脸上没什么肉，肚子却挺大的。退休之前她是沈爸爸单位的子弟小学的语文老师，特别能说会道，擅长讲各种革命大道理，再调皮的孩子见到她都得绕道走。她精气神儿足，声音洪亮，皮肤又白，所以看着总是要比实际年龄小几岁。后来退休了，没有学生可以让她演讲，也再没有学生家长主动上门聆听教诲，她在家待得实在无聊，就把教育的战场搬到了院子里。因为住的是单位大院，前后都是老同事老邻居，熟人社会，如鱼得水。不久之后她就成了大院里的妇女领导，走哪儿都有一群老太太跟着，一言不合就开妇联大会，或者载歌载舞地歌颂新中国。小日子过得满满的，可惜幸福的退休生活还没享受多久，沈鸿就生了女儿毛毛。

沈妈妈再爱玩耍，可是有了外孙女还是要亲自带的，她不放心任何人。所以老两口儿就从住了好几十年的单位大院搬到了沈鸿家，开始了祖孙三代新生活。沈妈妈性子这么要强，带孩子方面当然都要听她的，毛毛的吃喝拉撒都得按照沈妈妈的意思办，就连断奶，沈鸿也打了好几次报告才得以批准。沈鸿了解妈妈，知道她个性刚烈，控制欲强，所以很多事情即使自己有想法，也不会多说什么，由着妈妈的性子来，只有她高兴了，全家人才能都高兴。

沈爸爸是个文弱的小老头儿，个子也不高，头发稀疏，眉眼处处透着温和。虽然一直是厂里的领导，但没架子，工会主席是大家公开投票选出来的，就是因为他心善又和气，人缘极好。他的好脾气不仅对外，对老婆也是一样，知道老婆强势，自然就示弱。自打退休以后，基本就黏在电视机前面，反正老婆什么都要管，他也乐得清闲，什么都不管。后来有了毛毛，沈妈妈的主场从院子里转移到家中，他这种吃闲饭的行为显然不再被允许。沈妈妈给老头子列出了一份日常工作清单，主要是买菜、看娃、打扫卫生之类，沈爸爸也乐意做，反正都是为了这个家。即使是这样，也总是有很多地方让沈妈妈各种不满意，抱怨老头子已经成了沈妈妈的开场白："哎哟，你这笨老头儿，看你买的这些菜……哎哟，你是要气死我啊，让你给孩子喂口水，看你洒得这一身……这么冷的天，你看孩子睡这儿，也不知道关个窗户……"老沈听着，都左耳朵进右耳朵出，从来不往心里去。他知道她好说教，喜欢找毛病，这不是人品问题，算是职业病。

就这样过了快三年，也就是两年前，沈鸿的妈妈体检时被查出了肝癌。因为发现得早，治疗及时，所以当时手术很成功，医生说预后良好。出院的时候医生再三嘱咐她要好好休息，不能劳累，可是老人家天生操心的命，就是闲不住。自从妈妈生病后，沈鸿就找了个全职保姆住在家里，帮着做家务和接送毛毛。沈鸿觉得妈妈生病和带孩子太操劳有关系，想着等出院后就让父母回他们自己家住，好好休养，等妈妈身体彻底恢复了再说。

可是没想到回家才几个星期，沈鸿的妈妈就嚷着要过来继续带毛毛，说自己在家闲不住，待着难受。另外，沈鸿妈妈对带毛毛的阿姨很不放心。她从网上找了好多保姆虐待孩子的照片和新闻给沈鸿看，说这些保姆都是外人，靠不住，孩子必须得自己带才放心。所以很快，沈鸿的爸爸妈妈又搬过来和沈鸿他们一起住了，沈妈妈来的第一件事就是辞退保姆。平时除了买菜和接送外孙女上下幼儿园是沈爸爸的工作以外，其他的活儿都是沈妈妈的。沈鸿请过几个钟点工阿姨，想让她们给妈妈做个帮手，可是没有一个用着超过一个月的。沈妈妈不是嫌人家手脚慢，就是嫌人家干得不好，菜不是咸了就是淡了，地拖得也不干净。总之，所有阿姨都又笨又懒，她总说看阿姨干活比她自己干活都累，谁也不如她，她谁也不需要。

老沈最大的乐趣就是每天接送毛毛。来回的路上听外孙女叽叽喳喳、口齿不清地讲一些幼儿园里的事情，他就特别高兴。他总是背着家人，给毛毛买巧克力、冰激凌什么的吃。本来说好谁也不告诉，可是每次一进门，毛毛见到外婆就全招了，然后老头子就被老太婆一顿臭骂。不过老头子一点儿也不生气，乐呵呵地往电视机前一坐，管你说什么，他都假装听不见。

本来日子过得挺平静，但是没想到一个多月前，沈妈妈一次感冒后，突然感觉又不行了，开始出现身体乏力、虚弱和眩晕的症状。到医院一检查，发现癌细胞扩散了，腹腔很多地方都有。这次不能再手术了，只能放化疗，医生说情况不太好，让家人做好思想准备。这下全家乱套了，沈妈妈住院，只能沈爸爸去照顾。虽然请了一个看护，但是三餐还需要老头子做。赶上沈爸爸不舒服的时候，还得需要个家人在旁边陪伴。这老两口儿一不在家，孩子就没法管了。之前请的保姆被赶走，临时找也找不到一个信得过的人。吴畏整天除了出差就是加班，很少在家，带孩子的事情完全指望不上他。可是沈鸿也要正常上下班，不可能带着毛毛。正好赶上放暑假，沈鸿只能暂时找了个托管班。但是托管班只管半天，中午吃完饭后孩子就得接回去。所以沈鸿只能早上送完孩子去上班，吃完午饭得先请假接孩子，然后把孩子带去单位，等下班后再一起回来。

去医院看妈妈，只能偶尔抽中午的时间，把毛毛暂时交给同事代管一下，或者下了班以后再说。医院离单位远，又不好停车，只能倒地铁。沈鸿两头跑，还拖着个孩子，真是疲于奔命。人到中年，父母、孩子、伴侣、自己，就成了桌子的四条腿，不能有一条腿出问题，否则桌子不是歪就是倒。

生活变得脆弱不堪，不堪一击。

一开始领导还表示同情，对沈鸿的情况睁只眼闭只眼，结果都一个多月了，沈鸿天天这样，还经常因为其他事请假，领导就有点儿不高兴了。政府机关，虽然也没什么特别要紧的事儿，但是上班的考勤纪律还是要遵守的，人多眼杂，一个人做得不好没处理，其他人很快就会有样学样。沈鸿这些年来一向表现不错，又是科长，本来领导是很看重她的，近期也有转岗提拔的意思。但是一下子冒出来这么个事儿，而且显然也没有很好的解决办法，不知道这种状态还要持续多久，领导心里就不高兴了。谁家还没个事儿呢？不能因为家里的事就耽误工作，更不能在单位造成自由散漫的风气。心一散，队伍就不好管了。现在的人，想松容易，想紧难。于是领导给沈鸿的脸色也是越来越难看，好几次开会都点到了她，让她很难堪。

结果在这个月里还遇上吴畏让她离婚买房的事情，所以她心里特别乱，觉得委屈，又不知道该跟谁说。离婚的事情，是绝对不能告诉两位老人的，他们不懂，会以为是真的，后果不堪设想。离婚的事情，更不能让单位里的人知道，本来就人多嘴杂，要是知道她离婚了，那背后的风言风语真的能把人"说"死。沈鸿特别怕被人念叨，不是别的，就是嫌烦。她只想默默地过好自己的小日子，谁也不想管，也不想升官发财。但是现在，她突然觉得想过好小日子也很艰难。

"吴畏……"沈鸿轻轻地抚摸着吴畏的头，她本来想说，"别那么拼命地挣钱了，我不需要你给我买这些昂贵的礼物，你能不能多在家帮帮我，我一个人忙不过来，我很累。我不想要你挣钱，我想要你在家。"可是看到吴畏筋疲力尽的样子，沈鸿又把话咽了回去。吴畏不容易，她都知道，妈妈的医药费和之前的手术费用，都是吴畏给的，没让老人花一分钱。他总说："你爸妈以前帮我的，我都欠着，现在还帮咱们带孩子，我更欠他们的。绝对不能再让他们花钱治病了，所有的费用我都出，我要给咱妈最好的医疗，绝对不能让妈受罪。"这次沈妈妈住院后，吴畏更拼了。他发现了钱的重要性，关键时刻钱能救命。沈鸿是公务员，工资就那么些，要让这个家庭有保障，有安全感，必须挣很多很多的钱。这些话，吴畏整天都和沈鸿念叨，所以她明白，就算她说出那些话，吴畏也不会回家，他放不下他的事业。最重要的是，他需要挣很多钱才能有安全感。

沈鸿只好轻轻地拍了拍吴畏的脸，说："你先去洗洗脸，我倒水给你吃点儿药，然后早点儿睡吧，明早咱们都要上班。"吴畏很听话地放开沈鸿，但是没去洗脸，而是直接蹑手蹑脚地走到女儿床边。毛毛睡得很香，身上有股奶奶的味道，眼睫毛长长地耷拉着，圆嘟嘟的小脸肉得像个面团，头发乱糟糟地堆在头上，整个人看上去像一个玩累的小狮子。吴畏就这么一直看着她，心都被融化了。这个小人儿，怎么长得这么快啊，每次出差回来，都感觉她又长大了。吴畏好焦虑啊，真希望女儿慢慢长，希望她一直这样小小的。他不想让她长大，不想让她过那么艰难的人生，他想一直宠着她，把她守护在怀里，一辈子帮她遮风挡雨。

第三章

金南市人民医院，肿瘤内科，病房。

沈妈妈虚弱地躺在床上，不想睁眼，也不想说话。这次化疗后，她的反应特别强烈。恶心，一直呕吐。身体虚得站不住，还时不时地耳鸣、脑鸣。头发大把大把地掉，前两年好不容易长出的头发，这次很快就掉没了。

第一次患癌症住院的时候，她觉得没什么，心里就有种自己肯定能好的感觉，所以不管是术后恢复，还是放化疗，她都觉得没那么难受，忍忍就都过去了，日子有盼头。但是这一次，她感觉不一样了，她发现身体好像已经被掏空，面对药物的侵袭和扫荡，身体完全失去了抵抗力。所有的痛苦都特别清晰，甚至疼痛在哪根筋上她都能感觉得到。很多时候她像是落在了深海里，冰冷刺骨，周围漆黑一片，什么都没有，什么都抓不住，身体就一直往深海里坠落。

她感觉，日子不多了。

她努力睁开眼，歪了歪头，就看见了趴在床边打盹的老沈。这么多年，这个男人就一直这样默默地陪在她的身边。她年轻的时候特别烦他这副没情趣的样子，也不幽默风趣，也不会带她出去玩，更没什么个性，就是个老好人。她常常想，如果她是个男人，一定做得比他威风得多，至少得有种男子汉的气势。不像他，做个工会主席窝窝囊囊的，谁也不敢得罪，到头来就落下个好口碑，啥也没有。可是现在，她突然叹了口气，还好，他在。看到他，好像深海里又透出一丝丝光，让她感觉到自己的存在。老伴儿就是老来伴儿吧，不是爱人，是亲人。在起不了身的时候，能扶一把；在吃不了饭的时候，能帮着喂一口。所以婚姻到最后，就是病床前的彼此安慰，相互信任，相互照顾，彼此都不那么孤独。

但是，如果她先走了，那独自被留下的老沈，以后可怎么办呢？想到这里，她突然觉得，能先离开也是一种幸运啊。她伸手，碰了一下老沈的手，老沈立刻醒了，问她："怎么了？想喝水？"她微微地摇了摇头，然后低声说："老沈，我不想化疗了，咱回家吧。"老沈一听就急了，说："那怎么行？绝对不行！不管什么时候，我们都不能放弃治疗啊。"沈妈妈也急了，鼻子一酸，眼泪就流了下来。她说："不是放弃治疗，是我太难受了，我真的不想治了。我就想回家，和毛毛在一起，能活多久就多久吧，至少我还高兴一些。"

老沈看到老伴儿流泪，又心疼又难过，说："你是不是想毛毛了？那我让沈鸿今天下班带她过来看你。"

沈妈妈说："别别，别让孩子过来，这医院到处都是病菌，对孩子身体不好，别被传染了。"

老沈握着沈妈妈的手，说："我知道你难受，可是化疗就是这样的啊。不化疗的话，那怎么治病呢，你的癌细胞没办法杀死啊。"

沈妈妈一边流泪一边说："可是我感觉这药，是要把我杀死啊。"

老沈不知道该说什么才好，只能用劲地抓着老伴儿的手，给她些勇气和力量。沈妈妈也没再说什么，含着泪又疲惫地闭上了眼睛。老沈看着这个躺在病床上的女人，这么多年了，她那么要强的人，没想到会无力成这样。年轻的时候，她多漂亮多明亮啊，整个人都会发光。学校每次演讲、大会发言，她都是代表，英姿飒爽，气势如虹。他们经人介绍认识，没什么惊心动魄、波澜起伏的爱情。他觉得她优秀好看，她觉得他老实本分，就这样而已。她比较好强，什么事儿都喜欢拿主意，事无巨细都喜欢问、喜欢管。他本来就性格随和，不争是非，所以由着她强，由着她管，他都可以。这些年在家里他被管惯了，凡事也都请示惯了。现在突然多年的老领导就这么病倒了，不说话，不指示，不批评，不教育，他真的有点儿不习惯。他不敢想后面的事情，只想让她快点儿好起来。他现在特别后悔之前总是惹她生气，他觉得自己太不听话，太不知道心疼人了。所以他心里暗暗发誓，等老太婆好了以后，自己要更听话，让干吗干吗，绝对不能再让她不高兴了。

正想着，病房里走进来两个人，是隔壁床一个老头儿的儿子和儿媳。两个人一进来就赶紧掀开老爷子的被子，摁老爷子的腿。突然听见儿媳高兴地一声惊呼："哎呀，真的消肿了。"儿子也特别高兴，拎起床边的尿袋跟媳妇儿说："看，小便也多了好多。"老沈听了赶紧走过来凑着看，说："哎哟，还真的是的，真好。"

这个隔壁老头儿是什么问题呢？肺癌。刚做完手术不久，也在做放化疗。可是老头儿出现了一个问题，就是胸腔和腹腔积水，浑身水肿，同时小便不利。医院暂时停止了输液，疼痛时给吗啡止痛，然后用呋塞米片消肿。可是效果不好，老头儿的水肿问题还是很严重，不吃药就完全不排便，大小便都没有。老头儿的儿子和儿媳很着急，虽然是癌症，家里人也做了心理准备，可是老人这么痛苦，身为子女还是很不忍。后来儿子不知道从哪里找来一个中药方，抱着试试看的态度给老人用了，没想到才用了两服，情况就大有改善，开始自主排尿，水肿也消了很多。

老沈看着觉得好神奇啊，赶紧问老头儿的儿子："小伙子，你这神药是从哪儿弄来的啊，是不是什么秘方啊？"

小伙子笑："大爷，哪儿有那么多神药和秘方啊，是我回家从一本中医书里找到的。"

"啊？你自己找的方子啊，你会中医吗？"老沈皱着眉，不相信地问。

小伙子老实回答："我自己学过一点儿中医，懂些医理。方子也不是我自己拟的，是《伤寒论》里的一个方子，叫五苓散，专门治疗小便不利造成的水肿。"

老沈还是觉得不可思议："你自己看书就能给你爸治病了，这也太神了吧？中医那么难的东西，你自己看书就行？"

小伙子的媳妇儿说话了："大爷，我老公和我都是中医爱好者，我们平时都会看些中医书，但是学得不深。中医没那么难，就是根据症状来判断病因，然后对症治疗。我公公这个问题，正好比较典型，中医里有专门的药，所以效果很好。"

"哦……原来是这样啊。"老沈佩服地点点头，说，"真好，真好。"

他突然灵机一动，说："哎，小伙子，既然你们这么厉害，也给我老伴儿看看吧，也帮她找个方子。她现在太难受了，吃不下东西，总吐，又没精神。你们帮着看看，有没有什么药也能给她吃点儿啊？"

小伙子一听，赶紧摇手说："哎呀，这个不行不行，我们可没有这个本事，我们不是医生，就是自学了点儿中医，还没到给癌症病人看病的地步。再说了，大爷，不怕您生气，癌症这个病，有多严重我们都知道，也就是这人是我亲爸，我才敢在这个时候给他擅自用点儿中药。换成别人，我就算有这个水平，也没这个胆子啊，万一给治坏了，没法负责啊……"说完，小伙子看了看躺在床上奄奄一息的沈妈妈，表情十分为难。

老沈叹了一口气，说："哎，也是。"这种时候，所有的治疗都很关键，说不定哪里不对，就要了病人的命。也就是亲生父子敢这样了，其他人是真没这个胆子。这个肺癌老头儿真是幸运，有个懂点儿中医的儿子，之前都胸闷得喘不上气了，现在消肿后呼吸都顺畅了好多。老头儿自己也挺高兴的，看着儿子儿媳说："我有点儿饿了，你们去给我弄点儿粥吧。"夫妻俩一听这话，真是激动啊，好几天没听老爷子说饿了，赶紧忙不迭地说："好好好，马上去弄。"

看着他们这一家人，老沈郁闷地走回沈妈妈身边坐下。他这会儿多希望自己也会点儿中医啊，最好是会点儿法术，可以一下子帮老婆子解除痛苦，带她离开这个地方。可是他什么也不会，只能眼睁睁地看着老婆子难受，什么忙都帮不上，真是太没用了。还没郁闷完，耳边就响起一声"爸"，一回头，原来是吴畏拎着一包水果进来了。"妈怎么样了，好点儿没？"老沈叹了口气轻轻摇了摇头，示意吴畏坐下。沈妈妈虽然听到了他们的谈话，但是因为疲惫，也懒得睁开眼睛，不过她的耳朵和脑子都异常清晰，什么都知道。

吴畏说："我刚去把妈上个星期的医药费结了，您放心吧。另外，我已经找朋友帮忙了，准备把妈转到后面的高干病房去。那里是单间，价格虽然高一点儿，但是一个人一间病房，特别安静，卫生条件也好，有独立卫生间。这样您也能支个躺椅在旁边休息了。看护晚上陪夜，也不用睡凳子上了，可以支张小床。"

老沈本来觉得那多浪费钱啊，没什么必要，但一转眼看到躺在病床上气若游丝的老伴儿，就没说话。他心里想，要是能让老伴儿住得舒适一点儿，当然好了，所以就嗯了一声，满含感激地看了吴畏一眼。吴畏笑笑，点了点头。

沈妈妈都听见了，也想说不用了。可是她没说，因为她想让老沈待得舒服一点儿。现在这个六人病房，连病人带家属，房间里长期有十人以上，吵吵嚷嚷，人来人往，空气不好不说，老沈连伸直了腿想好好休息一下都不行。整天就窝在床边的木凳上，人也受不了。如果能有个宽敞的地方，老沈也不用这么受累了。

老两口心里想的都是对方，就这样，他们接受了吴畏的安排。

第四章

"五万六千八百四!"收费窗口传出七个字,一字万金。

"怎么这么贵啊!上个月总共才7万多。"吴畏一边掏卡一边皱着眉。里面的人连头也没抬,冷漠地说:"肯定没错,你一会儿自己看明细就知道了。"

单子打出来一看,吴畏没再说话。自从转入高干病房后,床费从一天100元,涨到了一天1200元。而且还有其他很多附加费用,比如每晚看护阿姨的床位费、躺椅租借费、特护管床费等。另外,吴畏让医生把药都换成了最好的进口药,说是副作用小一点儿,可以减少病人的痛苦。如此一来很多费用都不能走医保了,大概估算一下,一个月就要30万出头。吴畏叹了一口气,感到了压力。

他是跑销售的,专卖进口红酒。大学时学的是计算机专业,本来可以保送研究生,但因为急着想挣钱,这才直接找了工作。先是在一个IT公司当"码农",没干多久,领导就让他转岗当了销售。他外表好,情商也高,做销售更合适。领导没看错,吴畏的公关能力确实很强,而且比较实在,凡是跟他合作过的人都喜欢他,公司销售额大幅增长。后来，一个卖红酒的客户把他挖走了，承诺给他三倍年薪，唯一不好的是要常常出差到处跑业务。当时沈鸿刚刚怀孕，两人商量了一下，觉得有了孩子之后用钱地方更多，反正年轻吃点儿苦没什么，挣钱更重要。沈鸿虽然觉得不舍，但想想吴畏说的也有道理就同意了。

就这样，几年里吴畏就没正经在家待过，也没有固定周末，不是在出差，就是在公司准备出差。他从一个普通的红酒销售员慢慢当上了华东片区总经理，所辖地区的红酒推广业务全部亲力亲为，甚至包括联系明星站台。当然，收入也是直线上涨，从年薪二十多万涨到现在的七八十万。

刚结婚时，他们住在吴畏妈妈留下的老房子里，毛毛出生后没多久，他们就把老房子卖了，加些钱换了一个150平方米的大居室。这几年打拼，吴畏确实存了不少钱。前年沈妈妈生病，花了一些。不过还好，那一次总共也就花了小30万，其他都走医保，对家里的生活没什么影响。

这一次为了买学区房，花了300万，本来是完全可以一次付清的，但他手上得留一点儿钱给沈鸿妈妈治病，所以贷了小100万，想着以后手头宽裕了再还。这次沈妈妈住院的费用比上次高了很多，如果每个月都是30多万，用不了多久他就撑不住了。但是他又不能不撑住，他是这个家的顶梁柱，绝对不能让沈鸿妈妈的病因为钱而耽误，这种事情已经发生过一次，绝对不能再发生一次了。

人到中年，不就是这样嘛，家里谁生病，都能立刻捉襟见肘。

吴畏就这样一边想着一边往病房走，突然看到前面乱哄哄地围着一堆人，吵闹声很大，好像有人在吵架。吴畏好奇心起，也赶紧凑上去想看个究竟。

原来一个小伙子揪着一个医生，反复地大声质问："是不是没钱就不给看病？医院到底是救人还是要钱？"这个小伙子一看就是病人家属，个子不高，脸色黑红黑红的，像是个干体力活儿的人。他的收入估计也很一般，穿着工地上干活儿的衣服，虽然不破，但是很脏。

医生倒是一个文质彬彬的中年男人，被小伙子抵在医生办公室门口进退不得，他也不着急，一直挺耐心地解释着，说医院当然是以救人为本，但是没有钱，拖欠费用，也是不允许的。

吴畏听旁边的人议论，原来这个小伙子的母亲生病住院了，情况很严重，要进ICU。但是ICU的费用很高，小伙子付不起。医生的意见是，先让小伙子去筹钱，然后再进ICU。可小伙子急了，生怕把母亲的病给耽搁了，就把主治医生堵在门口，说什么都要先救人，费用欠着，过几天慢慢还。这肯定是违反医院规定的，所以医生也很为难，不能擅自收治。

吴畏站着听了一会儿，叹了一口气，转头走了。

当晚在家里，吴畏靠着沈鸿，两人都在看手机。吴畏突然想到了白天的事情，就转头跟沈鸿说："你知道吗？今天我在医院看到了一起医患纠纷。"

沈鸿连头都没抬，平静地回答："这不是很正常吗？我在医院看过好多次了。"

吴畏叹了一口气，身体后仰，把头靠在沙发背上，闭上眼睛说：

"钱啊，就是命。没钱，真的就救不了命。这年头，病人难，医生也难，所以医患纠纷特别多，但是无论站在谁的立场上想，其实都没错。"

沈鸿也深有感触："现在当医生确定挺难的，一边是救人的职责，另一边又是医院的规定，有时候想要两全真的不行。"

吴畏点点头说："说到底，还是因为医疗资源太珍贵了。其实和世界其他国家比，咱们国家的大众医疗已经非常便宜了，再加上医保，若不是重大疾病，普通家庭都是可以承受的。但要是遇到重大疾病，很多费用不能走医保的话，确实会给病人及家属带来很大经济负担。想要改变这种情况，还是得从调整医疗体制入手，设置贫困病人医疗减免制度或者分期付款制度，让更多的穷人可以有机会治重病。唉，这些说起来容易，实施起来就很难了，国家那么大，制度改革绝不是一朝一夕的事情，肯定会有一个非常漫长的过程。所以，医患矛盾在目前很难得到彻底的解决，最好的办法就只能是让自己不生病，不生大病。"

沈鸿也点头表示同意，然后把头靠在吴畏的肩上说："反正以后我是不会让毛毛去当医生的，这个职业太辛苦了，还要常常受气。"

吴畏轻轻地搂过沈鸿，把头靠在她的头上，说："有的时候我去接毛毛，看到幼儿园老师被孩子气得眼冒金星，但是只能憋着不能打骂，我也真的是替这些老师委屈。咱们看着自己的孩子淘气都想打呢，更何况那么多别人家的孩子。"

"所以啊，"吴畏接着说，"我觉得国内有几大委屈行业，第一就是医生，第二就是幼儿园的老师。"

"那第三呢？"沈鸿问。

"我还没想好，有很多备选，但是现在感觉排名不分先后，所以暂时空着。"

沈鸿笑了，点着吴畏的脑门说："第三就是我，你老婆。我为你受了好多委屈，都默默地承受了，特别不容易，我那些事迹，谁听谁流泪。排名第三，绝对当之无愧。"

吴畏哈哈大笑说："我才不要你做小三。"

沈鸿打他："你才小三你才小三。我就做小三就做小三，气死你。谁让你不要我的。"

吴畏一把抓住沈鸿的手，用胳膊把她牢牢地捆住，说："我才没有不要你，不许你胡说。"沈鸿就势倒在吴畏怀里，哼了一声没再接茬。两人坐了一会儿，吴畏很认真地问沈鸿："你说，医生会不会真的因为没交钱，就不给病人好好治病，会不会偷偷地断了病人的药啊？"

"我觉得不会。"沈鸿说，"医生就算不至于仁慈，但还是有起码的职业道德底线的，救死扶伤是他们的天职，不会因为钱就不给治病。最多……不用太贵太好的药罢了，只用那些普通的药。"

吴畏说："我不这么认为，医院也是营利机构，又不是福利机构，不交钱肯定是不行的。说到底就只有富人才能花钱买命，穷人只能等死。"

沈鸿歪头看看他，笑着说："吴畏兄弟，我看你今天是受刺激了，怎么对这事儿念念不忘啊。要不要找个心理医生给你疏导一下？"吴畏斜着眼看沈鸿："心理疏导？我看还是算了。我需要的是肉体疏导。"沈鸿立刻挣扎着站起身子要走，吴畏一把拉住她："你没听见我说话啊？"沈鸿回头："听见啦，所以肉体导师准备去洗澡，然后给你治疗啊！"说完她就走了，背后的吴畏笑开了花。

但是只一会儿，吴畏就笑不出来了。

不硬。

这已经不是第一次不听话了。该硬的时候不硬，不该硬的时候也确实不硬。前两次他们都以为是刚出差回来累的，可是今天，一点儿都不累，也没有喝酒，昨晚也没有熬夜。吴畏感觉很好，可还是这样，简直被气死了。

沈鸿安慰他："可能是你最近压力太大了，别担心，没事儿的。"

"可是我……"

"我没关系。"

"我有关系！"

吴畏烦躁而羞愧地起身，好想抽根烟，但其实早戒了，不知道该做些什么表达一下自己生气、无奈和羞愤的情绪，就假装到卫生间洗了把脸，然后郁闷地坐在了床边。

沈鸿在那儿笑。

"你笑什么？你老公都这样了！"吴畏气鼓鼓的。

"谁是我老公啊，我现在单身，都和你说多少遍了。我笑你那个熊样儿，像个倒霉小孩儿。我告诉你啊，咱们现在可是同居状态，你得好好表现，要不以后我真的不一定会娶你了。"

"你说什么啊，你有胆子敢再说一遍？"吴畏回头，猛地扑在沈鸿的身上，"说，你不娶我娶谁？你都把我这样了，还不娶我，我跟你没完！"

沈鸿就笑，一直笑。吴畏就亲她蹭她，一边亲一边说："你不娶我，我也不许你娶别人。"

第五章

几天后的中午，医院的高干病房。

沈妈妈一直在不停地呕吐，沈鸿一边给妈妈拍背，一边端着个盆接着吐出的秽物，其实也没啥，就是一些黄色的水。沈妈妈因为胃部痉挛不止，身体痛苦地扭曲着，脸色暗黄，额头上渗出细密黏黏的汗。老沈拿着一杯水在旁边候着，准备随时给沈妈妈漱口。折腾了好一会儿，胃部痉挛才逐渐缓解，沈妈妈虚脱似的靠在了床上，闭着眼睛，眉头紧锁。

沈鸿坐下，赶紧拿出了一个苹果，削好了递给妈妈，说："妈，您吃两口苹果，过过嘴，要不嘴里会一直苦。"沈妈妈没说话，只是烦躁地推开了沈鸿的手，脸转到一边。沈鸿皱着眉，着急地说："不行啊妈，你这样什么都不吃，也不是办法啊。身体一点儿抵抗力都没有了，后面的治疗怎么扛下去呢？"沈妈妈一扭头，无力又生气地说："我真的什么都不想吃，你们什么也别给我弄。"

老沈看不下去了，说："不行啊，你多少都得吃点儿吧。孩子关心你，怕你身体太虚弱。"不说还好，一听到"关心"这个词，沈妈妈一下就怒了："你们这是关心我吗？！你们这是在逼我！我都说了我不想化疗，我要回家，可是你们谁听我的了？！我有多难受你们能体会吗？你们只想着自己，觉得给我提供最好的医疗手段，就是爱我关心我对我负责，但其实你们从来都没真正体谅过我的感受！我都说了多少遍了，我非常非常地难受，我生不如死，我想回家。我不管后面还有多少日子，起码我想活得像个人。现在这样不人不鬼的，我真不如死了算了。"说完，就委屈地大哭起来。

老沈和沈鸿一下子乱了方寸。沈鸿也哭了，说："您别这样，我们不是不心疼您，也知道您难受。可是有病就得治啊，不能放弃治疗不是？"

沈妈妈说："我告诉你，即使把所有疗程都治完，我也好不了了。我心里有数。反正都是死，我真的想回家过几天舒心的日子。你们也知道化疗的结果，它不是靶向性治疗，是把化学药品输到血管里，走遍全身。不管是好细胞还是癌细胞，都被它杀死了。它不仅仅是杀癌，也是在杀我啊。你们让我回家，我自己能扛多久就是多久，我谁也不怨。否则这样下去，没多久我就死了，死得更快更痛苦啊。"沈鸿听着，心里揪成了一团，她紧紧地抱着妈妈说："妈妈，您别说了，您这样说，让我好为难啊。"老沈也在一旁抹眼泪，不知道该怎么办才好。

晚上，吴畏一进家门，还没来得及站稳，就被沈鸿拉进了房间。

沈鸿脸色沉重地说："吴畏，我想和你商量个事儿。我想把妈妈接回来，不再化疗了。"

吴畏一听，惊了，问："为什么啊？"

沈鸿眼圈一红，低着头说："今天妈妈在病房号啕大哭，她说她太难受了，她实在不想做化疗了，她想回家来。"

"那……那不就是等死了吗？"吴畏说得很直接。

沈鸿点点头，说："妈妈宁愿在家等，也不想在医院受罪了。"

吴畏扶着沈鸿的肩膀，摇着头坚决地说："那可不行啊，再难受也不能放弃治疗。病人有些不好的情绪是很正常的，但是我们作为家属得清醒啊。沈鸿，你可不能一时心软，犯糊涂啊。妈妈现在是关键时期，如果不把癌细胞都杀死，她很快就不行了。不管怎样，我们都应该尽最大的努力试一试。明天你到医院去跟医生说，上最好的药，不要担心钱的问题，有我呢。不管发生什么，都要给妈妈最好最大程度的治疗，否则我们今后一辈子都会心不安啊。"

沈鸿抬头看看吴畏，眼泪唰唰地流下来，轻轻地点了点头。

午饭时间，吴畏办公室。

秘书陈圆圆拿着一盒饭，敲门，然后听到里面传来一声闷闷的、压抑的"进来"。推开门，陈圆圆呆住了，傻傻地站在门口不知进退。

只听吴畏说："赶紧进来，关上门。"

"哦哦。"圆圆一边赶紧闪进来一边关上了门。

只见吴畏跪在地上，用尺子一端抵着自己的胃，一端抵着书桌的侧面，脑门上淌着大滴的汗珠。空调开在18摄氏度，但是他的衬衫全湿透了。

"吴总，你……你怎么了？"圆圆呆呆地、不知所措地拿着饭盒站在一边，不知道自己该做些什么。

"我没事儿，胃疼。这样抵着舒服一点儿。"看着陈圆圆紧张的样子，吴畏觉得很好笑，"我这样像不像是被书桌捅了一刀？"

圆圆也不知道该点头还是该笑，一脸又急又傻的表情。

吴畏知道吓到她了，她毕竟才23岁，还是个孩子。吴畏强忍着痛说："你别愣着了，帮我去买点儿胃药和止疼片。快去快回，谁也别说。"

"哦哦，好的，好的。"圆圆放下饭盒就赶紧往外跑，临走到门口了，还不忘回身说了一句，"吴总，你挺住。"

吴畏是得挺住，难不成还哭吗？他真的没想到，胃疼起来这么难受，说不出的复杂疼痛感。只有紧紧地用个东西抵住，才能感觉舒服点儿。最近胃痛越来越频繁了，不用去查，他知道肯定是胃炎。以前就有浅表性胃炎，估计现在更加严重，说不定还有其他的问题。但是他不想去医院，没时间。他每次去病房路过门诊，都是人山人海的。他也知道想做个检查得提前多少天预约，当天还要早早地去排队，他真的没有时间。胃疼而已，问题不会太大……吧。另外，除了胃疼，他还有胃胀、泛酸、恶心、口苦的症状。他已经好久不能大吃大喝了，吃一点儿东西就饱，感觉全部胀在胃里下不去，但是不吃，一会儿又会饿，好烦。

最重要的是虚弱。他才32岁，可是他觉得这一年多来，自己虚弱了很多。以前再累，只要睡一觉就好了。现在再累，却怎么也睡不着；即使睡着了，也感觉睡不沉，一闭上眼睛，脑子里就像放电影似的一个画面接着一个画面闪过。睡不好觉，第二天整个人都没精神，脸色也不好看。出去谈生意，好几次对方都以为他生病了。

他确实生病了，但他觉得没什么，不就是睡不好、胃不好嘛，这是现代职场年轻人的通病，没什么大不了的。等再努力赚几年钱，就好好地给自己放个大假，带着沈鸿、毛毛出国住几个月，放松一下，什么也不管，什么也不想，就享受生活。

所以，他得挺住，人到中年都是一样的压力：老人、房贷和孩子。自己已经很幸运了，年收入已经比许多人高了，要看到希望和未来，不能这么早就去养生、休息，那是退休以后才做的事情。现在就是要拼，拼命！

过了一会儿，陈圆圆买药回来了。吴畏吃了药，休息了一下，感觉好些了。圆圆问他："吴总，下周在广州的会，您还去吗？"

"去啊，当然去。"

"可是您这身体……"

"圆圆，在任何公司的生存法则里都有一条，就是做自己该做的事，说自己该说的话，不该管的事儿都不要管。听懂了吗？"

"听懂了。"圆圆耷拉着脑袋出去了，吴畏看了她的背影一会儿，觉得这孩子最近好像胖了一点儿。

还没到晚上下班，吴畏正整理下周出差的文件，就接到了沈鸿的电话。

"吴畏，毛毛发烧了，我要带她去儿童医院。你过来送我们一下吧，这会儿下班高峰，根本打不到车。再说，我一个人带她去医院不行，忙不过来。"

"可是我手上……唉，好吧，那你在家等我，我马上过来。"

放下电话，来不及交代什么，吴畏就赶紧出了门。

沈鸿抱着毛毛站在路边，一身大汗，翘首以盼。毛毛的小脸烧得通红，头上顶着个退热贴，眼神迷离，嘴唇都烧红了……

　　虽然路上堵车，吴畏还是加紧赶了回来，将沈鸿接上车，连忙问她："怎么突然就发烧了？"

　　"可能是托管班空调开得太低，感冒了。"

　　中午吃完饭去接毛毛的时候，沈鸿就发现这孩子有点儿不对头。平时都像小鸟一样扑上来，今天却蔫儿蔫儿的，磨磨蹭蹭地才出来，一出来就说头晕，想睡觉，结果在去沈鸿单位的路上就睡着了。睡醒以后，毛毛就说冷，沈鸿一摸，果然有点儿微微发热。可是下午处里正好有个会，沈鸿必须参加，所以她只能先给毛毛喝了点儿热水，在平板电脑上找了个动画片给她看，就急匆匆地去开会了。等会议结束后回到工位上，她才发现毛毛乖乖地歪倒在椅子里，浑身烧得滚烫。沈鸿说不出的自责，立刻给吴畏打了电话，然后回家等吴畏。

　　一路各种堵，到儿童医院门口时已经快 7 点了，门诊肯定没有了，只能急诊。沈鸿抱着毛毛就要先下车，吴畏拦住她，说："你别急，等我停好车我们一起去。"沈鸿焦急地说："停车要好久呢，我先去挂号，你停好赶紧过来找我们就行了。"说完头也不回地就下车走了，留下了满脸疑问的吴畏。都晚上 7 点，有什么不好停车的呢？吴畏一边想着一边拐了个弯，往停车入口开去。结果刚拐过来吴畏就傻了，离入口还有 200 米的路上，全是排队等待进入的车。这还是吴畏和沈鸿第一次一起带毛毛来看病。以前孩子生病都是沈鸿开车带着外婆外公一起，吴畏不是在出差，就是在加班，他们都知道，所以也从来不喊他，尽量自己解决。毛毛都 5 岁了，他这还是第一次正儿八经地带孩子来儿童医院看病，也是第一次知道，原来都这个点儿了，儿童医院还这么门庭若市。

保安跑来跑去地维护秩序，赶走那些准备加塞儿的车辆。

吴畏在车里大喊："师傅，还要多久才能进去啊？"

"很快，最多一个小时。"师傅回答。

"什么？！"吴畏傻了。

第六章

　　慢慢地，一点一点儿地，吴畏好不容易跟着车队挪进了车库，一看表，耗时 50 多分钟。保安大哥专业啊，估算的时间一点儿不离谱。停好车，吴畏赶紧跑着奔向急诊室，想着女儿这会儿估计已经在挂水了。结果进门一看，沈鸿安安静静地抱着孩子坐在大厅的椅子上。

　　"啊？你们怎么还坐在这儿？怎么还没去挂水啊？"

　　沈鸿无力地说："还没看上医生呢。前面还有 100 多个人。"

　　"我去……这么晚了，怎么还有这么多人？"吴畏颓了。

　　吴畏想从沈鸿手里接过毛毛，毛毛不要，死死地抱住沈鸿，说只要妈妈。

　　沈鸿说："每次都是这么多人。"

　　"唉，"吴畏看着老婆，帮她轻轻地理了一下凌乱的头发，"对不起，让你们受苦了，之前，我都没有尽到责任。"

　　"没事儿，我们知道你忙，所以就不跟你说这些了，免得你担心。"

虽然沈鸿这么说，但吴畏还是内疚得要命。原来带孩子上医院看病，这么麻烦，他是真的不知道，也想象不到。抬眼望去，大厅里乌泱泱地一片脑袋，都是人。过了好久，吴畏等得不耐烦了，站起身，到医生的诊室门前看了看。总共两个诊室，里面各有两个医生，周围站满了来看病的家属和患儿。小孩儿多半头上都贴着退热贴，医生忙得根本抬不起头。吴畏大概算了一下，看一个孩子至少5分钟，100多个孩子，分给4个医生，每个医生25个患儿，也就是125分钟。最快都要等两个小时才能看上病！……我的天哪！

两个人就那么颓然地坐在那里，呆等。吴畏觉得好无聊，后悔地说："早知道把电脑带来了，还可以做点儿工作。"

沈鸿斜着眼睛看看他说："你至于吗？这么热爱工作，带孩子看病都不忘。"

吴畏认真地说："你都不知道我有多少事情要做。"

刚说完，吴畏突然感觉旁边有个人在看他，一扭头，看到了一双忧郁的有点儿生气的大眼睛。

是个胖胖的小女孩儿，八九岁的样子。

吴畏奇怪地问："小妹妹，你怎么了？看着我干吗？"

小女孩儿不高兴地说："你坐了我的位子，这刚才是我坐的。"

吴畏一听，笑了，赶紧站起来说："不好意思啊，我不知道这是你的位子，你坐你坐。"

小女孩儿刚要坐上去，就听旁边一个妇女说："欸？你这孩子怎么这样啊，谁跟你说这位子你坐过，就得一直是你的啊。来，到妈妈身上来坐。"说着，她就来拉小姑娘，同时还特别不好意思地跟吴畏笑笑说："我刚才看手机，都没在意她，这孩子真是不讲理。"吴畏赶紧摇手说："没有没有，小孩子嘛，都这样。"

小女孩儿不乐意了，扭着身体说："明明就是我的位子。我不要坐你身上，热死了。"说完毫不客气地一屁股坐在椅子上，就是不肯挪窝，眼睛盯着毛毛看，毛毛也盯着小女孩儿看，不知道这两个小家伙心里在想什么。

吴畏笑了，跟女孩儿妈妈说："让她坐，真没事儿。我站一会儿。不过，这孩子看着挺好啊，什么问题来医院啊？"

女孩儿妈妈说："唉，这孩子估计是膀胱炎，尿频尿痛，已经好几天了。这不，今天等她放了学，就赶紧过来带她看看。应该是要挂水了。"

沈鸿很奇怪："这么小的小孩儿怎么会有这个问题呢？"

女孩儿妈妈叹了口气，说："这孩子平时在学校不喝水不上厕所，肯定是憋尿憋的。"

沈鸿更奇怪了："为什么不喝水不上厕所啊？"

女孩儿妈妈说："学校不停地扩招，她现在二年级，一个年级有 10 个班。今年的一年级，有 11 个班。现在学校的孩子特别多，老师的办公室都腾出来做教室用了。一个学校这么多人，厕所就那么多坑位，又没有扩建，所以课间上厕所排大队，根本来不及上。小孩儿课间又想着玩，索性都不喝水不上厕所，就算有尿也尽量憋着。时间一长，就这样了。真是让人操心死了。"

"啊，一个年级 11 个班？！"吴畏和沈鸿都惊了，"我们小时候，一个年级才 4 个班。"

女孩儿妈妈撇撇嘴说："我们也是啊，还有 3 个班的。"

吴畏和沈鸿几乎是异口同声地问："你们孩子上的是哪个学校啊？"

"长安小学。"

长安小学就是吴畏一直口口声声念叨的名校。之所以有名，是因为这所小学在金南市最好的区里，学校旁边不是市政府就是各省级机关单位，所以这所小学的生源非常好，家长非富即贵。师资力量也很强大，学校里光区以上的优秀教师就有十多个。长安小学对面，就是金南市最好的中学——金南外国语学校。一旦进了这所中学，基本上就进了名牌大学保险箱，每年清华北大都不算什么，很多优秀的孩子不用参加高考就直接被世界排名前五十的外国重点大学录取了。考上金外是金南所有小学生的目标。金外的录取率就是各个小学的考核成绩单，录取得越多，这个小学就越厉害。而长安小学，在金外的录取率上常年保持前三名，因此名号很响，是所有有名校情结的家长的首选。由于报名的人数实在太多了，学校只好一再扩招。这个吴畏和沈鸿都知道，但他们怎么也没想到都已经扩招到了这个地步，导致孩子们上厕所都有困难了。

听完女孩儿妈妈的回答，吴畏和沈鸿对望了一眼，都没再说话。差不多又等了一个半小时，毛毛才看上病，抽了血，诊断为病毒性感冒，发烧 39.5 摄氏度，挂水。医生看完，开了一天的抗生素，让吴畏去缴费，顺便说了句："如果明天没有退烧，明晚再来。"

"啊？还来啊，医生你就不能一次给开三天的吗？我们万一还不好就直接挂水，好了的话浪费也没关系。"吴畏嚷嚷道。

"不行，我们有规定，抗生素只能一天一天地开，所以你们必须明天再来。"

"那还要再挂号吗？"

"当然！"医生抬头瞪了一眼吴畏，觉得这话问得简直不动脑子。

没办法，只能先拿上药，输上液再说吧。

两个人抱着毛毛，拎着东西往二楼输液大厅走去。

"哼，医院怎么能这样！他们不知道现在看病有多困难吗？不知道病人来一趟多麻烦吗？不知道每次要等多久吗？怎么能只给开一天的药，起码……"还没等吴畏抱怨完，沈鸿就冷冷地打断他："你最好做好心理准备，等挂水也至少还要一两个小时才能轮上。"

吴畏吃惊地说："什么……"

沈鸿努努嘴，示意吴畏抬头看。吴畏抬起头，眼前的电子大屏上显示的号码是1057号。吴畏低头看了看自己手上的号码，1369。沈鸿去输液室找座位，否则一会儿孩子只能站着，让大人从上面拎着吊瓶挂水。吴畏抱着孩子在大厅里到处转悠，这次他算是开了眼界，之前总听人说儿童医院堪比春运现场，他脑海里根本就没有这个概念，现在身临其境，终于懂了。

一个孩子至少有两个以上的家长陪同。因为是孩子，所以挂水的时候披的盖的吃的玩的，样样都有。输液大厅差不多有500个位子，可是全部被填满了。空气里混合的味道简直难以形容——这边有孩子在喝奶、吃比萨，大人泡方便面，隔壁就直接往纸篓里尿尿的，还有随地扔的没来得及处理的全是稀屎的纸尿裤……扎针时孩子的号啕大哭，挂水时的烦躁哭闹，还有大人的呵斥声、叫嚷声，一起汇集在耳边就像是乐队没了指挥，所有的乐器在各自不着调地乱弹奏。护士比陀螺转得还快，这边喊着"护士，水挂完啦，赶紧来拔针啊"，那边喊着"护士护士，赶紧过来看看，针头出来啦"。

吴畏觉得这不是医院，这是灾难现场。孩子来看病，就是全家人一起经历一场灾难。他找到正到处找座位的沈鸿，跟她说："咱不挂了，回家！到家门口的社区医院挂水，反正药都开好了。"

沈鸿看着他："社区医院早就不接收14岁以下的患儿了，别说挂水，连看病都不行。"

吴畏彻底傻了。

从医院挂完水出来，已经是凌晨2点，从晚上7点进医院到离开，共耗时七个小时。孩子还是高烧，什么也没吃，只喝了点儿水。沈鸿和吴畏筋疲力尽，吴畏感觉连开车的劲儿都没有了。上了车，吴畏跟沈鸿说："这样下去不是个办法啊。"沈鸿闭着眼睛说："没有别的办法。"

第二天，吴畏托了好几个人，才找到儿童医院的一个医生，拜托这个医生给开了个后门，提前挂了号，打了招呼，加塞儿挂上了水。虽然也是快7点才去的，结果晚上12点前就到了家。有熟人就是不一样啊。

第三天也是如此。三天之后，毛毛总算开始退烧了，但是出现了咳嗽。吴畏吃不消了，觉得身体所有的力气都被耗尽，他真的没勇气带着毛毛再去医院挂呼吸科了。他跟沈鸿说，买点儿咳嗽药给孩子喝吧，医院真的不能去了。

经历了这么一次带孩子看病的过程之后，吴畏才知道老婆和岳父岳母为支持他的工作，付出了太多太多。这些，他们几乎都没有详细跟他说过，所以他真的不知道原来看病是这样的。电视上拍的那些儿童医院的镜头中，有又宽敞又明亮的病区，有孩子和医生其乐融融、欢声笑语的画面，他以为那都是真的。现在他终于明白了，电视节目总是源于生活而高于生活的，那都是童话故事，骗人的。

第七章

一个月后，医院的 ICU 病房门口。

医生又问了一遍："到底切不切气管，你们家属赶紧决定。"

老沈、沈鸿和吴畏都不说话，毛毛紧紧地抱着妈妈的腿，哼哼着："妈妈你别哭，你别哭，外婆是不是死了……"

过了一会儿，吴畏抬起头，看着老沈和沈鸿说："切吧，至少这样还有希望。"老沈犹豫了一下，沉沉地说了一句："不切。"

吴畏急了："爸，咱们就这么放弃治疗了吗？不能啊！"

老沈眼睛红了："不是放弃，是不能再让她受罪了。"说完，转过身深吸了一口气，下定决心对医生说，"不切气管了，不切。"

医生看着他们说："行，你们签字就行。"说完转身就走，可没走几步又折回来说，"你们三个挨个进去和病人道个别吧，不要三个一起进，一个个地进。"

吴畏第一个进去的，他想看看老人还有没有其他办法可以救。结果一进去，看到老人的样子，他就彻底死心了。老太太赤身裸体地躺着，只有上身反披着一件病号服，下身盖着被子。嘴里、鼻子里、身上，到处都插着管子。由于一个多月没怎么吃过东西，老人已经瘦得不到 70 斤了。那个神气活现的胖老太太不见了，床上躺着的是奄奄一息的骷髅一样的躯体。吴畏已经有十几天没有回来过了，要不是沈鸿给他打电话，他还有几天才能回来。走之前，沈妈妈还在普通病房，还能睁眼，还能用低微的语气和他说话，但是现在，他觉得岳母其实已经走了，只剩下气若游丝的空壳。

他坐下来握着岳母的手："妈，妈，您能听到吗？"

岳母一点儿反应都没有。吴畏闭上眼，眼泪唰的一下就流了出来。天下无敌无所不能的钱，在生命面前微弱到不值一提。自从住进 ICU 之后，每天近 3 万的治疗费，好像是打了水漂，一点儿声息都没有就消失了。而岳母的生命，没有因为钱而做丝毫停留，就像握在手里的沙，从指缝里全部悄然滑落。现在医学水平已经如此发达了，吴畏以为只要花钱就可以治好病，至少可以拖延生命。这些想法，都错了。在那一刻，他突然发现一件事情：钱有两样东西买不到，一个是时间，另一个是健康。

这次为了给岳母治病，几乎花完了他手头上所有的积蓄，每天医院都像是在烧钱一样为岳母治病。到了 ICU 之后，卡上的数字更是像被吃掉了，可病却没有好——钱在病面前，连个屁都不如，消失得没有半点儿痕迹。这么多钱，普通的工薪阶层要挣多久？也许是一辈子。吴畏想起一句话：人一生挣的钱，在最后一年全部给了医院。现在看来，这不是笑话，而是事实。

老沈是第二个进去的。他在里面待了很久，没人知道他在里面和老伴儿说了什么。出来的时候，老沈眼睛通红，跟沈鸿说："一会儿你克制一下自己，别让妈妈太伤心地离开。"

沈鸿早已泣不成声，毛毛要跟着进去，被老沈拦住了。"外婆一定不想让毛毛看到她现在的样子，毛毛不进去了。"然后他就拉着毛毛往外走，说，"外公去给你买点儿好吃的。"

吴畏看着他们走远，然后上前抱住哭泣的沈鸿。沈鸿冷静了一会儿，擦干眼泪，说："我进去了，你别走，在门口等我。"

半个小时以后，在沈鸿的陪伴和注视下，沈妈妈走了。带着对家人的爱，带着对这个世界的无限眷恋，带着她的那些操心事儿，满含遗憾地走了。

办完丧事一周后的晚上，老沈吃完饭，把沈鸿和吴畏叫到了跟前。三个人坐在沙发上，老沈从一个布包里拿出了两个红本本，递给了吴畏："这是我和你妈那套房子的房产证，你们拿去把房子卖了吧。"

"啊？为什么啊爸，卖房干吗？"吴畏和沈鸿同时问。

老沈摆了摆手，低声说："这次给你妈看病，花了你们多少钱，我心里有数。你们为了留钱给你妈治病，买的学区房还贷了款，我估计存款已经全部花完了。本来给你妈治病的钱，就是应该我们自己出的，但是医院那边我一直走不开，实在没时间去处理这个事儿，所以就先用你们的。现在你妈走了，药费也结清了，也到了把这事儿了结一下的时候了。你们去把房子卖了，然后把学区房的贷款还清，估计还能剩下 100 多万，就先放在你们那里，以后如果我有需要的话，再问你们要。"

老沈叹了口气，摸摸头说："从今往后，我一个人了，你们不嫌弃，我就跟着你们住了，要房子也没用，还要经常过去打扫。你妈妈的东西我这两天也收拾得差不多了，该留下的我都留下了，你们直接挂出去卖就可以了。"

吴畏听完，心里很是难受。他知道，如果他把房产证退回去，岳父可能会误会他们不想让他来住，这样就太伤心了。但要是不退，这是老人唯一的房产，卖了的话，老人一辈子攒下的所有积蓄就都没有了。那房子里的所有记忆，也都烟消云散了。老沈好像看出了吴畏的犹豫，说："放心吧。过去的一切，我都记着呢，记在心里了。你妈没走，和我在一起呢。我有相册，手机里也有不少照片，都是回忆。"

"可是爸，这毕竟是您的房子，你们老两口一辈子才攒下的。要不这样，房子先不卖，贷款那边……"吴畏话还没讲完，沈鸿就把他打断了："好的，我们把房子给卖了，先把贷款还上。剩下的钱，我们用您的名字给您存上。就这样。"语气坚定，不容置疑。

吴畏没再说话，老沈点点头。

晚上关门上了床，吴畏问老婆："你今晚怎么这么坚定啊，你把你爸的房子卖了，他可就什么都没有了。"沈鸿看着吴畏："他还有我，还有我们。"她说得对，贷款一日不还，对于这个家庭来说，也是一种压力。如果妈妈知道，她也一定希望不要这样。另外把爸爸的心意收下，他以后和他们住在一起才会安心，觉得自己也是为这个家庭做了贡献的人。如果一味地推让，反而会让爸爸住得不安心。日子还长，爸爸的情和债都可以慢慢还。反正以后爸爸就一个人了，她会一直照顾他，那边的房子也不会再有人去住，现在卖掉和以后卖掉区别不大。

　　吴畏听完沈鸿的想法，也无话可说。沈鸿应该更了解她的父母，只是吴畏觉得这样做，有点儿过意不去，沈鸿的父母真的把一切都给了他们。中国的父母为了孩子，真的是毫无保留啊。

第八章

2016 年元旦，火车站。

吴畏站在站台上，穿堂风刺骨。他感到冷，前所未有的冷，好像裸体站在这寒风中，风在瞬间就击穿了他，让他觉得自己是空的。耳鸣，又开始了，像蝉叫，忽高忽低忽远忽近，伴着风声，让他迷惑这儿不是站台，而是森林。刚刚为了应酬客户，吴畏一个人喝了两瓶红酒。他不懂为什么中国人谈生意，不喝酒就没法谈；喝了酒，就什么都可以谈。现在红酒市场竞争很激烈，想进超市，想守得住超市的位置，都得靠关系去拼去抢。

要想维护关系，除了私下里的红包，就是酒桌上的推杯换盏。男人的义气都是酒水里泡出来的，不喝，就别想让关系更近一步。吴畏自己是卖红酒的，他为了卖红酒而喝了多少红酒，自己都不清楚。胃就是这么喝坏的，喝完了吐，吐完了再喝。吴畏想，如果有一天不做这份工作了，他一口酒都不想再沾，他要把家里所有的酒都砸了，来告慰自己失去的好胃。

恍惚中，耳边隐约传来了站台的播报声，火车就快进站了，太好了。他想着，只要能赶紧上车，赶紧坐下来，他就缓过来了。在这趟从北京开往上海的列车上，挤满了过节回家的人。高铁票根本买不到，只能坐动车了。车厢里站满了无座的旅客，吴畏拼尽了全身的力气，才终于穿过人墙，挤到了自己的座位上。吴畏连抬手放包的力气都没有了，直接把包扔在了座位下面，然后就软软地倒了下去。

他睡着了。

迷迷糊糊地，他总感觉有人在用肩膀顶他的头。被顶了好几次后，吴畏终于被顶醒了，他挣扎着睁开眼睛，看到了旁边座位上一个小姑娘嫌弃的眼神。她也正斜着眼睛看他呢。吴畏不好意思地笑笑，对小姑娘说："你好，是不是……我刚才睡着了，把头靠在你……你肩膀上了？"

小姑娘点点头说："是的。而且你头还特别重，压得我这边的膀子都动不了了。"她看着也就是 20 岁出头的样子，齐耳短发，眼睛大大的，穿着很朴素，应该还是个大学生。

吴畏笑了，说："我头大，所以重。不像你头小，看着就轻。"他本来想开玩笑缓和一下气氛，但好像并没有效果。小姑娘翻了吴畏一眼，没理他，继续看自己手上的书。

吴畏有点儿尴尬，搭讪说："哟，看书啊，看的什么书啊？"

小姑娘眼睛也没抬一下，说："中医书。"

吴畏顿时有点儿敬佩地说："啊，你是中医学生呀？"

小姑娘说："不是，我是学理工科的。"

吴畏很惊讶："那你看中医书干吗，看得懂吗？"

小姑娘叹了口气，转头看着吴畏，说："大叔，我学理工科的为什么不能看中医书？中医又不是梵文，只要是中文，学什么科的人都能看都能懂吧？"吴畏刚想辩解自己不是大叔，可小姑娘没给他机会，继续说，"这年头看中医书的人多了，人人都应该有点儿中医常识，学会健康地生活。不能像你们这些中年男人……活得这么不讲究。"

吴畏这回可是真乐了，说："我不讲究吗？我挺讲究的啊，吃的要好，住的要舒服，我平时坐飞机还经常头等舱呢！"

小姑娘很不屑地撇撇嘴说："你那不是讲究，是显摆。真正会生活、注意健康的人，是合理饮食，作息规律。我一看你这脸色，就知道你是一个特别不注意健康的人，而且说话……还满嘴酒气。"说完，故意表示嫌弃地捂了捂鼻子。这下吴畏就有点儿尴尬了，连忙把身子往旁边挪了挪，打圆场地说："我刚上火车前确实喝了点儿酒，我马上喝口水漱漱口就好了。"说完赶紧弯腰从自己的背包里摸出一瓶矿泉水，喝了几大口，冰凉的水立刻顺着喉管流下去，胃里一阵抽痛。

火车很快到了德州，列车员开始在车厢里卖德州扒鸡。好多人买了，还要了啤酒，车厢里气氛一下子就活跃起来。吴畏本来就觉得不舒服，胃里难受，结果一闻见车厢里混合了酒肉、饭菜、方便面和人体荷尔蒙的味道，就开始想吐。

小姑娘又斜着眼睛看吴畏，说："大叔，你一直在犯恶心，你是想吐吗？"

吴畏紧紧地抿着嘴，点点头。

小姑娘想了想说："我这儿有小柴胡颗粒，你要吗？冲点儿水喝下，这个药有止呕的作用，也有解酒的作用。"

吴畏听了赶紧摆手，说："不不不，不用了，我从来不吃中药，而且我也从没听说小柴胡能解酒啊。我知道我的问题，老胃病了，我有达喜，就在包里，一会儿吃。谢谢你啊。"说完，又是一阵恶心涌上来，他憋不住了，立刻起身奔向厕所。到了厕所，干呕了半天，什么也没吐出来。除了老胃病，他总感到累，而且还觉得冷，恶心，身体酸软。他想这应该是和这段时间经常出差有关，确实是太累了。马上要过年了，到处都在搞年前促销，他已经连着在外面跑了快一个月，严重超负荷。他需要休息，他想赶紧回家，倒在床上睡上三天三夜，一分钟都不能少。

在金南下车的时候，吴畏和身边的小姑娘说再见。小姑娘看着吴畏的脸色，还是忍不住嘱咐了一句："大叔，注意身体啊！"

回到家已经是晚上10点了。难得毛毛还没睡，吴畏高兴坏了，抱着毛毛亲啊揉啊玩啊不肯撒手。沈鸿在旁边看着，觉得特别温暖，这种三口之家的其乐融融，真的太少了。老沈也高兴，乐呵呵地在旁边待着，不说话。

过了一会儿，吴畏突然问："爸，您怎么不看电视了？"

"啊，哦哦，我……我看着你回来高兴，就给忘了，马上看马上看。"说完就赶紧起身往电视机前面走，一边走一边嘴里唠叨着，"欸？我遥控器呢？我遥控器放哪儿了？你们谁拿我遥控器了？"

沈鸿一伸头，接话："爸，遥控器不就放在茶几上的盒子里吗，您自己放的，怎么又忘啦！"

"哦哦哦，呵呵，瞧我这记性。"老沈立刻笑着自嘲，然后打开电视专心地看了起来。

吴畏看看沈鸿，沈鸿悄悄地皱眉，低声说："我爸最近不知道怎么了，记性特别差，刚说的事儿，转身就忘。"

吴畏笑笑："老人嘛，记性都不好。我现在记性也差，别说转身了，刚转头就忘了。好多事情都得记在本子上，你说我是不是得老年痴呆症了？"

沈鸿笑："你不是一直有吗，这么说搞得好像你才得似的。"

正说笑着，毛毛一阵咳嗽。

吴畏皱着眉，问沈鸿："不会吧，毛毛的咳嗽还没好啊？"

沈鸿苦着脸说："是啊，断断续续的，都快有两个月了。中间好了一阵子，最近两天不知道是不是天气变冷了，她又有点儿咳。"

吴畏说："明天我休息，要不我们带毛毛去医院看看吧。"话刚说出口，吴畏就想起了上次带毛毛挂水的经历，立刻腿就软了。他赶紧改口道："或者，我们带她到附近的医院看看。"沈鸿瞅了一眼吴畏，立刻猜到了他的心思，说："你安心在家休息吧，我明天观察一下，不行我和爸爸带她去。"

第二天一早，沈鸿就和老沈带着毛毛去医院了，直到中午才回来。吴畏也才刚起来一会儿，因为他昨晚又失眠了，早上快4点才睡着，所以睡到了中午。看到沈鸿和爸爸一脸疲惫地进门，吴畏赶紧了上去，问："毛毛没事儿吧？医生怎么说？"沈鸿皱着眉说："医生说毛毛肺部有啰音，怀疑是肺炎，拍了片子，没等到拿，人家中午就下班了。我们就只能先回来，下午再过去拿片子，搞不好要住院。"

"啊？不会这么严重吧？"吴畏心疼地抱起毛毛。毛毛还在咳嗽，小脸红红的，嘴唇也红。老沈对沈鸿说："下午我去拿片子，你去上班，别总请假了。我坐公交车去，也方便。"

下午，吴畏在家带毛毛，少有的父女时间。毛毛趴在吴畏身上，听吴畏讲故事。吴畏讲了半个小时不到，就感觉到有点儿上气不接下气，头晕，缺氧。吴畏说："宝贝儿，咱们不讲故事了好吗？你自己看一会儿行不？"

毛毛摇摇头，说："还要讲，还想听。"吴畏面露难色："爸爸讲累了，想休息一会儿。"毛毛有点儿生气，皱着眉头，嘟着小嘴说："每次妈妈都给我讲好长时间，你怎么才讲一会儿就累啦？"吴畏笑了，揪了揪小朋友的耳朵说："这样吧，爸爸带你下楼玩一会儿，我们去荡秋千好不好？"毛毛一阵雀跃，立刻滑下沙发，去穿鞋了。

下午虽然有太阳，但是走在外面，还是感觉风很冷，树叶凋零，到底是冬天了。吴畏缩了缩脖子，领着毛毛往小区的游乐场走。还好是下午，也没什么人，游乐场的滑梯、摇摇椅和秋千都空着。吴畏赶紧把毛毛放进秋千的坐篮里，两人就玩起来。毛毛玩得高兴，一边荡一边说："爸爸再高点儿，还要高，再高。"风把毛毛一头蓬发吹得乱七八糟，两人笑着叫着，声音传到了好远的地方。

当天夜里，毛毛就发起了高烧。

第九章

毛毛发烧后，沈鸿就没怎么睡，一直在给毛毛物理降温。

第二天一早，全家像打仗似的全体出动，去医院。路上，老沈沉着脸不说话，吴畏吓得不敢吱声，沈鸿忍不住抱怨："你怎么就不动脑子想想呢，孩子本来就咳嗽，怀疑是肺炎。这么冷的天，你还带着她去荡秋千，连围巾口罩都不戴，也太不负责了吧。就算没带过孩子，这点儿常识也应该有啊。你难得在家，我们才让你带了一个下午，你就把孩子弄成这样，你这爸爸怎么当的啊！"

吴畏心里别提有多愧疚多后悔了，看着毛毛发烧，吴畏也心疼啊。沈鸿说得对，他太不负责太大意了。他真的没有带孩子的经验，不知道出门要裹围巾、戴口罩。而且这么冷的天，风又大，还玩荡秋千，结果把冷风全吃进去了。本来下午老沈去拿片子，说孩子肺部阴影不明显，让回来吃点儿药再观察一下。全家还挺高兴的，没想到晚上毛毛就高烧了。这样会不会真的肺炎了，吴畏心里也没底。如果真的弄成了肺炎，吴畏就太生自己的气了。他一路上祈祷，千万别千万别。想着想着，他的胃又疼了。

"应该是肺炎，住院吧。"医生连头也没抬，就开始写住院单，"不过现在病床非常紧张，没有床位了，你们先住在走廊里，慢慢排队吧，等有孩子出院，就能搬进房间里去了。我先给开药挂水，你们去交钱，办住院手续。"

吴畏傻了。老沈眉头紧锁，拿着住院单就往外走，沈鸿一把拦住他："爸，您别跑了，让吴畏去。吴畏，你还傻站着干吗啊，快去办住院手续，我和爸先带毛毛去病房。"

"啊，哦哦哦，好，我去我去。"吴畏这才缓过神儿来，赶紧拿过住院单就往外跑。

老沈看着吴畏的背影，没好气地说："怎么跑起来跌跌撞撞的，最近感觉他做事儿越来越不靠谱了，真是让人操心。"

沈鸿叹了口气，扶着老沈说："爸，您别着急了，也别生气，吴畏他最近太累了，我们也体谅他一下。我们赶紧去病房吧，看看能不能帮毛毛找个床位。"

吴畏这边，一边往缴费处跑，一边开始流汗。他的胃又开始作怪了，而且他感觉腿发软，使不上劲儿，老想往地上赖。就缴费处这么点儿距离，他跑得好艰难。可是这会儿他想到的不是自己，而是毛毛。他在脑海里迅速检索人脉关系，看谁能帮他找到人，给毛毛搞个床位，绝对不能让宝贝女儿睡在走廊里啊。他必须为毛毛的健康，也为自己的错误，做点儿什么。

"喂，老李，是我。我有件事儿要麻烦你。我女儿肺炎，在儿童医院，需要马上住院，但是没床位。你帮我找人搞个床位吧，多少钱都没关系，要快，这会儿就急等着住呢，行吗？拜托了！"

老李是吴畏的朋友，社会活动家。所谓社会活动家，就是认识的人特别多，特别爱攒各种局。有人想找投资，有人想找项目，他就中间牵个线，帮人家联系一下。成与不成的，多半会给他点儿好处，即使没钱，也都会攒下个人情，说不定日后有地方就能用上。吴畏和他也认识了好多年，算是老朋友了。老李确实帮过吴畏不少忙，拉过很多次客户，吴畏也从没亏待过他，反馈都很丰厚。人嘛，尤其是男人之间，友情多半都是建立在互利互惠的基础上，谈不上感情，就是交情——又利落又爽快，彼此不挂心，也不会相互拖累，但有事儿的时候却又是依靠。

吴畏想，老李应该有认识的朋友可以搞定床位的问题，不就是要花点儿钱嘛。花钱给女儿，这简直不叫个事儿，反正不能让毛毛受罪，更不能让沈鸿在走廊里陪着，他太心疼了。不过，在心疼的同时，他必须得先把自己的胃疼控制住。刚才出门着急，药也没带，这会儿只好先去医院门口的药房买点儿止疼片。他不想让老婆和岳父知道自己也不舒服，一是毛毛生病本来就是他的错，他得负责把事情都安排好；二是他不想再给别人添麻烦，让沈鸿照顾孩子的同时还要担心他；三是他不想让家人觉得他太不中用了，难得带孩子看病，自己却病倒了。吴畏一边着急地等老李回话，一边忙着给自己弄药。等他赶到病房的时候，沈鸿和老沈都等着急了。沈鸿来不及埋怨吴畏，赶紧到护士站办理相关手续。毛毛静静地躺在老沈的怀里，脸烧得通红，因为难受，一直愁眉苦脸的，不停地哼哼。

老沈沉不住气了，没好脸色地问："就办个住院手续，怎么这么长时间？看毛毛都烧成什么样儿了，急等着挂水呢。"

吴畏虚弱地赔笑了一下，什么话都没说。

沈鸿办好手续跑过来招呼他们过去，然后直接跟老沈说："爸，您先回去休息吧，这儿有我和吴畏，您放心吧。"

老沈气呼呼地不吱声。

吴畏说："爸，我开车送您吧，然后我再回来。"

老沈沉着脸："不用了，我再待一会儿，然后自己打车走。"说完拉起毛毛的小手放在自己的手心里，一脸的心疼。沈鸿看着吴畏，吴畏低下了头。

毛毛住院已经五天了，居然还没有退烧。

其实在住院的第二天老李就找到关系让毛毛住进了病房，也用了最好的抗生素。可是一连五天，就是高热不退，抗生素的剂量也在不断加大。孩子出了一身又一身的汗，就是不见退烧。医生说这是很常见的现象，但是沈鸿和吴畏没见过，心里着急得不行。吴畏几次找到主治医生问还有什么办法，还有什么好药，全给我女儿用上，我们不怕贵。医生很平静也很冷淡地说，这不是贵不贵的问题，我们治疗都有规范的，都得按照规范来，有钱也没用。

第七天，毛毛开始哮喘了。

医院给毛毛上了激素。沈鸿很反对，她知道激素不好，对身体副作用很大。但是吴畏不这么想，他要让孩子快点儿好，赶紧退烧，不再哮喘。别说激素了，什么厉害的药都能接受。

"先让毛毛退烧，别哮喘。其他的问题，我们以后再治，先把眼前的病治好。"吴畏求沈鸿。沈鸿很为难，她也不懂医学，激素到底对哪里不好，她并不确切地知道。她也担心，要是一直哮喘下去会不会引发更可怕的病症，到时候该怎么办？那一刻，她真的觉得自己很无知，一点儿医学常识都没有，医生说什么就是什么，别无选择。

最后他们还是同意用激素，两天之后，哮喘就平息了。发了快十天的高烧，也慢慢退了下来，沈鸿和吴畏总算松了一口气。

退烧的那晚，是老沈在医院陪床的。沈鸿和吴畏，已经快要垮掉了，他们必须回家，好好地睡上一觉。

进了门，沈鸿直接瘫倒在沙发上，一动都不想动。嗓子像冒了烟似的疼，咽口水都不行。头痛欲裂，眼睛也疼，身上像被人揉打过一样，所有的骨节都碎了，支撑不起身体。直觉上，沈鸿觉得自己感冒了。

"吴畏……"沈鸿虚弱地唤他，想让他给自己倒杯水，再找点儿药。

没回应。沈鸿抬眼看看周围，没人。不知道吴畏是在厨房，还是已经直接扑倒在床上了。她心里一阵不高兴。毛毛住院这十天，沈鸿在医院寸步不离，只有中间偶尔几次老沈来换班，她才抽空回家洗个澡，换件衣服。幸好是冬天，要是夏天，她感觉自己都要臭了。睡觉也不分白天黑夜，只要毛毛睡着，她就赶紧趴在床边眯一会儿，但是又不敢睡沉，生怕水挂完了没发现，血液倒流。吃饭全部都是医院食堂，也不知道吃了啥，反正勉强买点儿东西填饱肚子。

吴畏呢？白天正常上班，晚上下班都快九点了，才能到医院看上毛毛一眼。待不了一会儿就东倒西歪地打瞌睡，沈鸿看着不忍，让他赶紧回家睡觉。虽然她知道吴畏上班辛苦，但毕竟是毛毛生病的时期，夫妻俩应该共同分担点儿责任，好像孩子只是沈鸿一个人的。而且这期间他居然有两天还喝了酒，真是把沈鸿气坏了。男人在外面挣钱就这么了不起吗？只要挣了钱就有了免责证吗？还有了为所欲为证？讲起来，都是为了这个家，挣钱都是为了老婆和孩子，所以男人干什么都行，干什么都有理，都应该被原谅。如果老婆不高兴了，那就是老婆的问题，是老婆不懂事儿，不知道体谅老公的辛苦……这是什么狗屁道理啊！

"吴畏！"沈鸿越想越气，声音大了很多，"你在哪儿，在干吗？能不能过来帮我一个忙？"

还是没声音。

火，噌地蹿到了沈鸿的脑门儿。沈鸿这次是真生气了，她呼的一下站起来，忘记了身体的疼痛，直奔房间里面。

咚的一下撞开门，没人！

人呢？沈鸿转了一圈都没看到吴畏的影子，最后打开厕所的门，一眼看到了跪在马桶前，脸色蜡黄的吴畏。他吐了，马桶里全是污物。他嘴里鼻子里都是酸臭的水，正在慢慢地往下滴。

第十章

"啊，吴畏，你怎么了？"沈鸿失声惊叫，"刚才不是好好的吗，怎么就突然吐了？"沈鸿一边说，一边着急地找杯子接水、找纸巾，然后递给吴畏。她蹲下来拍着吴畏的背，忘了所有的火气，心疼地说："是不是胃病又犯了？"吴畏接过水和纸巾，虚弱地摇了摇头，费力地先把口鼻擦了一下，然后仰头漱了漱口，低声说："我没事儿，你先出去吧。这儿脏，我一会儿收拾一下。"

马桶里确实很脏，吐的东西溅得马桶壁上到处都是。沈鸿忘了自己的难受，一边扶吴畏起来一边说："你先出去休息，这儿别管了，我来弄，没什么脏不脏的。"沈鸿费劲地把吴畏扶出来坐到沙发上，又重新去厨房倒了杯热水递给吴畏。吴畏仰头躺着，摇了摇手。沈鸿也没说什么，放下杯子就赶紧去打扫厕所了。

吴畏就这么躺在黑暗中，耳边轰轰地响，感到耳膜在扩张，好像是坐在正迅速降落的飞机上。他感觉身体不停地在往下掉啊掉啊，不知道什么时候才能落到地上。

一开始他觉得是胃病引起的，但是最近他发现有点儿不太对头。

以前就只是胃疼，不能多吃，吃多了会疼会胀，也不能饿着，饿了也会疼。可是这一段时间，他又出现了频繁的恶心和呕吐，这是以前没有过的。另外就是记忆力减退，上午开会说的事情，下午就忘了。好几次约了见客户，但一到时间就忘得干干净净，都是别人打电话来催，错失了好几票大单子。身体就像手机快没电似的，开始报警。他感觉呼吸困难，气不够用，四肢绵软无力，总是想躺着，什么也不想做。最莫名其妙的是，他居然长胖了，这种胖绝对不是吃胖的，事实上他的食欲一直在下降。可奇怪的是，他就是胖了，体重增加了快十斤，所以他感觉身子特别沉，沉到自己都要无力负担了。偏偏最近的事情还特别多，多到他应接不暇。

这几天，他好多次都想早点儿下班去替沈鸿在医院看护毛毛，可不是因为工作太多走不开，就是因为他白天的失误，导致晚上要把工作计划重新修改。有两天晚上，他下班的时候感觉站着都很困难了，总想靠着坐着。而且嘴里的味道好难闻，竟然有股尿味儿，自己都很嫌弃，于是只好在医院门口的小超市，买了一罐啤酒灌下去，嘴巴里有了酒气，就闻不到尿味儿了。而且这样就算走路歪歪倒倒的，沈鸿也不会觉得奇怪了。

他不想让沈鸿担心，宁愿让她因为喝酒而生气，也总好过让她担心。沈鸿已经太累了，瘦弱的身体不能再单薄了，他不想也不能给心爱的妻子再增添新的负担。他不知道自己是哪里出了问题，但他知道一定是出了问题。可他不敢去医院检查，生怕真的查出什么。他也没时间去医院检查，家里的事情都忙不过来，哪儿还有那闲工夫体检啊。

等沈鸿从厕所里收拾完出来，看到吴畏已经在沙发上睡着了。沈鸿走到沙发前，蹲下来轻轻地抚摸着吴畏的脸。这张曾经刚毅而英俊的脸庞，现在变得蜡黄、浮肿。即使在睡眠中，眉头也是紧皱着，好像装满了心事。沈鸿越看越心疼，之前所有的抱怨都烟消云散，她想到了这几年吴畏的辛苦，想到了他为这个家努力付出的一切，想到了他的身不由己。那一刻，她甚至有点儿自责，自责自己没有照顾好他，没有照顾好毛毛。中年的夫妻仿佛比老年的夫妻更要彼此理解，互相扶持，否则真的走不过这人生最辛苦的一段。她爱吴畏，她看着他这么累而憔悴，她真的难受。她不该埋怨他，她应该体谅他。

沈鸿轻轻地叹了一口气，起身去拿了热毛巾来，给吴畏擦了脸和手，然后又帮着吴畏把鞋子脱掉，帮他把脚放好，去卧室抱了被子来盖在了吴畏身上。就在沙发上睡吧，别再折腾了。沈鸿心里想着，她也实在没劲儿把他拖到床上去。安顿好吴畏，沈鸿赶紧去找药，她对自己说：我不能生病，我得快点儿好，女儿需要我，吴畏也需要我。

翻遍了药箱，幸好有白加黑和头孢。头孢好像过期了，管他呢，又不是食物，过期时间不长应该没事儿吧。沈鸿一仰头把药灌下去，倒在床上，拉过被子，瞬间睡着了。

第二天早上睁开眼，天已经大亮。

沈鸿一个猛子坐起来，点开手机，天哪，都快九点了。沈鸿咽了一口吐沫，嗓子生疼，看来是扁桃体有点儿发炎。头晕晕的，浑身没劲儿，但她还是赶紧爬起来到客厅找吴畏，结果发现吴畏不见了，换成了老沈坐在沙发上看报纸。

沈鸿很奇怪："爸，怎么是您啊，吴畏呢？您回来了，毛毛那边没人怎么行啊。"

"吴畏在呢。"老沈幽幽地说，"他一早就去医院把我换回来了，还给我买了早饭，让我回来休息，他在那儿盯着。而且他千叮咛万嘱咐我回来时轻一点儿，别把你吵醒了，说你这些日子累坏了，让你好好睡一觉。"老沈抬眼指了指桌子，"你的早饭。我没吵你吧，是你自己醒的吧？"

沈鸿松了一口气，心里感到一阵温暖。吴畏既然能早起去医院，身体应该没什么事儿了。于是她从容地洗漱吃了早点，又找了点儿药吃，才出门往医院去。刚到病房门口，沈鸿就听见里面传来了激烈的争吵声。再一听，居然是吴畏："医生，你们怎么回事儿，孩子怎么又发烧了，你们到底会不会治啊？！而且孩子咳嗽得有多厉害，你们听不见吗？都影响到隔壁床的孩子休息了。激素也用了，抗生素也用了，怎么连个烧都退不下来，有这么困难吗？这是疑难杂症吗？如果是你自己的孩子，你也这么慢悠悠不着急地给治吗？你有没有点儿同理心？！"

"这位孩子家长，请你冷静一下，我们所有的治疗都是按照规范来的，没有一点儿差错。孩子的病本身就比较难治，因为它变化太快，我们也及时地根据孩子的病情变化做了治疗调整啊。我们的每一个治疗都是可以被检查的，都是按照规定有理有据的，不是随意治疗，更没有不用心。"

听到这里，沈鸿赶紧推门冲进去，拦住了又要讲话的吴畏，不停地跟医生赔不是："哎呀，医生，不好意思不好意思，孩子她爸爸冲动了，态度不好，我们没有怪你们的意思。"然后转头冲吴畏说："你干吗啊，就算孩子有问题也不应该对医生这种态度。"

吴畏一看沈鸿来了，眼圈一红，说："毛毛今早又发烧了，而且咳嗽得特别厉害。我叫了几次医生过来，他们都说等会儿，在查房。结果他们来的时候，我说了情况，他们反应也很冷淡，说不行就继续用激素，让我们自己做决定，然后就走了。这是什么态度嘛。我这要不是发火了，他们根本不会来，一点儿责任心都没有，太不像话了。"

"我们不是一直在忙嘛，整个病区又不是只有您家一个孩子，所有的孩子我们都要治疗，都要照顾，确实忙不过来啊。"主治医生黑着脸辩解道。

"是是是，我们理解我们理解。你们确实很辛苦。"沈鸿赶紧打圆场，"那这样，咱们先不吵了，还是商量一下怎么治疗吧，别耽误您太多的时间。"

医生手一摊："像这种情况，继续激素治疗吧，等把烧彻底退了再去拍个片子看看。"

"好好，听您的。"沈鸿把吴畏拉到一边，医生就赶紧顺势走了。沈鸿严肃地看着吴畏说："你这是干吗，你把医生痛骂一顿，自己倒是快活了，有没有想过毛毛？"吴畏委屈地说："我没想过毛毛？我不就是因为心疼毛毛，才和他们吵的吗，你都不知道他们冷漠的态度。""他们是医生，又不是我们的亲戚，你还以为这里到处都是鲜花和笑容啊。这是医院，咱们是病人，咱们有求于人家，求人家给咱们治病，就是这么简单冷酷的关系。你别自己想得太美好了。"

沈鸿说完，不理吴畏，赶紧去看毛毛。毛毛又开始发烧，一直在难受地哼哼，爸爸在和医生吵架的时候，她不停地咳嗽，但是她不敢哭，她怕哭了的话，爸爸就和医生吵得更凶了。幸亏妈妈来了，所以在看到妈妈的那一刻，毛毛哇的一声哭了，然后抓着妈妈说："我胸口疼，我难受……"

后来，吴畏又打电话找老李，老李又托人找了儿童医院呼吸科的一名专家，给毛毛做了会诊。经过几天的抗生素和激素治疗，毛毛终于病情稳定，不再发烧了，只是胸闷和咳嗽。拍片子一看，肺部阴影已经很少了，可以出院回家休养了，后期雾化治疗。

这一次肺炎，前后住院 16 天，花了快 3 万块钱，还不算后面的雾化以及用药。吴畏从这次生病再次确认了两件事：一是生病真的很花钱，哪怕是一次孩子的肺炎；二是人脉资源很重要，有人脉就能找到最好的医生资源。当然，第二点落到实际还是钱。

出院后，吴畏约了老李见面，买了一个新的苹果手机送给他，老李也没太多推辞就收下了。老李是个身高体魁的 46 岁的中年男人，头发不多，但梳得油光锃亮，穿着个长风衣，很像电影里周润发赌王的扮相。他的脸很宽，粗眉大眼，目光炯炯，鼻头大而圆，脸上总有一种淡淡的笑意，让人看着就有一种安全感。不像吴畏，脸上挂着年轻和烦恼，身体总是想往前奔跑，可腿脚又有点儿跟不上，让人感觉跌跌绊绊的。

吴畏拍着老李肩膀说："老哥，这次多亏有你，以后肯定还有需要你帮忙的地方。"老李说："有事你就开口，我尽力而为。"

第十一章

过年啦!

除夕夜,电视里放着春晚,老沈端着碗,坐在沙发上看着,面前的茶几上摆着一小杯酒、一盘花生米,还有几盘小菜。毛毛靠在外公身边,也全神贯注地看着电视,开场是一大群小朋友在唱歌跳舞,还有好多人扮的玩偶,闹啊蹦啊。毛毛整个人被吸引了,瞪着圆圆的大眼睛一刻都不放松,嘴上油乎乎的,还残留着晚饭吃的排骨的卤汁。只是,她时不时地还会咳嗽一下。

自出院以后,毛毛就一直咳嗽,雾化了十多天还是没什么用。后来吃了好几盒小儿麻甘颗粒和小儿肺宁颗粒,才慢慢地把咳嗽止住,但没断根儿,还会经常咳上几声。咳嗽虽然好点儿了,但是鼻涕却一直没停过,晚上睡觉鼻子呼噜呼噜的,不通气。医生检查说是鼻炎,可是孩子还小,也没什么太好的办法。毛毛就一直流着鼻涕生活着,有时候咳嗽,也是因为鼻涕倒流导致的。全家人看着都很发愁,但也无能为力。

沈鸿和吴畏坐在饭桌前,默默相对。

他们已经好久没有这闲工夫能坐下来好好地吃顿饭，聊聊天了。以往过年，吴畏总是很忙，经常一边吃着年夜饭，一边接打电话，安排过年期间红酒的销售事宜。家里人好像也习惯了，随他忙去，沈鸿会带着毛毛陪着两位老人一起看春晚。但是今年沈妈妈不在了，家里没了这个老人的大呼小叫，一下子安静了好多。吴畏也早早地做好了安排，把很多事情都交代给下面的人去处理了。不知道为什么，他比以往任何时候都渴望在家过年，渴望安静地不被打扰地和家人待在一起，从容地吃一顿年夜饭。

家里的空调开得很足，很暖和。沈鸿穿着一件桃红色的高领毛衣，白皙的脸被映衬得有点微红，安安静静吃饭的样子，好像一潭波澜不惊的湖水，让人不忍打扰，生怕惊出一阵涟漪。

吴畏痴痴地看了一会儿，还是忍不住问："老婆，你有什么新年愿望吗？"

"啊，愿望？"突然被问起，沈鸿挑了挑眉毛，歪着头想了一会儿说，"嗯……没什么特别的愿望，就是以后每年一家人都开开心心地在一起就好了。我没其他奢望。"

吴畏启发似的又问："就没点儿自己的打算吗？比如买个什么东西，或者去哪儿玩一下，或者是升个职什么的。总归有点儿具体的想法。"

"那你呢？你有没有什么愿望和具体的想法？"沈鸿俏皮地看着吴畏，回问。

"我啊，我想带你和毛毛，还有咱爸出国旅游一趟。你不是特别想去欧洲看看嘛，这几年孩子小，妈妈又生病，一直都没时间。

我也工作太忙了，没法休假，错过了好多好时光。所以，我想今年五六月份，说什么都休一次假，带你们一起出去玩玩，看看外面的世界，给你和毛毛照很多好看的照片。"

"啊，这么好啊！"沈鸿的眼睛亮了起来，"你说的是真的吗？我可当真啦。"

"必须是认真的，我吴畏说话算数，今年旅行不去，就……就……"
"就什么？"沈鸿调皮地盯着他。
"就不能和你上床！"
晚上，床上。

吴畏盘腿坐着，唉声叹气。远处传来的轰隆隆的鞭炮声也掩盖不住他的叹息声。沈鸿半靠在床头看着他，幽幽地问："是不是离婚后对我没兴趣了？"吴畏一听着急了，连忙辩解："老婆，你这话是不是说反了？都是结婚后对老婆没兴趣了，哪有离婚后对老婆没兴趣的？你现在也不是我老婆啊，是我一心追求的情人，我怎么会没兴趣呢？我是实实在在的兴致盎然啊。"

"那请你解释一下你那里到底是怎么回事？"

"我……我也不知道。"吴畏叹了口气，"自从离婚以后，它就再没有站起来过。"

"哼，你活该，谁让你非要离婚的？！"沈鸿说完，赌气地背过身去，不想理吴畏。

吴畏想靠过去抱住她，但又觉得很沮丧，于是一个人坐了一会儿后，默默地转身关掉台灯，在黑暗中背靠背地睡下了。沈鸿闭上眼睛，委屈的泪水一下子涌了出来。他们都知道不应该责怪对方，但又都不想先拥抱。就这样僵持着，为了维护一点儿可怜的自尊。

窗外，别人家的烟火把黑夜照得忽明忽暗，一年，就这样过去；一年，就这样来临了。

大年初一的早上。老沈站在老伴儿的照片前燃起一根香，又在照片前面放了一盘饺子和一些水果，然后就这么一直站在那里，盯着照片看。沈鸿起床的时候，他就是这个姿势，等沈鸿洗漱完毕去喊毛毛起床，又给毛毛洗漱完毕，他还是这么站着，动也不动，像尊蜡像。本来沈鸿不想打扰爸爸，但是看他这样，心中又有点儿担心，就说："爸，吃早饭吧，别总站着了。"老沈没理她。

沈鸿对毛毛使了一个眼色，轻声说："宝宝，去喊外公吃饭。"毛毛懂事儿地点点头，跑到外公身边，抱着外公的腿，仰着小脸说："外公，吃早饭。"说完又是一顿咳嗽。老沈这才回过神儿来，看着腿边上圆圆的小脸说："毛毛，你想外婆吗？"

沈鸿鼻子一酸。以前每年大年初一早上，都是妈妈在忙里忙外，一边喊着全家吃早饭，一边忙着包饺子。老沈那时候总是被训得最多的一个人，不是说动作慢，就是说只知道看电视不知道帮忙。可是现在，没人训他了，家里安安静静的，老沈突然感到了不习惯和孤单。

沈鸿当然可以理解爸爸，夫妻俩就是这样，在世的时候相互埋怨、吵嘴，恨不得赶紧各过各的。可是一旦阴阳相隔，在世的那方就变成了迷路的小孩儿，又害怕又不知所措，不知道是该站在原地不动，还是应该继续向前。老伴儿老伴儿，就是一起结个伴儿，慢慢地走向人生的尽头。没有了老伴儿，这条路就只能形单影只，好怕走错方向，好怕跌倒了没人扶。想到这里，沈鸿赶紧上去拉爸爸坐到饭桌前。老沈闷闷地坐下，突然对沈鸿说："你说，我们当初那么对你妈，是不是太残忍，太没有人性了？"

这话问得莫名其妙，沈鸿很奇怪地看着爸爸，说："您这是什么意思啊？"

老沈叹了口气，悲痛地说："这几天，我总是梦到你妈妈，梦到你妈妈最后走的时候的样子。你知道你妈走的那天，她在 ICU 里跟我说了什么吗？她什么也没说！连眼睛都没有睁开一下。她一定是在生我的气。所以我就想，我们拼了命地用最好的医疗手段来治疗她，到底是爱她，还是害她？她走得那么痛苦，那么决绝，她一定恨死我们了，所以最后连一眼都不想看。我们都太自私，心里只想着要自己心安，不惜一切地用了各种治疗手段，但却从没有想过作为病人的她的感受。可能真的像你妈说的，生不如死吧。如果我们当时听她的话，把她接回来，让她好好地在家待上一阵子，说不定她还能多活几天。她走的时候，也不会那么遗憾，那么坚决了。"

说着，老沈就流下泪来。

沈鸿也眼睛一热，她很想劝爸爸别这样想，但是内心里，她觉得爸爸说的是对的。妈妈临走那天，也没有看沈鸿，当然更没有说一句话。当时，沈鸿觉得妈妈其实早就不在了，躺在那里的，不过是个还有心跳和温度的肉体罢了。妈妈的思想、灵魂可能早就脱离了身体，飞向了没有疼痛的地方。每每想起这个，沈鸿都不由自主地逃避。她害怕面对自己，更不能面对妈妈。确实是的，如果当时听妈妈的话，把妈妈接回来住，妈妈也许就能含笑离开了，至少走之前，能和每个人好好地说声"再见"。

到底怎样的治疗，才是病人最需要的呢？在最后的日子，到底是应该把病人交给现代的医疗手段，还是交给他们自己？作为家属，好像只有用尽一切办法，救治到最后一秒，才算尽了自己的责任。但是，病人的痛苦呢，是不是也应该被尊重和考虑进来？在倒数的日子里，是不是也可以听从病人自己的安排呢？那毕竟是他们最后的人生啊，大概没人会愿意把这么珍贵的时光浪费在医院的病床上吧。

如果有一次重新选择的机会，沈鸿相信，不管是她还是爸爸，一定会选择听妈妈的话，接她回家。但是没有如果，时间本来就是单行线。过去所有的遗憾，都是遗憾，再也无法弥补。而今天是大年初一，沈鸿不想让爸爸陷入这样的思绪中，所以赶紧调整自己的情绪，打岔说："好了爸爸，别想了，咱们先吃饭吧。啊？爸，您一大早起来包的饺子啊，是您自己包的吗？"老沈嗯了一声，说："对啊，是我包的。以前都是你妈张罗不让我弄馅儿，只让我包。但其实我和馅儿也挺好的，你们吃吃看。"

沈鸿赶紧夹了一个给毛毛，然后顺手夹了一个给自己，夸张地说："哎呀，还真是的，真不错，好吃。"毛毛咬了一小口，咂吧了一下嘴，不配合地说："还是外婆做的好吃，我喜欢吃外婆做的。"说完小嘴一撇又说，"妈妈，我想外婆……"老沈叹了一口气，沈鸿赶紧摸了摸毛毛的头，说："不好吃，是因为你鼻涕流到嘴巴里啦！"

第十二章

　　好像就是从大年初一的那个早上开始，老沈就总是想起以前的事儿。好多都以为忘记的情节又慢慢地从记忆深处飞到了眼前。比如他怎么和沈鸿妈妈相遇的，遇见后又做了哪些事情，去了哪些地方；吵架后，他是怎么赔礼道歉的……往事像电影一样，一幕幕地上映，也没个固定的前后顺序。今天回忆他小时候，明天回忆婚后的日子；刚刚还是沈鸿妈妈生病的事儿呢，突然间又回到了高中时代。

　　老沈总是一个人呆呆地站着望向窗外，要不就是呆呆地坐在沙发上盯着某个地方。外人看着，他好像凝固住了。但其实，他在看电影儿呢，在看电影中的自己，在回顾自己以前生活的点点滴滴。他都忙死了，那么多生活画面，看都看不过来，也捋不清楚，更不知道会在哪儿插播，在哪儿倒叙。这个，比看电视有意思多了，简直是穿越大片，而且还是他自己主演的。

　　不过沈鸿和吴畏有点儿坐不住了，他们发现沈爸爸变了，变傻了。他老是一个人那样待着，也不说话，也不看电视。看起来他好像是在想事情，但是真问他的话，他又像是从梦中惊醒一样，语无伦次地说不出个所以然来。而且记忆力衰退得特别明显，常常刚嘱咐他的事情，转眼就忘了。现在都不敢让他一个人带着毛毛下楼玩儿了，他恍惚起来，连毛毛都不管，就一个人傻愣着。

沈鸿感到了一丝不安，但是又不敢往老年痴呆方面想。是老人，大概都会有这样的情况吧，也就是老糊涂了。可是爸爸70岁还不到啊，也不至于就老糊涂成这样吧。吴畏安慰她，可能是妈妈这一走，爸爸慢慢地回过神儿来了，感到了难过，也许很快就会好的，给老人家一点儿时间。

但是情况并不乐观。

不过吴畏也管不了了。他现在自身难保。不仅恶心、呕吐一点儿没有缓解，他还开始出现尿频尿少的症状，而且最重要的是，他确定自己的胖是浮肿。

早上起来，是面部肿，尤其是眼睑。到了下午，脸上好些了，但会腿脚肿。到了晚上，经常连袜子都穿不住，觉得袜筒勒得脚脖子难受。脱了袜子，脚踝上像是套了一个紧箍咒，深深地被压出一个圈儿来。腿脚沉得根本走不动路，看什么都有重影，明明是平坦的地面，但在吴畏看来却是高低不平的。开车的时候就更困难了，感觉眼前全是晃动的车影，不知道哪个才是真的。

他好想和沈鸿说，但是他不敢。他不知道自己怎么了，他就怕说完让沈鸿担心。老沈最近精神恍惚，毛毛又流鼻涕又咳嗽的，他真的不能再给沈鸿添麻烦了。他决定先自己解决。到了不得不面对现实的时候了，他下定决心去医院检查一下。

吴畏专门挑了一个工作日，以为能避开周末就医高峰，一大早赶到医院，一进门他就蒙了。到处都是看病的人，到处都是难闻的病气。啊，病气，他居然体会到了，就是能闻到别人身上浓重的病味儿。好像有一股子邪气，向自己压迫而来，避之不及。为什么以前来医院就没感觉到呢？是不是因为最近自己的身体太差了，抵抗力弱了，所以比以前任何时候都敏感脆弱，才能有这么明显的体会？吴畏不敢深想，他用衣服使劲儿地裹紧自己，匆匆地问了导医台该看哪个科。护士小姐推荐了泌尿科，确实，如果小便正常，说不定身体里的水就从小便走了，就不会肿了。

　　泌尿科在三楼，电梯前挤满了要上楼的人。吴畏想了想，选择走楼梯。可是短短的这几阶楼梯好像一座山横亘在他面前，只上了一层楼，吴畏就已经累得气喘吁吁。吴畏惊诧于自己的虚弱，他闭上眼睛，感觉有一只无形的手一直在把他往地上拽，他只有拼命抓紧楼梯扶手，才能让自己不一屁股坐下去。好不容易爬上三楼，找到诊室门口坐下，等了快两个小时才轮到他，吴畏已经很烦躁了。不过走进诊室后，他感觉医生更烦躁。吴畏说："医生，我小便小不出来，但总是有尿意，另外小便有泡沫。"

　　医生一边写病历，一边说："还有呢？"

　　"嗯，浑身乏力，特别没劲儿，走平地还好，但不能爬楼，否则喘不上气儿。另外还嗜睡，还总是想吐。"

　　"想吐？"

　　"对，我有好多年的老胃病。"

　　"哦，那一会儿你到内科去做个胃镜吧，检查一下。我这儿给你先开个单子验血验尿，看看是不是细菌感染了。"

"医生，我那什么，没什么大病吧？"吴畏有点儿胆怯地问。

"有没有大病，等化验结果出来才能知道，你先去检查，应该没什么大事儿。"医生虽然没抬头，但是短短一句话，给了吴畏莫大的安慰。

"那我就放心了。"

可是，心放早了。

半个小时后，吴畏愣在医生的办公室里，脸色煞白。他耳边一直响着医生刚刚说的那些话："很多指标都不正常，尿蛋白 ++，你赶紧去肾内科查一下吧，排除一下肾炎什么的。"

肾炎……

容不得多想，吴畏赶紧到楼下重新挂了肾内科的号。结果被告知上午的主任号和普通号都没了，下午请早。唉，看病太难了。吴畏昏昏沉沉地从医院出来，又不敢走远，直接去了医院门口的小饭馆。点了一碗面条，却一口也吃不下，他就这么撑着脑袋颓然地坐着。饭馆里人来人往，热闹非凡。一会儿有人进来问预订的粥熬好没，一会儿又有人问预订的鸡汤熬好没，还有人预订鱼汤、素菜等。小饭馆生意好得不行，都是住院的病人在这里订的餐。还有很多病人家属嫌医院食堂的伙食不好，直接在这里解决三餐问题。

吴畏就这么一个人歪在角落里，看着人来人往的食客。他以前从来没在意过开饭馆的这些人，这些做小生意的人在他眼里活得很艰难，但是现在他觉得他错了。这些人活得一点儿都不艰难，至少比他轻松。守着店，不愁生意，只需要把饭菜做得好吃一点儿就行了。不用看任何人的脸色，不用拉拢客户，不用出差，不用加班写商业计划，开各种业务会议，更没有复杂的人际关系，生活单纯极了。他们活得真接地气，真实在。那一刻，吴畏好羡慕他们啊，好想也可以过这种平凡而热闹的日子。不过这种想法只在脑海中逗留了三秒就消失了，真的过成这样？当然不行。他要给沈鸿高级的生活，要让毛毛在最好的教育环境中成长，要让岳父晚年过得优哉游哉。虽然这种小日子看着挺热闹，但还是不够高级啊。

在小饭馆里感叹了一会儿人生，眼看着快下午 1 点了，吴畏赶紧扒拉了两口面起身离开，去挂号窗口排队。听导医台的人说，下午的号要早点儿排，否则去晚了，号发完就没有了。好在一切顺利，终于拿到了下午的号。吴畏几近虚脱，坐在诊室的门口等待叫号。轮到吴畏，医生先是安排做了几项检查，其中最重要的就是肾功能检查。医生说，主要是看肌酐和尿素氮，这两项指标，如果超标的话，问题就比较严重了。

结果出来了，吴畏的尿素氮 87mmol/L，肌酐 1286μmol/L，肾功能重度衰竭，尿毒症！吴畏不知道自己是怎么从医院走出来的，他也不知道在医院门口的花坛边上坐了多久。他觉得自己需要思考一下，可是脑子里嗡嗡作响，怎么都没办法集中注意力。

尿毒症！我才 32 岁！

第十三章

沈鸿一直在不停地给吴畏打电话，可是吴畏都没有接。

沈鸿没办法，只好打到吴畏的办公室，电话响了好多次，终于被接起来。沈鸿刚要发火，突然听到里面是一个小姑娘的声音："你好，哪位找吴总？"沈鸿一愣，赶紧调整语气，客气而焦急地说："你好，我是沈鸿，吴总的爱人。请问他在吗？我有特别着急的事儿找他。"

接电话的是秘书陈圆圆。她很为难地说："吴总今天说有事儿要办，没来公司上班。我刚才给他打电话，他也没接，不知道到哪里去了。"

"啊！这样啊。"沈鸿丧气地说，"那好吧，如果他回公司了，拜托你转告他，让他第一时间给我回电话，我真的有很急的事情找他，拜托你了。"

沈鸿那么着急地找吴畏干吗？因为老沈不见了。

刚过完年，还在放寒假阶段，毛毛被沈鸿送到院子里的托管班，每天下午3点，由老沈把她接回家。可是今天，都快4点了，老沈还没有去，于是托管班的阿姨就给沈鸿打了电话。沈鸿觉得不对劲，一边赶紧收拾东西下班接毛毛，一边在路上给老沈打电话，结果老沈手机不接，家里电话也没人接。等沈鸿接到了毛毛，到了家，发现老沈确实没在家，于是到院子里找，也没有找到。这时候沈鸿急了，就跑到物业说明情况，要求调小区门口进出的监控录像看一下。结果看到老沈中午12点多的时候就出去了，之后再没回来。

这下沈鸿是真急了。她打电话给吴畏，想让吴畏赶紧回来帮着找爸爸。她一个人带着毛毛根本没法出去。可是吴畏的电话打通了，就是不接，发消息又不回。天哪，这两个老爷们儿到底去哪儿了？怎么都突然人间蒸发了似的啊，不知道别人会着急的吗？！

等到吴畏慢慢地回过神儿来，准备开车回家的时候，才看到手机上有十几个未接来电，有客户的、秘书的，还有好多沈鸿的。他当时把手机放在包里了，铃声又不是很响，在人来人往的医院门口，根本听不见。其他人的倒也算了，但是沈鸿怎么会打这么多电话来呢，从来没有过的情况啊，是不是毛毛……

吴畏心里一惊，一下子清醒了很多，立刻回拨电话给沈鸿，接通后听到的第一句话就是："爸爸不见了。"回家的路上，吴畏直接拐到了派出所去报案，没想到民警跟他说，人走丢24小时以上才能出警寻找，现在时间太短。24小时！这是谁规定的啊！这么长时间，足可以让一个活生生的人从有到无啊。可这是规定，人民警察又不是专门找失踪人口的，人家还有很多重要事情要做，要是谁家的老人几个小时不见，就出警寻找，那警察就都得累死了。

吴畏赶紧回家。

一进门，沈鸿哭着扑上来，边捶着他边说："你到底去哪儿了？电话也不接，你知道我有多着急吗？你还有没有点儿责任心，家里的事情你能不能也管一管？全扔给我一个人，我受不了啦！毛毛还小，我又不能带着她出去找，你有没有体谅过我的心情？！"

吴畏悲凉地站着，不知道说什么才好，任由沈鸿发泄。等沈鸿平静了一些后，他拍了拍她，说："你别着急了，我马上去找，你有没有联系一下爸爸的那几个好朋友？"

沈鸿边抹眼泪边说："都问过了，没去。"

"那亲戚家呢？"

沈鸿摇摇头，说："也没有。"

吴畏皱着眉，然后说："这样，我出去找，把爸爸平时喜欢去的地方都找一圈儿，然后再和你联系。你就在家等，要是爸爸回来了，立刻给我打电话。"

沈鸿催促道："好的，你赶紧去。"

大概过了两个小时的样子，沈鸿接到了一个陌生的电话，电话那头传来了老沈的声音："小鸿啊，我现在在外面迷路了，走不回去啦！我的手机也不知道丢到哪里去了，只好找一个小伙子借电话，你能不能来接我一下啊？"

"啊，好的，好的，爸爸你赶紧告诉我你现在在哪儿吧。"

"我也不清楚，我让小伙子跟你说啊。"

热心的小伙子不但把老沈的地点告诉了沈鸿，还直接加了微信，把定位发给了她。沈鸿立刻转发给吴畏，让他去接爸爸。结果等吴畏到了的时候，小伙子居然没走，一直陪老爷子在路边咖啡馆等着，还给老爷子买了一块蛋糕和一杯饮料。吴畏对小伙子千恩万谢，焦灼的心终于放下了。到家已经很晚了，沈鸿看到爸爸，什么话也没说，先给老沈盛了饭，热了菜，让奔波了半天的爷儿俩先吃点儿东西。等吃完饭以后，沈鸿才把爸爸拉在沙发上坐下，口气特别平和地问："爸爸，您今天下午去哪儿了？怎么去了那么久啊？"

老沈像是一个做错事情的孩子，低着头，耷拉着眉眼："对不起，我没找着回来的路，没按时接毛毛，让你担心了。"沈鸿摸了摸老沈的手说："没事儿，我今天下午正好下班早，回来把毛毛接了，没耽误工作。我就是想知道您去哪儿了，怎么都迷路了啊？"

老沈松了一口气说："唉，你不知道，我这两天啊，眼前总是浮现出以前工厂里的事儿。所以我中午想着没什么事儿，我再回厂里看看。我本来记得是坐 197 路车能到的，谁知道好像那个车改道儿了，不从厂子那边过了，也不知道开到了什么地方。等我中途下来后，发现到了一个完全不认识的地方。我想着我就前后附近走走，看看能不能找到认识的路，结果越走越远，彻底迷路了。我想打电话给你的，但也不晓得手机是没带，还是在车上被偷了，怎么也找不到了。联系不上你们，我都急死了。"

"那怎么不找警察呢？"

"唉，我也没想过这么严重，以为走走就能认识，不想麻烦别人。后来实在走不动了，就一直在路边上坐着。幸亏碰到一个热心的小伙子，看我一直坐那儿，就问我有什么需要帮助的。我这才跟他借了电话打给你，然后你们就来接我了。"

从那天开始，沈鸿就不再让爸爸接毛毛放学了，她给托管班的阿姨加了钱，等她下班后再接。另外，她又重新给老沈配了手机。吴畏则比较直接，给小区门口的几个保安都塞了红包，然后跟他们说，只要看到老爷子出门，能拦就拦住，不能拦就立刻打电话给他，千万把老爷子看住了。保安收了红包，纷纷表示这事儿能办到，请放心。老沈因为知道自己可能记性不好了，也很听话，不再随便往外跑，买菜什么的就是在小区的小超市里，反正日常吃饭和用品都能满足，也就够了。

那天，老沈又一个人在院子里溜达，看到中心花园的长椅旁有个不认识的老头儿在遛鸟。应该是只鹦鹉，一身艳丽的颜色，头上还顶着一撮白色的毛，看上去像个高帽子，特别威武。老头儿个子不高，看上去也有 60 多岁了，短短的小平头，花白的头发；身体壮实，脸色红润，天庭饱满，穿着个宽松的白衫，眉眼透着股英气，那气势很像功力深厚但深藏不露的武林高手。

老沈觉得有点儿意思，背着个手在旁边看这老头儿逗鸟。这老头儿让鹦鹉说"你好"，鹦鹉就说"你好"；老头儿让鹦鹉说"你吃了吗"鹦鹉就说"你吃了吗"；老头儿让鹦鹉闭嘴，鹦鹉就反过来对老头儿说"闭嘴"。哎哟，可把老沈乐坏了。

老沈忍不住凑上去，羡慕地说："您这宝贝可是真了不起啊，会说这么多话。"

那老头儿不免很有些得意地说："还行吧，都是我教的，会的东西多着呢，别人都教不了。"

老沈立刻说："还会什么啊？再给我表演一个看看。"

那老头儿很痛快地说："行啊，咳嗽一个给您看看吧。"

"啊？咳嗽，鹦鹉咳嗽？"

"是啊，虎子，咳嗽一下，咳咳咳。"这老头儿说完，立刻给虎子同学做了示范。

这位叫虎子的鹦鹉也真是不含糊，立刻就咳嗽了。

老沈哈哈哈地笑死了，说："今天好，我可是开眼了，见到了一个宝贝。老先生，您明天还来这儿遛鸟吗？我想带我外孙女过来开开眼，她肯定没见过。"

老头儿受到如此追捧，当然也很开心，说："来，我一早儿就在这儿了，你们来就能看到我。"

第十四章

第二天早上，老沈特地跟沈鸿说早点儿起来，送毛毛去托管班前，一起先跟着他去看一个会咳嗽的神鸟。毛毛特别高兴，从来没见过神鸟，不知道是什么样子，连吃早饭都比平时快了一倍，恨不得立刻出门。

沈鸿也跟着去了，生怕老沈糊涂，把孩子弄丢了，也怕老沈上当，别人一说什么神鸟，别再花大价钱给买回来。那白衣老头儿没食言，真的在那儿呢。看老沈带着一家人如约而至，骄傲之情溢于言表，让虎子表演了好多技能，包括大笑和咳嗽，引得周围一众上班的人围观、鼓掌。也不知道是鹦鹉咳嗽带动了毛毛，还是毛毛笑得太厉害引发了咳嗽，鹦鹉咳完，毛毛就在那儿不停地咳。咳了好一会儿，这老头儿听不下去了，说："哟，这孩子咳嗽得挺厉害的啊，吃药了吗？"沈鸿说："唉，别提了，吃了好多药都没管用，不断根儿。平时还好，有时候兴奋了，或者受凉了，或者跑步了，或者热了，就会咳，都好几个月了。"

"啊，那可不行啊。"老头儿说，"这么咳下去就把肺咳坏了。

要不我告诉你一个小方法吧，你回家试试看，能不能把孩子的咳嗽治好。"

一个遛鸟大爷的话，又不是医生，沈鸿也没往心里去。但是她为了表示客气，就说："好啊，您说。"这老头儿认真地说："就是吃水泼蛋。水煮开了以后，打个荷包蛋，等蛋白凝固了，里面最好还是稀黄儿的时候捞出来，然后放点儿冰糖调味。给孩子早晚空腹吃，连吃一个月。"

"啊？这是什么方子啊？"沈鸿很不解，水泼荷包蛋是最平常的食物啊，从小大家都吃，可从来没听人说过能治咳嗽。

这老头儿挺神秘地说："这是中医的方法，不但能治咳嗽，还能治哮喘。不信你回去试试，吃得不好再来找我。"

老沈和沈鸿心里一动，赶紧凑上去问："您该不会是老中医吧？"

老头儿笑笑："我不是中医，就是自己学过一点儿。"本来还以为遇到了民间神医的老沈和沈鸿，立刻蔫儿了。唉，自学中医的，基本就是江湖郎中了。但沈鸿还是很客气地谢过老头儿，带着毛毛去托管班了。

老沈留下来继续和老头儿唠嗑。

老沈问："师傅，以前没见过您啊，才搬来的吧。"

老头儿说："是啊，以前身体不好，都住在乡下亲戚家。现在身体好了，就回城和女儿女婿住。自己的家在外地，一个人，孩子们不放心。"

老沈说："您也是一个人？老伴儿……"

"老伴儿走啦,癌症。"老头儿叹了一口气。

老沈说:"一样。我的老伴儿也是癌症,肝癌走的。"

老头儿一听,说:"啊,肝癌,我也是啊!"

晚上回到家,老沈就迫不及待地拉着沈鸿说话,想和她聊聊白天遛鸟那老头儿的事儿。沈鸿一边做饭一边有一搭没一搭地听着。老沈说:"你感觉遛鸟那老头儿身体怎么样?"

"我觉得挺好啊,声音洪亮,脸色红润,感觉比我还健康呢。"沈鸿切着菜,头也没抬。

"其实啊——"老沈故意拖长了声音说,"他有癌症。"

"啊?"沈鸿停下刀,回头看着爸爸,"不会吧,不像啊。"

"哼,是吧?我也不相信呢,但是这老头儿真的有癌症,肝癌,听说非常严重呢,当时医生说只有三个月的时间。"

"当时?是什么时候?"沈鸿问。

"十多年前。"

"十多年前?那也就是说,那老爷子被医生说还有三个月后,又活了十多年?"

老沈撇撇嘴,点着头说:"就是这样。唉,这让我想起你妈妈,如果当时我们也不治了,一开始就不化疗,让她回家,说不定也会有奇迹发生呢。"

沈鸿一听爸爸的口气不对,生怕爸爸又想起那些悲伤的事情,赶紧岔开话题说:"那他后来是怎么治疗的呢?"

老沈很神秘地说:"你保准猜不到。他是自己给自己治的。他自学中医,把自己给治好了。"

沈鸿一听，完全不相信地说："啊，不会吧，这也太神奇了吧？"

"是啊，是不是很神？他说他现在完全好了，什么症状也没有了。"

"那他去医院复查了吗？肿瘤还在吗？"

"他说他才不去医院复查呢，管他肿瘤在不在，只要不影响他生活就行。他说中医里有种说法，就是人可以带癌生活。"

听老沈说到这里，沈鸿隐约觉得这老头儿可能是个骗子。癌症怎么可能治好呢？现代医学如此发达，癌症都是无法攻克的难题，更何况是用中医。如果是什么神秘老中医祖传秘方的，倒也有些可能，可是说自学中医就把自己治好了，这个也太扯了吧。沈鸿想，这老头儿要不是吹牛大王，就有可能是个骗子，说不定接着就会向爸爸推销包治百病的大力丸。

想到这儿，沈鸿说："爸，不管这位老先生说的是不是真的，反正听听就好，也别太当真。说自己能治好癌症，我还真的有点儿不敢相信。妈妈当时的情况您也看到了，那个是能用中药治好的病吗？再说他还是自学中医。所以，如果他说他有什么保健身体的好东西要推销给您，您千万别动心啊。"

沈鸿看老沈没什么反应，想想最近爸爸的表现，就故意加重语气说："爸爸，您听清楚了吗？我们不能总把别人想成坏人，但是防人之心还得有啊。反正以后他说什么您都留个心眼儿，免费给您什么，都不能要。也许这次免费了，以后就该问您要钱了，这就叫'钓鱼'，专门骗你们这种退休老人的。反正您听我的，什么都别买，给什么都不要。行吗？"

老沈有点儿委屈地说："行吧。但是他看起来真的不像是个骗子。"沈鸿一边切菜一边说："如果骗子长得都像骗子，那这世上就没人会上当了。"

晚上临睡前，沈鸿在给毛毛洗漱，老沈突然想起什么似的走过来，跟沈鸿说："你给毛毛做水泼蛋吃了吗？"

"什么水泼蛋？"沈鸿皱了皱眉。

"就是……就是，早上那个会说话的小鸟的老爷爷让你给我吃的，"毛毛赶紧抢答，"说是给我治咳嗽的。"

"哦，那个啊，"沈鸿犹豫了一下，"能有用吗？"

老沈刚要说什么，结果毛毛又抢着说："不行不行，我要吃，我要吃荷包蛋。"

沈鸿一沉脸，说："你就是为了再多玩一会儿，晚点儿睡觉，不要以为妈妈不知道。"

毛毛扭着身体，眨着大眼睛争辩："才不是，就是想吃，人家饿。"

老沈一听高兴了，说："得嘞，毛毛饿，外公给做。反正是吃的，没事儿。"说完就去厨房弄了。沈鸿想想，也就是荷包蛋而已，没有任何副作用，吃就吃吧，正好可以检验一下这老头儿的水平，是不是真有他说的那么神。

结果十天后，延续了好几个月的咳嗽，彻底好了。

这还是吴畏发现的。

那天晚上吴畏回家吃饭，饭后一直带着毛毛玩儿。因为大家知道毛毛咳嗽，平时都不敢跟她玩儿得太疯。那天吴畏难得在家时间比较长，所以两人做了好多游戏，毛毛一直笑啊闹啊，特别开心。突然，吴畏发现，他竟然没有听到毛毛咳嗽！

好奇怪啊。

吴畏赶紧把新发现向沈鸿和老沈做了汇报。老沈听完，立刻一拍大腿说："你看吧，毛毛被我治好啦！"说完特别得意，高兴得眉飞色舞。沈鸿沉吟了一会儿说："还真是的，这样讲，我想起来，确实这两天没怎么听到毛毛咳嗽了。"

吴畏很好奇："你们用了什么方法呀？"

老沈故作轻描淡写地说："哎呀，就是给吃了几天水泼蛋。"

在吴畏的追问下，老沈把前因后果都跟吴畏添油加醋地又说了一遍。吴畏笑了，说："怎么可能，鸡蛋能治咳嗽？我长这么大了都没听说过。还能治哮喘？简直牛皮吹破了。"沈鸿也说："是啊，可能和最近天气回暖有关。天气暖和了，孩子的咳嗽也会好一些，应该和吃鸡蛋无关。"老沈一听不高兴了，说："哼，你们真是忘恩负义，你们花了那么多钱，找了那么多专家，让咱毛毛受了那么多苦都没有治好咳嗽。结果人家给咱们这么个小方子就把毛毛治好了，你们不但不感激，还说风凉话，真是太没良心了。"吴畏和沈鸿一看老沈生气了，立刻赔笑说："哎呀，没有啦，我们就是觉得效果太好，不可思议。明天如果您再见到那位大爷，记得帮我们谢谢他啊。"

第二天，老沈一早就去了中心花园找那遛鸟老头儿，幸好他又在。还没来得及等老沈打招呼，那老头儿就赶紧迎了上来。

"哎哟，总算等到你了，我都等你好几天了。"那遛鸟老头儿拉着老沈高兴地说。

"等我干吗呀？"老沈很意外。

"我啊，弄了点儿好东西给你外孙女，就等着你来给你呢。"

老沈一听，赶忙说："我也是为她来的，她的咳嗽好了，就是吃您给的那个水泼蛋的小方子治好的。所以我特地过来谢谢您。"

"哎呀，好事儿啊，这真是太好了。"老头儿一听特别高兴，然后从包里拿出一袋像面粉一样的东西递给老沈，说，"给你，这是我给你外孙女打的八珍粉，补养脾胃的，拿去给孩子调理一下体质吧。"

"啊？八什么粉？"老沈问。

"八珍粉，古时候乾隆皇帝吃的，专门补养脾胃用的，慈禧也吃过。这是宫廷秘方，后来才传到民间的。"

"啊，天哪，这是御膳啊。那得多少钱啊？"

"不要钱，送你的。"老头儿笑眯眯地盯着老沈，接着说，"我上次听你女儿讲，你外孙女已经咳嗽几个月了，这孩子一定是咳得肺气虚弱了。这个肺气虚弱啊，就要从补养脾胃入手，否则很难断根儿。所以我特地配了一点儿八珍粉给你，让你带回去给孩子吃。这里面都是些薏米啊、白扁豆啊，普通的食物，很便宜，要不了多少钱。"

老沈傻了，脑海里立刻想起沈鸿对他说的话："免费……以后要钱……可能是骗子……"看着老头儿递过来的八珍粉，也不知道是该拿还是该拒绝。老头儿也不知道老沈的心思，以为他只是不好意思，热情地一把抓过老沈的手，把塑料袋塞给他，说："老哥，你就别客气啦。"

老沈只好试探地说:"那这次不要钱就算了,以后……"

"吃得好,以后我再给你弄,到时候你再给我钱。"老头儿真诚地说。

老沈拿着这袋像面粉一样的东西回家,开始发愁了。这老头儿人挺好的,看上去真不像是骗子。但他的所作所为,和沈鸿说的太一致了,想不怀疑也很难啊。这袋不知道是什么做成的粉,是吃还是不吃呢?毒药估计不会,吃坏可能性也不大,否则他害了我,以后还怎么再卖东西给我呢?但这又不是用的,是入口的东西,不知道成分,又是个三无产品,别说给毛毛吃了,就算自己吃,也不放心啊。可要是不吃,以后见面了,人家问起来,该怎么回答呢?唉,愁死了。

晚上沈鸿回家,做饭的时候看到灶台上放的八珍粉,很奇怪,问老沈是什么,哪儿来的。老沈就把白天的事情一五一十地说了,也说了自己的为难之处。沈鸿听完想了想,说:"爸,不管这老先生是干吗的,咱们毕竟跟人家不熟,这吃的东西还是谨慎为好。要不这样,下次见面问起的时候,您就说回来后不小心撒了,没吃成。"

自打拿了八珍粉的那天,老沈就绕着中心花园走路,生怕再遇到老头儿,被问起八珍粉的事情。没承想,今天在另一条小路上遇见了,人家老远就打招呼,跑也来不及了。果然一见面,对方就问八珍粉的事儿,很关心孩子吃了以后的效果。老沈没法回答,只能硬着头皮按照约定好的答案,嘟嘟囔囔地,非常不好意思地说了。

他眼也不敢抬，生怕碰上那双期盼的眼睛。遛鸟老头儿叹息完，看到老沈那么不自在的样子，好像突然明白了什么。沉吟了几秒钟后，老头儿说："撒了就撒了吧，没关系，也不值多少钱。反正外孙女好了，也不用再吃什么了。那……就这样吧，我先走啦。"说完，头也不回地走了。

老沈一身虚汗，觉得特别对不起这老头儿，万一人家真就是个热心肠呢。老沈摇摇头，默默地往回走，心里慨叹现在的社会风气，人与人之间的信任，真的很难建立了。

第十五章

吴畏被确诊为尿毒症。

自从上次去过医院以后，吴畏又托老李帮他找了好几个专家，辗转了几个医院做检查。结论都是一致的，慢性肾衰竭晚期，也就是尿毒症。目前吴畏的肾脏出现萎缩，功能已经不可逆地丧失，导致代谢产物和毒物潴留、水电解质和酸碱平衡紊乱。怪不得吴畏莫名其妙地胖了很多，真的是水肿导致的。治疗的话，最有效的方法就是透析了。

透析有两种方式，一是血液透析，二是腹膜透析。血液透析就是将患者的血液经血管通路引入透析机，在透析器中通过透析膜与透析液之间进行物质交换，再把经过净化的血液回输至体内，以达到排出废物，纠正电解质、酸碱平衡紊乱的目的。如能长期坚持合理的透析，不少患者能存活十几二十年甚至更长。但是缺点很明显：每次需要扎针；贫血比较严重；透析前后血压会受影响，需要严格控制饮食；无法任意更改透析时间；感染乙型肝炎和丙型肝炎风险大大增加；另外价格也不便宜，每次血透的费用都在 4000 ~ 5000 元。

不过如果可以走医保，那就好很多，差不多可以报销 80% 的费用，这样病人一年要承担的大概 15 万元。

腹膜透析就是把一种被称为"腹透液"的特制液体通过一条"腹透管"灌进腹腔，这时候腹膜的一侧是含有代谢废物和多余水分的血液，另一侧是干净的腹透液，血液里的代谢废物和多余水分就会透过腹膜跑到腹透液里。保留 3 ~ 4 个小时后（夜间可保留 8 ~ 10 小时），把这些含有废物的腹透液从腹腔里放出来，再灌进去新的腹透液。这样每天更换 3 ~ 4 次，就可不断地排出体内的毒素和多余水分了。不过这个操作不是在医院进行的，需要患者或家属经过教育、培训，掌握腹膜透析操作后，自己在家中进行腹膜透析。相对来说，腹膜透析比血透安全一些，费用也少了将近一半，但问题就是得自己来，比较麻烦。

尿毒症一旦得了，就再无治愈的可能，这一点医生非常明确地跟吴畏说了。透析治疗其实是一种代偿治疗，也就是说利用透析的方法取代肾的功能。长此以往，双肾就会萎缩，直至最终完全丧失功能，到时候人就不行了。经过透析治疗，具体能存活多久，就看患者自身的体质情况了。总之，现代医学认为这是个绝症，只能拖延生命，再无康复的可能。另外，并发症也很多，这个不可避免。

权衡再三，吴畏选择了血透。或者说，根本别无选择。血透，至少是在医院进行的，一周来三次，不管怎样，有不好的情况医院都能随时发现及时治疗。而腹透，自己在家弄，沈鸿立刻就会发现的。这是吴畏最不想的。绝对不能让沈鸿知道。现在不是时候。但是什么时候才是时候，吴畏也不知道。吴畏不想让沈鸿担心，妈妈刚去世没多久，现在家里老的老，小的小，全靠沈鸿一个人照顾着，如果他也病了，而且还是这样一个绝症，他怕沈鸿受不了。就连他自己，也一时无法接受——原以为望不到头的生命，转眼就看到了期限。但不管能不能接受，日子都得过下去，这事儿必须先自己扛。能瞒多久就瞒多久吧，真到瞒不下去的时候再说。

想要做血透，就必须在胳膊上造一个瘘管，这样才能让动脉血和静脉血混合。这种动静脉内瘘术也是一个手术，需要住院，因为术后要观察情况，如果失败还要重做。一般来说医生会选择在手腕处进行手术。但是如果伤口在那里，很容易就会被沈鸿发现。所以吴畏坚持把瘘管做在肘前部位，这样冬天衣服穿得多，沈鸿一时半会儿也发现不了。而且，吴畏想了一下，沈鸿每次都睡他的右边，所以他选择把瘘管做在了左侧的胳膊上，这样，至少睡觉的时候可以不妨碍搂着沈鸿。

既然瘘管手术需要住院，以后还要透析，短期内吴畏都不可能上班了。第一是他的状况太不好，身体越来越虚弱，脸色黄暗，腿脚浮肿，小便困难，血压升高。吃不下饭、恶心、呕吐已经成了常有的事儿。好几次，他差点儿晕倒在大街上，只想往地上赖。这种情况，是根本不可能应付高强度的工作的。第二是因为医生跟他说，刚开始透析的病人，反应会比较大，很多人甚至会出现晕厥或者类似癫痫发作的抽搐，说不定要留院观察。

不能上班，又编不出能请几个月假的理由，吴畏只能把生病的事情，和自己的直接领导夏总说了。夏总是个40多岁的女人，干练、温和。她一直很欣赏吴畏，在工作中给了吴畏很多锻炼的机会。听吴畏讲完病情，夏总非常吃惊，她怎么也想不到这么年轻的人，会得这么严重的肾病。这事儿对夏总的触动很大，她一直觉得人年轻的时候就是应该奋斗，应该拼命工作，一切以事业为重。但是看到吴畏现在的样子，她觉得很痛心——这种压榨式的成长换来的结果太可怕了。拼命工作，不应该是真的拿命去拼。这种损毁，也许会造成不可逆的终身疾病，如果是这样，那任何成就都是不值得的。她非常体谅地立刻同意了吴畏的请假，并且让他一定要以身体为重，等好了再来上班。这期间吴畏带底薪休病假，工作岗位调整至办公室，不再担任华东地区的营销负责人。不过，夏总答应他，一旦他身体恢复到可以出差，这个位置还是他的。

当然，夏总和吴畏心里都清楚，再无这个可能了。

无论如何，夏总也做到了仁至义尽，吴畏没什么好说的。先治病，等病情稳定下来再说。收入……吴畏不敢想，回到内勤拿底薪，收入就少得可怜了——他不知道该怎么面对这个问题。即使把这部分收入全部拿去做治疗费，也只是杯水车薪。幸亏现在医保已经承担了大部分，否则吴畏都不知道该怎么撑下去。现在，走一步看一步吧，老天爷还能真的绝了他的路？

不去上班，又不能被沈鸿发现，这也是个问题。另外，是选择血透，还是血滤呢？两种的区别在于血滤过滤掉的有毒物质更彻底，但同时也会滤掉血液中更多营养物质。血透每周三次，血滤每两周一次。血透后，人的反应已经很难受了；而血滤后，人体反应是极度难受，不但会忽冷忽热，还会头痛到炸裂，一连持续几个小时。所以不管是血透还是血滤，吴畏都需要找个地方安静地休息，直到身体恢复一些后再回家，才能装作若无其事。所以结合上面两个原因，吴畏必须找到一个容身之所，能让他安心地待着。

想了很久，吴畏终于想到一个比较好的办法，就是在小区门口的小旅馆包一间长租房，算下来，比在小区租一套房子都便宜。除了去医院治疗，吴畏就一个人在小旅馆里躺着，饿了就点外卖。透析后嗜睡特别明显，身体非常虚弱，除了睡觉，吴畏什么都不想干。等到晚上沈鸿哄毛毛睡觉了，他才回家。那时候大家都已经很困了，他洗漱后倒在床上，沈鸿也不会发现什么。早上，沈鸿就像打仗似的忙碌，又要做早饭，又要催毛毛起床，然后收拾好了赶紧送幼儿园，根本没时间多看吴畏一眼。吴畏等她们娘儿俩走了，才起身。老沈就是看报纸、看电视，打个招呼后，两个男人就各干各的，也很安全。

所以吴畏病成这样了，家里人居然没有发现。他也不知道是该高兴，还是该难过。

吴畏在心里叹息，以前怎么从来没发现，健康真好啊！那时候，觉得年轻、健康都是理所当然的，是可以肆意挥霍的，是只要用完就还会再自动产出的。吴畏绝对没想到，还有透支这一说。熬夜、喝酒、出差，他真的是透支太多了，毫不留情地掏空了自己。所以身体生气了，不再自我修复了，把这架破烂的、快散架的机器丢给自己来承担所有的后果。这时候他才知道，原来年轻不是超能的，身体也有修不好的一天。他问医生，用最好的药、最贵的仪器，找最好的专家，有没有康复的可能？医生说没用，有钱的人多的是，该死的还是得死。有钱也没用。

这一次，吴畏亲身体验到了，钱，真的买不来健康。这是个不等式：付出健康换回的钱，却没法反向付出再换回健康。收入一下子少了这么多，还要付医药费给医院，买的学区房每月房贷还有9000多元，很快，吴畏就感到了经济方面的压力。不得已，吴畏只能先挪用老沈的卖房钱。

老沈的房子已经卖掉了，卖了250万元。这个价格确实不高，一是因为那是老房子，是以前的厂里分房，周围环境老旧，连小区也算不上。二是房子面积不大，90平方米不到。房子出手很快，房款也已经到账，这些钱都在吴畏手上。原本吴畏是没打算用这钱去还学区房贷款的，但是现在不得不先把贷款还上，否则每月连还贷的钱，他都没有。把所有贷款还完，还剩下差不多150万。吴畏留了个心眼儿，没把卡给沈鸿。家里的存款都在沈鸿那里，吴畏得给自己留点儿能用的钱，万一呢，以后看病或者做生意，这些钱，也许就是救命的。

钱啊，成了吴畏这辈子绕不过的坎儿。这几年生活好了，吴畏以为他从此再也不会穷了，不会为钱发愁了，可是好日子没过多久，他又被打回了原形。都说身体是革命的本钱，他用本钱去赌，现在输得血本无归。

第十六章

　　吴畏躺在病床上，头晕沉沉的，上半身出了好多汗，衣服黏黏地贴在身上。而他的下半身却像是浸在了冰水里，从骨头缝里往外冷，脚冰得都不敢碰自己的腿。心跳得特别快，咚咚的像是马上要蹦出来。吸气困难，好像有人用身子压在他的胸口上，又重又闷，根本无法动弹。

　　这样的感受，每周三次，每次四个小时。

　　吴畏就这么痛苦地躺着，什么也做不了。而当什么也做不了的时候，就会对痛苦感受得特别清晰与深刻。他真的能听见血液从身体里流出去的声音，也能听到它又以不同的声调再流回来。四个小时中，他身体里的血液就这么一直循环往复地出来进去，他看着它逃离自己，又返回自己。这真是一种奇妙的人生体验。他想睡一会儿，但是根本睡不着，脑子里闹哄哄的，跟有一群人在开大会似的，到处都是七嘴八舌的叫嚷声。他也无法平静，他一想到这样的日子要过到死，就感到崩溃和无望。

　　吴畏没有想到，他才 30 多岁，就已经到了生命的末路。可是他还有很多事情要做啊！他走了，沈鸿怎么办，毛毛怎么办，岳父怎么办，谁来负责和照顾他们今后的生活？所以，他必须在走之前，都把他们安顿好。他要让毛毛上好的学校，这样才可能有好的未来。他要尽量想办法多挣点儿钱，留给沈鸿家用。算算，他可能比老沈走得都要早，就更要留下钱来，否则老沈以后生病的开支全部落在沈鸿一个人的身上，她根本负担不了。

时间，真是太紧迫了，吴畏感到了前所未有的压力。

今天，好像透析的时间特别长，吴畏感觉非常不好，做完以后他在走廊里坐了很久，一直不停地恶心想吐。过了好一阵子，他才晃晃悠悠地走到车上，开出来的时候才发现，天都黑了，而且还在下雨。中午来的时候，就在下了，没想到现在下得更大。雨刮器焦急而烦躁地摆动，可依然无法在雨水中划出一条缝隙，让吴畏看到前方的路。

正在艰难的行驶中，沈鸿电话来了。接通后，吴畏刚想说一会儿再回给你，就听见沈鸿在电话那头焦急地说了一句话："毛毛上不了长安小学啦！"原因很简单。之前买的准学区房，突然被否定了。也就是说，房子并没有按传说中的那样，在开学之前被划在学区里。

吴畏白买了。不但毛毛上不了名校，而且那一带因为这个消息，房价暴跌，想出手都不可能了。吴畏一阵蒙圈，不知道怎么挂的电话，过了好一会儿才慢慢反应过来，心情从震惊到郁闷渐渐地转为愤怒！不可能吧，命不可能这么惨吧，运不可能这么背吧？！为什么我这么努力地生活，可生活却总是一大耳刮子一大耳刮子地抽我？我做错了什么？我对不起谁了吗？我究竟干了什么坏事儿，老天要这么收拾我，让我不能好好地活！先是失去了母亲，之后又失去了像母亲一样的岳母，再之后失去了自己的身体和工作，现在，就连女儿上学的机会，也要失去了！我已经时日无多，老天为什么还要和我玩这样的游戏！

吴畏狠狠地砸着方向盘，心中的悲愤化作怒火燃烧到了头顶，让他感到了似乎要被掀翻的疼痛。可是还没等吴畏回过神儿来，就听到"砰"的一声，追尾了！前面的车急刹，雨大路滑，吴畏没看见，直接撞了上去。前车的人立刻下了车，吴畏在车里看到对方站在车头指着自己在说什么，具体是什么听不清楚，但肯定是脏话。吴畏觉得，他一定是在说脏话！他一定是在骂自己！他静坐了三秒，等对方走到自己窗前，然后猛的一下推开车门，那人躲避不及，一个趔趄跌倒了。吴畏随手抄起副驾驶位子上的雨伞冲了下去，"我……"还没等对方把话说完，吴畏抢起的雨伞就和雨点一起纷乱地落在那人的头上、脸上、身上。那人被打蒙了，完全没了还手机会。最重要的是，吴畏的气势把他吓傻了，他感觉他们不是追尾了，是他在被人追杀——吴畏也确实不是在打架，他是在报复，报复生活对他的蹂躏和践踏，他要反抗！

吴畏拼尽了全力，在大雨中不知道挥舞了多久，直到被旁边的人抱住摔倒在地。他刚做完透析，其实浑身一点儿力气都没有，他刚才是憋足了所有的劲儿，在对生活做最后的顽抗，他不知道他在打谁，他只是不想被生活打倒。他跌倒在地上，感觉自己已经耗掉了所有力气。他最终还是被生活摁到了地上，再也爬不起来了。吴畏就那么四仰八叉地躺在泥水里，仰面看着雨滴像一个个硕大的水球砸落下来，他慢慢地闭上眼睛。他觉得就这样死去吧，也挺好的。他真的太累了。

两个小时后，沈鸿来到了派出所。一进门，就看见吴畏浑身湿透地坐在角落的长椅里，脸色蜡黄，身体瘫软，头发凌乱，目光呆滞。再怎么着也很难把他和"行凶打人"联系在一起。可是警察在电话里，就是这么和沈鸿说的，行凶打人，性质恶劣，必须严惩。

"伤者已经被送到医院验伤了，最快也要明天才能知道结果。本来呢，就是一起汽车碰擦事故，但是你爱人情绪特别暴躁，下了车就对伤者进行殴打，严重影响交通不说，还差点儿出了人命。"一个年轻的小警察，皱着眉头看着沈鸿说："他是不是有病？反应这么激烈，至于吗？"沈鸿赶紧赔笑脸说："对不起啊，我们家里确实遇到了一些事情，他可能心情不好，所以才……""心情不好，应该抽自己，抽别人算什么本事啊。又不是人家让你心情不好的，是你自己倒霉。"小警察的话音刚落，就听角落里传来"啪、啪、啪……"的声音。他们回头一看，本来窝在椅子上六神无主的吴畏，正在一下又一下地扇自己，眼神直愣，面色冷峻，好像打的是别人不是自己。脸，一下子就红了。

"哎呀，哎呀，你这是干吗？我只是说说嘛，你别来这套啊，是想污蔑我们警察打人吗？你老婆在这儿，还有摄像头，这些都是证据。你住手啊，你这是做给谁看？我跟你说话呢，你听见没有？"小警察急得直嚷嚷，可是吴畏好像完全没有听见。沈鸿一看，眼睛红了，又心疼又生气，赶紧跑上去抓住吴畏的手，大喊："你这是干吗，打自己干吗啊？！"

吴畏不讲话。

沈鸿又说："我知道你的心情，可就是为了毛毛上学，你不至于的吧。她又不是没学上，只是不能上名校而已，你就这么在意这件事情吗？"

吴畏还是不讲话。

沈鸿说："再怎么生气，也不能打人、打自己啊。你的理性到哪里去了，你不是一直很理智的吗？打人又不能解决问题，只能增加问题。你看，你现在又不能回家，又伤害了别人，这是何苦呢。"

"所以，我才想抽自己，我太浑蛋了。"吴畏面无表情，低低地说了一句。

"好了好了，发什么疯啊。这是派出所，是讲究法律法规的地方，别哭哭闹闹的。"小警察挥了挥手，招呼沈鸿过去。

"你赶紧签字回家，把给他带的换洗衣服留下就行，等明天或者后天伤者验伤回来，才能给他的行为定性。要是严重，就是刑事责任了。这两天他都得待在这儿，拘留。"

沈鸿没回家，而是直接去了医院——那个伤者验伤的医院。找了一圈儿，没有找到人。警察说伤者是来这个医院了，但是也不知道具体在哪儿，确实没法找。

没办法，只好到急诊外科医生那里去问。医生说，确实有一个伤者过来验过伤，说是汽车碰擦，碰到了一个神经病，不问青红皂白地就被打了。沈鸿尴尬地笑笑，追问了一下医生伤者的地址，医生一开始不给，沈鸿拿出身份证，又拿出工作证，证明自己不是坏人，只是打人者的家属，想找到伤者赔偿。看着沈鸿一脸正气的样子，医生也觉得应该不是坏人，于是就从电脑里找出地址给了沈鸿。沈鸿一看，蒙了，只有街道地址。不过，医生说，明天下午那个人可能还会来换药，说不定能在医院看到他。

第二天中午，沈鸿就到了医院，一直在外科的诊室门口等着，直到下午快下班，才有一个和警察描述比较像的人出现。他个头不高，体型瘦小，走路一瘸一拐的；脸上贴着好几块纱布，眼睛被打得红肿变形，嘴好像都有点儿歪了，已经看不出本来的面目。他一路没精打采地，被一个高大胖硕的女人扶着慢慢地走过来。

沈鸿赶紧迎上去。

"请问，您是王大柱吗？"

对方狐疑地看着沈鸿，迟疑了一下说："你是谁？"

沈鸿抱歉而卑微地说："王大哥，您好，我是昨天打……打您的那个人的爱人……"说完，她连直视对方的勇气都没有了，咬着嘴唇，把包紧紧地抱在胸口，低下了头。还没反应过来，"啪"的一巴掌就火辣辣地落在了沈鸿的脸上。沈鸿大惊失色，本能地捂住脸往后一退。打人的人并不是受伤的王大柱，而是他身边的那个女人。女人又凶又气，而且先发制人地号啕大哭："来人哪，快来看打人的坏人哪，看他们把我老公打成什么样儿啦！简直是作孽啊，畜生啊，太没人性啦！"

立刻，好多人围了上来，指指点点，还有人问是不是大老婆打小三？沈鸿忍着痛，屈辱的眼泪一直在眼眶里打转，她努力不让眼泪掉下来，努力镇定自己，莫要乱了方寸。

"大哥……"

"谁是你大哥？"女人怒吼。

"王……王先生，对不起，昨天的事情确实是我们不好，我代我爱人向您道歉。"

"道歉有屁用，赔钱！"女人又吼。

男人冷漠地站在一旁不说话。

沈鸿深吸了一口气，勇敢地看向女人说："我们一定赔钱，加倍赔偿，绝对不会让你们吃亏的。"

"怎么不吃亏？被打就是吃亏！钱你当然要赔，但是你得先让我也把你打得满地找牙，用脚把你的腿踩折了，你再跟我商量赔钱的事儿。"说完女人就准备抢胳膊，结果手刚抬起，胳膊就被旁边站着的王大柱拉住了，他阴沉着脸对老婆说："够了，别闹了。"

女人气哼哼地甩开了手。

王大柱说："我先进去换药，等我出来再和你谈。"说完头都不回地进了诊室。女人横横地指着沈鸿的鼻子说："你别走啊，给我等着，一会儿我好好地和你说道说道。你要是敢走，我就让你老公坐牢！"

沈鸿点点头说："放心吧，我不走，我等你们。"

人群轰的一声散了，说真没劲，说好玩命的，又不打了，手机都打开了准备录视频上传朋友圈呢，现在的人真是言而无信。

第十七章

一个小时后，他们三个坐在了医院门口的咖啡厅里。

沈鸿很诚恳地说："大哥，我知道昨天我爱人太过分了，对您做了特别不好的事情。我真的非常非常抱歉。今天我来找您，就是希望和您私下和解，希望补偿您的损失，也请您……请您网开一面，撤销对吴畏的诉讼。"

"不可能！"女人立刻回绝，"我们就是要让他坐牢，好好地收拾他一下，让他记一辈子。当然，赔偿也是不会少要的。"

沈鸿不理会女人，一直紧紧地盯着王大柱的眼睛。

"大哥，求您了。"

"你知道你老公这一顿揍，让我男人失去了什么吗？失去了工作！才找了一份司机的工作，开着老板的车没两天，就出了这么个破事儿。结果昨天我男人立刻被老板炒鱿鱼了，还要赔老板修车费。这些，你们都要负担，起码得几万块！"

女人恶狠狠地一顿猛吼，说完她看沈鸿没什么特别的反应，立刻改口说："不，是……十……十几万块！对，十几万块！"

沈鸿沉着脸看向女人，问："你说的算话吗？如果我给你十几万，你就撤诉？"

　　"15万！……嗯，不不，18万！不不不，20万！对，20万我们就撤诉！"女人不停地在纠结反悔，最后终于下定了决心，准备狠狠地敲上一笔。

　　20万，这个代价确实也太大了。但是如果不撤诉，钱还是要赔偿的，可是吴畏就有可能被关上一阵子，那他的前途……沈鸿不能赌，而且沈鸿一天都舍不得让吴畏在里面待着。

　　钱和吴畏比起来，根本不算什么。

　　"好"字还没来得及说出口，王大柱就打断了沈鸿，盯着她说："15万吧，咱们私了。我去撤诉。不要以为我们穷人就会讹诈你们有钱人，该要的要，不该要的，我们也不会贪。这15万，多也不多，少也不少，是我应得的赔偿。他把我打成这样，眼底出血，头部脑震荡，还不知道什么时候能好，好到什么程度。腿也有一阵子不能好好走路了，说不定还会留下后遗症什么的。所以我们多要一点儿给自己留个后路，就算暂时不能找工作，至少还够本儿做个小买卖。拿了钱以后，我们井水不犯河水，你我再不碰面，以后的事情我一个人承担。"沈鸿听完，二话没说，直接要了王大柱的卡号，立刻起身去派出所，一手换人，一手转钱。

　　从派出所出来的时候，王大柱老婆指着吴畏骂："便宜你小子了，打人者不得好死。"说完气呼呼地搀扶着王大柱走了，留下了懊丧的吴畏和沈鸿。

　　回家的路上，沈鸿开着车，吴畏一个人蜷缩在副驾驶位上不说话，眼睛看着窗外，好像满腹心事，可眼光又是呆呆的。沈鸿也不说话，她不想责怪吴畏，她只是有点儿不理解，为了孩子不能上名校，至于的吗？上名校就等于上了国际航班直飞哈佛吗？普通学校就培养不出优秀人才了？再说还只是个小学。

沈鸿觉得他们得回去好好地为这事儿聊一聊了，有些思想问题，她觉得必须扭转过来。吴畏脑子里也确实在想毛毛上学的事情，不过他压根儿就没想过要转变思路，他一直在想，钱。一定要花钱，给毛毛到名校借读！学区房是死活没希望了，现在的房子算是砸手上了，几年内估计都脱不了手。家里的存款应该没多少，吴畏知道，实在不行，只能先借爸爸的钱用了。是借的，以后一定还，毕竟那是爸爸的养老钱。如果以后爸爸生病了，这些钱是用来救命的。但是毛毛的事情不算完，再怎么都要争取一下。生活想把我打垮是吧？没门！我吴畏可没那么好欺负，那么容易认怂。生活越是阻挠我，我就越是要努力争取。不仅仅是为了毛毛，更是为了争这口气！

晚上回家，等老沈和毛毛睡了，沈鸿和吴畏进行了一次深入的交谈。沈鸿简单地把买房的那个小区没有被划进学区的原因讲了一下，然后她跟吴畏说，孩子的成长，学校固然很重要，但不是决定因素，重要的还是家长。就算是名校，老师也不是所有都包，该家长做的，一样不会少，包括平时的作业检查和周末的课外辅导等。作为父母，首先要从自身做起，担负起教育孩子的重任，不要想着全部拜托给名校。

普通学校也有普通学校的优势，首先离家近。附近最近的一个小学，出了小区拐个弯就到了，连马路都不用过。以后爸爸接送孩子也很方便安全。另外，普通学校的学生也比较普通，没什么官二代富二代，大家攀比心不强，孩子不势利，家长也好相处，总之还是有很多可取之处的。这次毛毛没上成名校，就说明机缘未到，不上就不上，毛毛一样可以健康长大，成为优秀人才。沈鸿巴拉巴拉地说了半天，吴畏一直都没说话。等沈鸿说完，满怀期望地等待吴畏的回应时，他才说了两个字："不行。"

这件事发生在吴畏生病之前或许有的商量，但是现在，反而没有商量的余地了。因为吴畏已经没有足够的时间等着毛毛慢慢地成才。吴畏如今每时每刻想到的都是他有可能随时离开，他需要在尽可能短的时间里，安顿好家人，当然包括毛毛。上名校，现在不仅仅是虚荣问题，而是保障。这样即使将来沈鸿没有能力送毛毛出国，毛毛也可能凭着自己的能力走得更远。名校有优质的师资力量和优质的同学资源，这些都是在为将来的人生之路护航。

吴畏对沈鸿说："老婆，你要看得长远一点儿，往后看。毛毛上了好的小学，才有机会上好的中学、高中，最后才能走到名牌大学。如果一开始就输在起跑线上，那高考的时候，她和名校的学生就不只差了一点点，而是早就被甩出了好几条街，到时候再想赶超基本上是没可能了。所以现在的将就，就是毁了毛毛的未来。"

沈鸿很不服气："我们不都是普通学校出来的孩子吗？我并不认为我们现在生活得比那些名校生差，我们不是过得很好吗？"

吴畏说："你觉得好，那是因为你比较容易满足，小富即安。你出国留过学吗？你知道人家全英文教学是什么感受吗？你知道剑桥有多少个图书馆？你在华尔街上工作过吗？你的生活范围太小了，你目力所及的范围太窄，你的理想太普通，所以你才会感到满足。而我们的女儿，已经是 21 世纪的年轻人了，她的世界应该比我们广阔很多。她应该有能力和机会到世界各地去看一看。上名校只是她的起步，也是唯一正确的方向。在好的学校，老师和同学都会给她最好的指引和帮助，而不是仅仅依靠从来没见过世面的你和我，来对她的未来指手画脚。毛毛应该和我们过得不一样，不能吃饱穿暖就满足了，只知道过小日子，而不知道去改变世界。"

沈鸿急了："我们为什么要给女儿这么大的压力，一定要她去改变世界？她为什么不能过小日子，小日子有什么不好？你不能把你未完成的人生理想强压给孩子，她有她的生活，没必要实现你的目标。"

吴畏也急了："我们作为父母，不就是应该给孩子树立远大的目标吗？我们小时候老师不也教导我们，要成为社会主义的接班人，要努力为建设共产主义而奋斗吗？这目标不小吧，比我给毛毛定的哈佛和剑桥的目标比起来，要宏伟得多吧？那你能说老师是在强压给我们理想吗？是为了让我们完成他的人生目标吗？不是。对吧？人，就是应该从小树立远大的理想，这样你才有可能成为有用的人！"

沈鸿被说哑了，不知道该再怎么反驳，只好说："好吧，听你的，上名校。那现在学区房没有了，这个问题怎么解决呢？"

吴畏停顿了一下，咬咬牙说："交赞助费，借读！"

沈鸿听完惊呆了："你没搞错吧，你知道现在长安小学的赞助费要多少钱吗？我们付不起好吗？"

吴畏说："不是还有一些存款吗？咱们凑凑看够不够。"

沈鸿冷冷地说："不够。"

吴畏气了，说："到底还有多少，怎么也还有几十万吧？"

沈鸿说："你知道你昨天打的那架值多少钱吗？15万。一个拳头下去，就是一万块。"

吴畏愣了。

"喂，老李，是我。能帮个忙吗？"吴畏在小旅馆的房间里，脸色不好，冒着虚汗。

"说吧，什么事儿？"

"帮我找个路子，我想让女儿去长安小学借读，没买到合适的学区房。这事儿要快，马上就要开始小学报名了。"

"啊，长安小学啊，哎哟，这个，有点儿难。"老李在电话那头说。

"唉，我知道。帮我找找关系吧，搞个借读行吗，会不会容易一些？"

"这个，真的有点儿难。你知道吗？我听说区教育局局长的条子，人家校长连看也不看，省领导批的条子，才看一眼，然后还要通盘考虑。当然，这是正式录取。但即使是借读，也很难，得找很硬的关系。我直接的没有，所以也只能帮你跟朋友打听打听了，能不能成，这个我不敢保证。你也到处都找找人，别把希望都寄托在我一个人身上，耽误孩子上学就不好了。"老李说的都是大实话，上名校这事儿，比娶媳妇儿还难。

吴畏叹了口气说："老哥，我就拜托你了，也不找别人了，我这方面没资源。你多费心吧，不管转几个弯儿，务必帮我搭条线。托人的人情费你先帮我垫着，我到时候一并给你。"

晚上回家，沈鸿正在给毛毛洗澡，吴畏就没进去打招呼，直接躺倒在沙发上，无精打采，筋疲力尽。

老沈看见了，从房间里走出来，默默地坐在吴畏身边。

"吃了吗？"老沈问。

"吃了。"吴畏答。

老沈左右看看，神神秘秘地跟吴畏说："哎，我跟你说个事儿。"

吴畏连眼皮也没抬一下，说："您说。"

老沈拍拍吴畏的大腿说："你拿我给你的钱，去交毛毛的入学赞助费吧。"

"啊？"吴畏一惊，醒了，立刻坐直了身子问，"您怎么知道这件事儿的？"

老沈一脸的不屑："你们那天晚上吵那么大声，我听不见啊，我又没聋。为毛毛上学的事儿，我都听清楚了，就是差钱。我不是给你卖房子的钱了吗，你没花完吧？拿出来给毛毛交赞助费，算是我和你妈妈的心意。我们老两口为了毛毛，多少钱都舍得。"虽然吴畏也是这么想的，可老沈真的开了口，吴畏反而有点儿过意不去："可是，这是您的养老钱。"

"不是有你们吗？你们保证养我的老，我还要什么钱。再说了，以后如果得大病，我就不治了，花再多钱也治不好，人还穷受罪。那个吃钱的什么ICU病房，打死我我也不进去。割气管这种事儿，你们万万不能对我干，要不我恨死你们。我得病了，我就回家，该吃吃该喝喝，走就走，反正你妈在那儿等我，我才不怕呢。"

吴畏还是有点儿为难，说："这事儿万一让沈鸿知道了……"

"没有万一。你不说，我不说，她怎么可能知道。等毛毛顺利上了学，她知道了也没辙了。听我的没错，毛毛第一。"

第十八章

这天早上，吴畏该起来了。但他实在起不来，身体沉得好像被埋在一个深坑里。他想挣扎着爬起来，但微弱的意识忽远忽近，忽明忽暗，他觉得自己不管怎么努力，都睁不开眼。

"吴畏，吴畏！"有个人在他耳边呼唤他的名字，同时好像还有一只手，在不停地推他的肩膀。

"吴畏，你醒醒，都几点了，你不上班啦？"是岳父的声音，终于，吴畏慢慢地睁开了眼睛，盯着老沈看，好像不认识老沈似的。老沈急了："吴畏，你是不是生病了？要不你先起来，我带你去医院。"

一听到"医院"两个字，吴畏终于清醒了。他挣扎着坐起来靠在床头，虚弱地对老沈笑笑说："去什么医院啊，我昨天晚上失眠了，所以早上困得醒不过来。"

老沈看看吴畏，指着他的脸说："你小子脸色不好，发黄，你得注意啊。"说完就出去了。吴畏一个人静静地待了一会儿，身上一点儿劲都没有，只想睡觉，但是他不能在家睡，他得挪到门口的小宾馆去，这样他就可以安心地睡上一整天。

勉强吃了几口东西，吴畏晃晃悠悠地出了门。太阳耀眼，刺得他不敢抬头，他一路沿着一点儿仅有的树荫慢慢地往小区门口移动，耳边响起轰轰的鸣叫声，像是坐飞机快速降落时的那种耳膜被鼓动起来的声音。其他声音则变得特别遥远。小区的中心花园树最多，吴畏走了进去。这时候，刚才听起来还很远的孩子的笑声，突然清晰了，就在耳边。吴畏一回头，看到一个老头儿在逗一只鹦鹉说话，周围围了几个兴致盎然的孩子和家长。鹦鹉只要一说"你好"，周围的人就都哈哈大笑。

　　吴畏也忍不住停下脚步，看了一会儿。

　　突然，他想起了什么。这个老头儿，该不会就是爸爸上次说的那个给偏方治疗毛毛咳嗽的人吧？老头儿看着精神矍铄，和蔼可亲，落落大方，真不像是个得过癌症的人。吴畏就在旁边站着，等着围观的人散了，老头儿准备提鸟回家的时候，吴畏迎了上去，主动跟老头儿打了个招呼："老爷子您好。"老头儿有点儿奇怪地看着吴畏，好像努力回忆着什么，说："哎，哎，你好，你是……"

　　吴畏笑了，说："您不认识我，但是认识我岳父，您还给了他一个治疗咳嗽的小偏方，治疗我女儿总不好的咳嗽，您还记得吗？"

　　"哦哦哦，"老头儿恍然大悟，呵呵地笑起来，"记得记得，之后就没怎么见过你岳父，估计他以为我是个卖药的骗子，所以都躲着我走了。"

　　"没有，没有，"吴畏赶紧打圆场，"我岳父记忆力不好，平时我们不让他出门，怕他找不到回家的路，不是要躲着您。"

"哦，这样啊。"老头儿点点头说，"老人家到了年龄，容易得老年痴呆症，确实得提前注意。万一走失了，那就糟糕了。"

吴畏点头笑笑。

老头儿又看着吴畏："哟，小伙子，不知当讲不当讲啊，我觉得你这脸色……也不好看啊。"

吴畏又点头笑笑："最近工作有点儿累，休息不好。"

老头儿说："那可不行，身体是革命的本钱，你这才多大啊，就把身体累垮了，那以后可怎么办啊。钱是挣不完的，但身体是可以消耗完的，精力是有限的，不能提前透支啊。"这些话如果放在半年前，吴畏绝对是听不进去的，最多尴尬而不失礼貌地微笑一下，就赶紧闪人了。但是现在不一样了，这些话每个字都说到了吴畏的心里，砸在了他的痛处，他确实体会到了身体消耗殆尽的感觉。所以吴畏不但没走，反而想起了老沈之前跟他说的，这老头儿也有癌症，后来被他自己治好了。吴畏心里一动。他诚恳地跟老头儿说："大爷，您有空吗？我想和您聊聊。"

那天上午，吴畏就和老头儿坐在中心花园里的长凳上，聊了很久。老头儿叫钱树和，今年 72 岁。十年前他被查出了肝癌，医生当时给他的限期是最多三个月。他的肿瘤很大，而且还扩散了，主治医生把腹腔打开一看，病灶太大，清除不干净，于是啥也没做，直接又把肚子合上了。本来要放化疗的，但是既然就只有三个月的时间了，老钱想想，决定不受那个罪，回家。老钱的老伴儿死得早，一个女儿在金南，他自己在另一个城市。因此他直接回了安徽老家，老家有个弟弟，还有一个妹妹，都是农民，家里条件还行，重要的是环境好，安静，山清水秀，没那么多干扰，他可以安心地度过人生最后的时光。当时女儿死活不同意，非要让他到金南的大医院来，再看看有没有其他治疗的办法。可是老钱坚持要回家，老钱说，死也要死在家乡，不想死在冰冷的病房里。

于是老钱就回了老家，带着毕生的积蓄，除了一部分转给了女儿，其他的都给了弟弟和妹妹。他到现在都觉得自己的做法特别正确，与其把钱给医院做毫无希望的治疗，不如把钱留给亲人。回家后，老钱的亲戚对他都特别好，照顾得很周到。老钱想吃啥吃啥，想去哪儿去哪儿。老钱还特别喜欢打麻将，家里的亲戚人也多，每天晚上都能凑一桌，大家就这么围着老钱，逗他高兴，反正也就三个月了，一定要尽力。

可是这样的日子，转眼过去了一年。

"啊，您就自己这么慢慢好了？"吴畏特别惊讶。

老钱笑了："当然不是，是我比较幸运，遇到了一名赤脚医生。"当时在老钱的那个村子里，没有医院，大家生病了，都到一个赤脚医生那里去看看，简单地拿几味中药回来熬熬，吃完基本就好了。所以，这个赤脚医生在村里很受人尊重。

赤脚医生姓冷，是个外姓人，之前并不是老钱他们村的，是村里的上门女婿，老钱并不认识。老钱来了以后，他弟弟也请冷医生过来看过病。老钱自然不抱希望他能把自己治好，只觉得开点儿药调理一下，让最后的这段日子好过一些。当时老钱的状况特别差，肝区疼痛得厉害，而且腹胀，吃不下东西，睡眠也很不好，人非常瘦。那个冷医生来看了，也说自己治不好癌症，只能开点儿药，改善一下症状，至少让老钱能吃好睡好。能吃好睡好，这对于当时的老钱来说，简直是天大的幸福了。老钱对吴畏说："小伙子，你不知道啊，人拥有健康的时候，是多么不重视健康，等失去了才知道有多珍贵。我那时候真的认为，能吃得下饭、睡得着觉的人，就是这世界上最幸福的人了。钱是什么，是王八蛋，是魔鬼。就是因为我们太在意钱，太追求钱了，才拼着命去换。可是结果呢？我们挣的那点儿钱根本换不回命，再多也换不回来，真是后悔莫及啊。"

吴畏一边点头，一边忍不住问："钱大爷，您以前是做什么的呢？"

"我开工厂的。"老钱说。

老钱开了一个食品加工厂，因为担心食品安全出问题，所以他整天都泡在工厂里，从进货到选货到包装到销售，每个环节老钱都要亲自监督，唯恐出纰漏，工作量非常大。平时为了扩大销售渠道，进入各大超市，老钱还要不停地请客吃饭喝酒。老钱自己也不知道喝了多少酒，感觉每天都在酒桌上过的。一开始，喝大了以后，睡一觉也就好了。后来随着年龄的增长，酒是越来越喝不动，而且喝醉以后，几天都缓不过来，人没精神，没胃口，头晕头痛。

老钱的胆囊早就割了，先是有息肉，后来变成了胆结石，发作的时候，疼得在地上打滚。有一次老钱自己一个人在家，胆囊炎突然发作，他疼倒在地上爬着去拿电话，这才打了120被救走。胆割了以后，他感觉病位就慢慢地移到了肝上，肝区总是疼。口苦，腹胀，吃不下东西，泛酸得厉害。先是按照胃病治疗，可是一直不见好转，后来到医院检查，才被确定为肝癌。

吴畏低头沉思，这些经历，和自己好像啊。

老钱继续说："你看啊，身体真是个特别有意思的东西。当你感觉不到身体存在时，其实就是它最健康的时候。比如说，你的肝从来不疼，你知道肝在哪儿吗？你的胆从来不疼，你能感觉到胆存在吗？你的肺好好的，你没事儿能想到它吗？都没有。你觉得你是一个完整的个体，绝对不会注意到任何一个零部件。但是等到你的某个零件损坏的时候，你就能明显地感觉出它和你的身体分离了，你能特别清楚地感觉到它的存在。疼痛、酸胀，你都能体会到。所以，没感觉就是最好的感觉，就是健康的感觉啊。"

吴畏一个劲儿地点头，是真心地赞同。他目光灼热而急迫地又问："后来呢后来呢，是那个神医治好了你的癌症吗？"

老钱笑笑，说："当然不是。没有医生可以治好癌症，只有自己。"

第十九章

那个冷医生确实水平不错，他给老钱开了个方子，老钱依着那个方子吃了半个月，就感觉很多症状明显减轻了，比如慢慢地开始有食欲了，而且吃完饭胃没有那么胀、那么难受了。泛酸也好了很多，不像以前，泛酸的时间能有两个小时左右，而且还感觉烧心，用药后泛酸的时间缩短了一半。最重要的是，老钱的睡眠好转了，居然一个晚上能连着睡三四个小时，这在生病之后是从来没有过的事情，之前老钱一直在吃安眠药。

老钱特别意外，就没事儿跑到冷医生家看他给人治病，觉得他肯定是有什么绝活儿。然而看了一阵子，老钱很失望，这位冷医生好像没什么过人之处，每次也就是问问病人饮食啊、睡眠啊、大小便啊这些最普通的情况，再把把脉，看看舌头，就开方子了，其他什么操作也没有。而且让老钱意外的是，这个冷医生还不会看西医的检查单。经常有人拿着在县医院拍的片子和化验报告过来给他看，他都笑着摇摇头，表示看不懂。老钱想，到底是赤脚医生啊，水平确实赶不上大医院的医生。

但是时间一长，老钱发现这个冷医生的疗效很好。很多乡里乡亲的，只来看一次，病就好了。而且他用药也特别简单，有些看起来挺复杂的病，他就看似随意地从药柜里抓几味药就治好了。比如有个老汉，和儿子儿媳闹不愉快，出现了眼睛红、睡不好觉、大便干燥的症状，而且血压也升高了不少，让他心里很害怕。冷医生就抓了半斤生决明子给老汉，让他回家微火炒黄，然后每天抓上一小把煮水喝。老汉依法照做，结果一星期后症状就都消除了，血压也恢复到了正常。

　　还有一个老汉，眼睛里长了翳膜，看东西模糊，晚上都不敢出门了，家里的孩子怀疑他是白内障，要带他去县医院看看。老汉一听，也许要开刀，吓死了，坚决不肯去，就跑到冷医生这里来想办法。冷医生就只用了两味药：谷精草和防风，等份打粉，让老汉回家后每天用米汤送服两小勺。没想到用了不到半个月，老汉眼睛里的翳膜就消失了，就可以重新看清夜路了。

　　另有一个邻村的女子，得了急性膀胱炎，尿频、尿痛得厉害，每次小便都跟上刑似的。以往，她都是直接上镇医院挂水的，有几天就能好。可是这次，镇上医院说她用的这种抗生素最近断货，没药了，让她去市医院。她一听就急了，市医院每天的病人有多少，她当然知道，而且去一趟太远了，她家里又有老人和孩子要照顾，实在走不开。于是她就抱着试试看的心态跑来找冷医生，看能不能也开个方子，快速地解决她的问题。没想到冷医生诊断完后，淡淡地说："我给你抓点儿药，两天就能好。"然后他就抓了100克黄芩，嘱咐这个病人，每天用30克煮水，分三次喝完。结果也没有出人意料，这个药还没喝完，膀胱炎就真的好了。

像这样的例子，每天都有，老钱在一旁都看傻了。这些病，老钱之前都听说过，要是去医院，不知道要折腾多久才能好。可是在冷医生这里，都三下两下就搞定了，让老钱不得不打心眼儿里佩服。老钱很好奇，就趁着冷医生不忙的时候和他聊天。老钱问冷医生这看病的手艺是和谁学的？冷医生也很诚实，说是自己学的。老钱就更奇怪了，问他自己怎么学？冷医生也不隐瞒，说就是看了一本书。

"啊？是不是什么中医秘籍，和武林秘籍一样的书？"吴畏着急而热切地追问。

老钱笑了，说："我原来也以为是本中医秘籍，里面记载着很多不传的秘方，嘻，结果根本不是。"

这个赤脚医生拿出来给老钱看的这本书，又旧又黄，是个32开的一个小册子，名字叫《中医入门》，作者秦伯未。秦伯未是谁？老钱当时并不知道，冷医生也没多说，就直接告诉老钱，他就是从看这本书开始自学的。而这本书的来历就更有趣了。好几年前，冷医生去赶集，当然他那会儿还不是冷医生，只是小冷。他看到一个旧书摊儿，就凑过去看。这小冷特别喜欢看书，什么书都喜欢看，只是没什么钱买。摊主看他翻了半天也没要买的意思，不高兴了，随手抓了几本给他，然后跟他说，十块钱，要买就买，不买就走。小冷被说得不好意思，丢下十块钱拿着书就回去了。到家后整理书时才发现，里面夹着这么一本泛黄的中医书，他也没多想，往角落里一塞，就忘了这件事儿。

后来没过多久，小冷的岳父患上了腹泻症，每天拉好几次，拉到脱肛。到县医院治疗了好久，都没什么效果，全家人都非常着急。于是他们就商量着准备把老爷子转到省城大医院去看一下，可是老爷子死活不肯。因为腹泻，老爷子身体特别虚弱，眼看着就不行了，于是家人决定尊重老人家的意见，回家来。好不好的，就听天由命了，至少走也是在家里走的。老爷子回来后，就住在小冷家里，小冷和老婆都很孝顺，一直到处打听有没有什么民间偏方可以治病。突然间有一天，小冷想起了被塞在角落里的这本《中医入门》。当时他真的是没抱什么希望，就是随便翻翻看，可是翻到"基本方剂和处方"的那一章节时，他看到了一个方子，叫作诃子散，由特别简单的四味药组成，专门治疗泄泻不止、脱肛。

　　小冷仿佛看到了救命稻草，兴奋异常，可是妻子很冷静，说这么个书里写的东西，也能相信？要是人人看书都能治病，那谁都能当中医了。不治肯定死，但治了万一有转机呢，为什么不试试？于是小冷说服了老婆，跑到镇子上的药房抓了几服中药回来，熬着给岳父喝了。万万没想到，药喝完了第二天，岳父的腹泻就少了一半。结果这药总共喝了三服，持续了几个月的腹泻症，就这么好了。一旦腹泻止住，老人立刻感觉气力恢复了许多，人也有了精神，之后就按照乡下比较普通的养生办法，以米粥和南瓜、红薯为主，慢慢地调养，没用两个月，岳父就能下地干活儿了。

　　从此，小冷视这本《中医入门》为神书，就此走上了自学中医之路。好在小冷的老婆一家因为看到了中医的神奇疗效，所以都很支持他学习，也不怎么让他干农活。毕竟他那点儿劳力干农活挣的钱，还不够到县医院看一次病的。他好好学习看病的本领，省下全家人的看病钱，也就是挣下大钱了。他老婆相当聪明，很会算账，比很多村妇都有眼光。

小冷就这么一路自学了下去，主要书籍就是这本《中医入门》，后来他自己又买了些名家医案作为参考，也就两三年的工夫，他就可以在村里给人看病了。谁家有个什么头疼脑热的，他都能治，疗效大多都不错。他也彻底不干农活了，在家里整了一个小药房，常用的药都有，他诊病不收钱，就收点儿药钱。他也不黑心，每次都尽量用最少最便宜的药给人治病，让村里人省了好多看病的钱和时间，所以大家都特别尊重他。他家地里的事情，总有病人家属抢着帮忙做了，他岳父和老婆也轻松了很多。

老钱和他聊天的时候，他毫无保留，一五一十地说了经过，也把自己看的书推荐给了老钱。老钱婉拒了，说自己也就只有一两个月的生命期限，看这些书又有什么用。冷医生也不强迫他，只是跟他说，万一你吃我的药度过了三个月，你就过来看书，行不？三个月后，老钱开始跟着冷医生看书了。老钱每天上午过来，就坐在冷医生边上看那本《中医入门》。那书真是枯燥乏味啊，而且很多地方都看不懂，老钱就边看边问。冷医生也很有耐心，没病人的时候，他就会细细地跟老钱讲书里的一些概念和道理，毕竟在整个村子里，也只有老钱又有文化又有时间了，冷医生平时有很多读书感悟都没人可说，现在遇到一个想听的、能听懂的，他也特别愿意倾囊相授。冷医生在讲到中医的时候，不但不冷，反而是滔滔不绝、热情如火啊。

就这样，老钱平安地度过了一年。

这一年来，老钱想通了好多事儿，看开了好多事儿，放下了好多事儿。而且由于生活极其简单，又有规律，所以老钱感觉整个身体好像都被彻底洗刷了一遍，特别清爽。以前，他总觉得自己像是陷在泥潭里，被凝固住了，动弹不得，又重又沉。可是现在，他的肢体、骨骼又开始活泛起来，恢复了知觉。不仅能动了，轻松了，有时候轻快得甚至想跑，奔跑。这一切，当然离不开冷医生的帮助。但是冷医生一直在告诉老钱一个道理：人只能自救。没有医生和药能最终救命，最后救你的一定是你自己。只有把那些不开心、不如意的事情放下，把金钱名利地位放下，把身外事都放下，让自己的内心回归平静，你才能跟你的身体对话，才能和你的身体和平相处，即使此时身体受到了创伤，你也可以慢慢地帮它平复。

　　如果说现代医学的治疗方法，是用药物与肿瘤进行对抗、拼死活，那中医的方法，就是用药物扶助正气，让正气压制住病邪，不让它作乱——至于是否能赶走它，什么时候赶走它，都不重要，只要不作乱就可以了。但不管怎样，药都只能治三分病，其他的，就要靠自身良好的饮食作息习惯、轻松平和的情绪来进行自我修复了。所以冷医生跟老钱说："以后无论谁问你，你都要说，是你治好了你自己，绝对不是我。"那老钱到底好没好呢？没人知道。因为老钱从那以后，就再也没去过医院了。他现在身体里到底还有没有肿瘤，连他自己也不清楚。老钱说："管它呢，只要我没有症状，我好好的，肿瘤在不在都不是问题。"

　　吴畏在听老钱讲故事的时候，一直都抱有一个幻想，就是老钱说的冷医生是个神医，可以治疗各种疑难杂症，说不定他就有救了。

结果一路听下来，好像并不是。老钱一直号称他把自己的癌症治好了，但现在看来也不过是自欺欺人的说法罢了——他连去医院检查的勇气都没有，根本不知道自己好没好，他只是自我麻痹地认为没事罢了。这哪能算是治好呢？不过是逃避结果而已。虽然过了十年，确实远远地超过了医生的预言，但那又怎样呢？说不定会随时病发而亡。癌症，根本没人能治。中医，更不可能了。想到这里，吴畏深深地叹了一口气，沮丧极了。自己的尿毒症，看来也不会有神医出现来力挽狂澜了。

老钱原以为自己讲完这段神奇的经历，这个脸色蜡黄的小伙子能对自己刮目相看佩服不已，或者直接讨要一些养生治病的办法。可是没想到听完故事后，小伙子更没精打采了，连话也不想讲，就一个人闷头坐着，满腹心事。这下就有点儿尴尬了，老钱不知道再说点儿什么才好。沉默了一会儿，吴畏站起来，非常有礼貌地感谢了一下老钱，准备告辞。

老钱挺喜欢这个眉清目秀、气质不凡的小伙子的，觉得他很有眼缘，忍不住说了一句："小伙子，咱们加个微信啊，有什么问题你可以咨询我，看我能不能帮上忙。"

吴畏稍微迟疑了一下，想着加就加吧，人家老先生掏心掏肺地跟自己说了半天，也不容易，于是赶紧拿出手机，扫了对方的二维码。

"哟，你叫无所畏惧啊？"老钱笑着问。

"是是，18 岁开始就用这个网名了，一直没换过。"

老钱斜眼看了一下吴畏，略带揶揄地说，"一看这名字，就是个年轻人。"

第二十章

　　下午，吴畏正在旅馆的房间里昏睡，突然接到了老李的电话。电话里老李说，他辗转找了很多关系，最后好不容易找到了长安小学一个副校长的连襟。人家说毛毛借读的事情，可以帮忙，所以老李忙不迭地在晚上安排了个饭局，让吴畏和这位连襟先把线搭上，具体问题饭桌上聊。

　　吴畏高兴坏了，赶紧起床，收拾了一下赴约。

　　在饭店包间见到这位连襟的时候，吴畏觉得这人怎么这么老啊，大概有 60 岁的样子，个头不高，头发稀疏，细眉细眼的，有点儿像个老太太。他穿着一身中山装，腰杆儿倒是挺得笔直，一口标准的普通话，还挺有点儿老干部的架势。但这位连襟同志说他才 49 岁，是一家网络公司的老总。吴畏也没多想，特别热情地给连襟同志倒酒夹菜，心急地一直忙着问如何办理借读的事宜。

　　这位连襟特别谨慎，在回答问题之前，先叮嘱吴畏这事儿千万不能声张，现在教育部门查得特别严，要是走漏了半点儿风声，别说毛毛借读了，副校长本人都会遭殃，到时候就真的吃不了兜着走了。他现在能帮吴畏这个忙，完全是看老李朋友的面子，自己回去还得各种好话跟副校长说上。"真是件苦活，唉，要不是自己心软为了朋友……"

吴畏听完不停地点头，一直感谢连襟同志愿意帮忙，而且对天发誓绝不外传，回家连老婆都不会说。如此之后，连襟同志才捋了捋头发，慢悠悠地简单介绍了一下情况。每年招生，每个校长手上都会有几个特批名额的权限。当然正校长最多，副校长次之。这位连襟家的副校长，就是长安小学的易校长，主要负责教学工作，所以他手里正式入学名额有两个，借读的话，也有两三个。

如果是正式入学资格，毛毛几乎没有希望了，连襟同志也说得很明确，这两个珍贵的名额肯定是要给省级领导特批的关系户的，校长本人也没办法。但是借读名额相对来说就好很多，可以由校长本人支配。但是……费用的话，就会比较高，因为有竞争嘛，想要的人实在太多了。

"没关系，赞助费多少我都愿意出。"吴畏非常急切。

连襟同志正襟危坐，淡淡地抱着肩膀说："赞助费当然少不了，那是交给学校的，一分不能少，校长是拿不到这个钱的。但是，至于校长会把这个机会给谁，就要看关系了。"

吴畏和老李当然明白连襟同志讲的这个"关系"是什么意思，就是送钱呗。连襟同志讲得非常隐晦，大概意思就是这钱是校长自己收的，但是校长本人是绝对不能露面干这种事的，更不能有任何收钱的转账记录。所以他们这些能和校长有直系关系的亲属，就会代替校长"建立关系"，这样万一遇到不上路子的家长，出了什么不该出的意外，也不会连累到校长本人。真是空手套白狼的万全买卖啊。

吴畏和老李这种常年浸淫在社会关系网中的人，又怎么会不了解呢，只要一点就通了。吴畏开诚布公地说："您开个价吧。"连襟伸出了两个指头："除了给学校的 30 万赞助费以外，再加这个数。"20 万！吴畏倒吸了一口气——那两笔钱加在一起就 50 万了。毛毛就只是上个小学而已。

老李在旁边悄悄地拉了拉吴畏的衣角，说："我去洗手间，你去不？"出了包间的门，老李赶紧拉着吴畏在走廊找了一个远离包间的角落。老李说："这事儿今天先别急着定，我再找人看看有没有别的路子。这家伙太狠了，开口就要 20 万，又不是上大学，价格也太高了。"吴畏想了想，有点儿担心："万一咱们思前想后的，花时间找其他关系还没办成，想再回头，一是怕这个名额早没了，二是到时候说不定 20 万也搞不定了，他们能要更多。"

老李叹了一口气，说："唉，现在这些学校领导太坏了，心太黑。这样的人教育出来的孩子，能好吗？能出人才吗？"吴畏笑笑："扯远了，他们哪儿是什么教育者啊，是当官的人，是在官场上混的。谁真管教书啊！教书的都是一线的教师，那些人才又辛苦又没钱呢，和校长根本不是一个体系内的。"

老李点点头，表示认同。

吴畏想了一会儿，下定决心地说："20 万就 20 万吧，只要能让毛毛进去，我认了。"

老李还是有点儿不放心，说："我怎么觉得这个连襟不靠谱呢，说话阴阳怪气的，要不我再找人调查调查他？"

吴畏说："行啊，但是得快点儿，怕来不及了。"

两人商量完回到包间，一推门，里面空荡荡的，连襟同志不在了！

吴畏和老李有点儿蒙圈，回头问服务员。服务员说："刚才那位客人去厕所找你们了，发现你们不在厕所后，就直接到楼下结账走人了。"

啊？！吴畏和老李惊了。完了，得罪连襟了！

两人没多想，拿起东西就直奔酒店大门，出了门，左右看看没人，正着急要打电话，发现连襟同志正在对面街角站着呢，应该是在打车。

吴畏风一样跑过去，一把拉住连襟，脸色都变了，直说"对不起对不起"。

连襟同志一脸正气地看着吴畏，相当严肃地说："你们俩在干什么，不要以为我不知道，是不是怀疑我是个骗子？！告诉你们，不要以小人之心度君子之腹，我可是有身份的人，容不得你们这么玷污！"

吴畏慌了，赶紧说："没有，没有，您看您这是说哪儿的话啊，我们从来没往这方面想过……我们刚才，刚才……就是觉得价格有点儿高，我们在商量怎么筹钱的事儿。"

连襟斜着眼睛说："如果觉得要价高，那就算了，反正这名额要的人多着呢。我也是看在朋友面上老脸都不要了，想帮你们个忙，让孩子有个好的未来。唉，但是没想到你这做家长的，竟然是这么个态度，眼睛里只有钱，简直太让我失望了。这个事儿就当没发生过吧，我已经把饭钱结了，千万别说我吃了饭又翻脸。从此以后我们互不相识，再别来往。"

吴畏听完，脸色煞白，焦急地说："别别别，千万别。您千万别生气，是我们错了，是我这个当爹的小气了，舍不得给孩子花钱，是我的错我的错。我现在明白了，我太浑蛋，我不应该犹豫的，真的是辜负了您的一片苦心。"

连襟同志气哼哼地把头别向一边，不理他。

吴畏央求说："求您了，大人不记小人过，咱现在就坐下来重新谈，您说什么都听您的，怎么操作都听您的，我绝对没二话了。"

老李也一直在旁边跟着附和："是是是，是我们的错，是我们太不懂事儿了。"

连襟同志非常不情愿地被吴畏和老李拉进了隔壁的咖啡厅。坐下来后，直奔主题，都不再绕弯子了。连襟把卡号给了吴畏，冷淡地说："越快打钱，越有希望。如果拖着不打钱，这个名额就不一定有了。"

吴畏果断地说："马上就打，回家就操作。网银、U盾什么的都有，会分两次把钱打给连襟同志，请连襟同志到时务必迅速查收。"

那边，等连襟同志收到钱后，会第一时间去找副校长写个收据和同意录取的条子，拍照片发微信给吴畏，这样就算是内定下来了。孩子面试都不用，只需要静静地在家等消息就行，所有手续全部都由副校长一个人搞定。到时候学校放榜，直接带孩子到学校门口看榜单就行了。

"这期间，你们一定要沉得住气，不要声张，不要去学校找我姐夫，不要跟任何人说这件事情，包括你老婆。"连襟同志严厉地交代吴畏。

吴畏一直点头，说："放心放心，请领导放心，绝对不给领导添麻烦。"

连襟又说："人与人之间最重要的就是相互信任，我看你一脸老实样，我才这么信任你，给你帮忙，你可千万别辜负了我。你如果这次给我找了麻烦，得罪了校长，不是我吓唬你，以后就算是不上长安小学，孩子在别的学校里估计也会不好过。你知道的，所有小学的校长都彼此认识，我姐夫只要去你孩子的学校打个招呼，估计她连当小组长都难。"

吴畏一听，更加频繁地点头说："不敢不敢，绝不敢惹领导生气，孩子的未来最重要。"连襟这才脸色缓和了一些，说："好了，我原谅你们刚才的无礼了，以后咱们之间也不要打电话，尽量微信联系。"

走的时候，吴畏想送连襟同志回家，被连襟同志断然拒绝，说不要让别人看到他们走得太近，影响不好。但是他还不忘嘱咐吴畏，转账后务必发个截屏给他，让他方便确认。吴畏满含感激地直点头。连襟同志扬长而去。

等连襟同志的背影消失了，吴畏才虚脱似的擦了一把额头的汗，转身慢慢地和老李往停车场走去。老李跟在后面一直不说话，等上了车，老李忍不住说："吴畏，咱们这事儿办得是不是有点儿仓促了？

隐隐地我总觉得哪里有点儿不对。"

吴畏说："应该没问题，这个人看着挺正义的，而且刚才如果咱们不拦着他，他不就走了吗？不会骗咱们的，放心吧。"

"那个，"老李说，"我唯一能确认的，就是这个人确实是易校长的连襟。因为我有个朋友的朋友和他很熟，身份没有疑问。"

"那不就行了。"吴畏拍拍老李，"别多想了，这事儿就这样吧。谢谢老哥费心了。"

老李不说话了，吴畏也不再说什么，两人都满怀心事地回了家。

第二十一章

到家的时候，沈鸿又在忙着给毛毛洗澡，吴畏打了个招呼就闪进了书房，拿出银行 U 盾，给连襟同志转了钱。看到操作成功后，吴畏截屏发给了连襟同志。对方回了一个"OK"的手势，就再无话。

吴畏靠在椅背上，闭着眼睛，深深地舒了一口气。

"怎么了，累坏了吧？"一只手摸在吴畏的头上，吴畏一下子惊醒了，看到沈鸿站在面前，一脸关切。吴畏赶紧看了一眼电脑，生怕沈鸿看到转账的页面，幸好，电脑自动黑屏了。吴畏一头扑进了沈鸿的怀里，抱着沈鸿不说话。

沈鸿说："干吗？工作上出什么事儿了吗？你最近怎么都不出差了？"

吴畏紧紧地搂着沈鸿不动，低声说："没事儿，什么事儿都没有。不出差是因为最近夏总给我派了个助理，好多事儿我都让他去办了，我休息休息。"

"嗯，这样也好，你确实该歇歇了，你最近脸色太差了。今天回来爸爸跟我说，早上你累得床都起不来了，赖了好久才去上班，我都担心你了。"

"别担心，我好着呢。"吴畏闭着眼睛说。

"哼，放开妈妈，妈妈是我的。"一个幼稚的声音在旁边响起。吴畏睁开眼，看见毛毛又委屈又故作强大地叉着腰，站在旁边。沈鸿和吴畏同时笑了，吴畏立刻放开沈鸿，扶着毛毛的肩膀说："妈妈是你的，我才不要。我只要毛毛。"说着一把把毛毛抱起来放在腿上。

吴畏看着毛毛说："毛毛，你马上就要上小学了，怎么还跟个小孩儿似的啊。"

毛毛翻了一个白眼儿说："我才没有像小孩儿，我都会认好多字了，还会背好多古诗呢。"

吴畏笑："那数学题你会做吗？"

毛毛眨眨眼睛说："我会做好多数学题，我加法减法都会了。"

吴畏说："毛毛这么厉害哪，那我问你，45减19等于多少？"

毛毛傻了，呆呆地看着吴畏，愣了半晌说："嗯……爸爸，你，你再说一遍。"

晚上躺在床上，沈鸿给吴畏讲了一下关于毛毛的上学安排。5月份，小区门口的小学就招生了，现在已经开始报名，沈鸿给毛毛报了，也在帮毛毛准备着面试。沈鸿接着问："你那边长安小学借读的事情办得怎么样了？有没有什么消息？"

吴畏很想把今天和连襟同志的会面讲给沈鸿听，但是想想他对连襟同志的保证，还是忍着没说。女人冲动，确实容易坏事儿，万一跟沈鸿讲了，她再一不小心给说出去，搞不好这事儿就打了水漂。另外，沈鸿要是知道总共花了 50 万，非得跟吴畏闹死。吴畏不想惹麻烦，也决定以后都不跟沈鸿说花了 50 万，就只说给了赞助费 30 万。至于那 20 万，吴畏打算慢慢想办法找钱再给填上。反正都是在爸爸的积蓄里挪用的，只要不用大钱，沈鸿和老沈一时半会儿都不会知道的。吴畏还有个私心，就是想给沈鸿一个惊喜，如果长安小学放榜的时候，沈鸿毫无心理准备地看到毛毛的名字出现在招生名录里，该是多么意外和高兴！所以听沈鸿说完上学安排后，他非常平静地表示赞同，然后说："你就按着这些步骤来吧，我那边再争取找找人，尽量办，如果办不成，那也没什么好遗憾的了。"

沈鸿有点儿担心地说："听说现在赞助费已经要 30 万了。"

吴畏讲这确实是真的，现在就这行情。沈鸿还想说什么，但想了想忍住了，她知道说什么都没用，吴畏是不会听她的。好在吴畏比较能挣钱，这钱虽然现在家里拿不出来，但是吴畏就算是借，也很快就能还上的，既然如此，也没什么阻止的理由了。

两天后，吴畏收到了连襟同志发来的收据照片和同意录取的字条的照片，下面又附了一张连襟同志和易校长的家庭聚餐合影。连襟同志简短地说了几个字："全部搞定，静候佳音。"

吴畏高兴极了，感激涕零地发了一排感谢的表情，然后赶紧把这些图片转发给老李，高兴地说：老哥，小弟请你吃饭。

老李回复：等放榜那天。

6 月初，沈鸿给毛毛报名的那所小学，先放榜了。那天一大早，吴畏和沈鸿就带着老沈、毛毛去了学校，远远地就看到一堆人围在学校门前，全都是来看放榜的。吴畏把毛毛交给老沈，自己拉着沈鸿的手往里挤，好不容易挤到名录前面，紧张地一个个往下看，结果，才看到第二排，就毫无悬念地找到了毛毛的大名：吴谨熙。沈鸿开心地叫起来："找到啦找到啦！"吴畏也看到了，挺高兴，立刻掏出手机拍了一下，然后拉着沈鸿要往外走，结果沈鸿说："等等，等等，我看看院子里的小虎上没上。哎呀，上了！欢欢呢，哎哟，也上了！"从头到尾，把院子里平时和毛毛玩得很好的小伙伴们，她都找了个遍，有一半儿都在名录里。

从人群中挤出来的时候，老沈焦急而热切地迎上去问："录了没？"

"录了录了，当然录了，咱家毛毛多厉害啊，怎么可能不录呢！"沈鸿高兴地一边说，一边抱起毛毛亲了一口。毛毛特别得意地耸着小鼻子，假装无所谓的样子。吴畏站在一边微笑，心里想着，上个家门口小学沈鸿都高兴成这样了，再过两天长安小学放榜的时候，沈鸿又该是怎样的表现呢？

沈鸿的表现特别意外。

看完长安小学的榜单，沈鸿非常平静地跟吴畏说："走吧，没有就没有吧，我们也尽力了。"

吴畏整个人都不好了。

沈鸿轻轻地挽住吴畏，又低声地说："好了，别难过了，上不了就不上了，咱毛毛又不是没学上，不是已经被录取了吗？借读这事儿很难办，我知道，你肯定也费了很多心思，但是不能强求。"吴畏什么话也不说，挣脱开沈鸿的手，又急切地趴在墙上，把名录从头到脚，又看一遍，一个字一个字地看，可是怎么也找不到"吴谨熙"三个字。

沈鸿叹了口气，站在一边看着吴畏找第三遍。

吴畏脑子里嗡嗡作响，他努力集中精神，对准焦距，查看着榜单上的每一个字。吴谨熙呢？吴谨熙到哪里去了？不可能没有啊。50万啊，买今天这三个字出现在这面墙上，不能没有！他感觉到手一直在不停地抖，心慌得厉害，汗从后脑勺汇成一股子热流，慢慢地流到了脖颈。周围的声音又远去了，眼前不断浮现出连襟同志的脸，还有发给他的录取字条的图片。

"好啦，我们走吧，真的没有，你都看了五遍了。"沈鸿上来，忍不住把吴畏往外面拽。吴畏的脸色让她害怕，也让她不理解。她真的不知道吴畏为什么会有如此激烈的反应。他对毛毛上名校这事儿，看得太严重了，上次打人也是为了这个。沈鸿觉得吴畏是不是有了什么心魔。

"你起开！"

还没等沈鸿想出个所以然，吴畏猛地甩开沈鸿，挤出人群，掏出手机就拨电话。按键的时候，手都是抖的。

吴畏在给连襟同志打电话。

"您好，您拨打的电话已停机……"

吴畏傻了，又拨："您好，您拨打的电话已停机……"他赶紧打开微信，发信息过去，可是显示发送不成功，"您不是对方好友……"吴畏闭上眼睛，颓然地放下了电话。这时候就听见学校门口传来了激烈的吵闹声，循声一看，有好几个家长模样的人要往学校里冲，被门口的保安死死地拦住了。那几个人嘴里都叫骂着："易建军你个王八蛋，你这个大骗子，你给老子滚出来。"

吴畏赶紧跑过去，看着这些人，有男有女。周围已经围了好些人。听旁边的人说，这几个家长被骗了，他们私下里给了易校长好多钱，可是今天孩子没有在名录上，所以家长们都气疯了。

吴畏听完，双腿一软，慢慢地向后倒去。沈鸿一把抱住他。过了好一会儿，吴畏慢慢地缓过来了。两个人坐在学校门口的花坛边上，沈鸿一直在不停地给吴畏擦汗。吴畏靠在墙上，脸上毫无血色。沈鸿看着吴畏，语气低沉地说："跟我说实话，你是不是花了很多钱找关系？还是你也被易校长骗了？"

吴畏没说话，沈鸿满腹疑虑地看着他。

警察来了。

本来在门口和门卫厮打的家长立刻围上去，哭叫着对警察说："警察同志，我们要报案，这个学校的易校长是个大骗子，他骗了我们好多钱。"警察赶紧安抚，让他们不要太激动，他们会调查此事，然后让门卫把门打开，留了两位警察站在门口维持秩序。两个警衔高一点儿的警察进了学校，应该是去找易校长了。

沈鸿对吴畏说："咱们走吧。"

吴畏摇摇头说："不能走。因为，我确实被骗了。"

一个小时后，连同吴畏，总共六个孩子的家长到了派出所联合报案，所有人都被一个人骗了，那就是易校长的连襟。易校长也来了，在警察局和所有的家长碰了面。几乎所有的人口供都是一样的，被骗的钱也是一样，50万。易建军很沉痛地告诉大家，他们确实被骗了，被他的前连襟骗了，此人已经在半年前和他老婆的妹妹离了婚，之后打着易校长的名义，以帮助孩子上学为名，总共骗了六个人，钱财总计 300 万，现在手机完全联系不上，肯定是外逃了。

易校长表示，他以人格担保，对此事完全不知情，也可以公开自己的银行卡号，让警察去查转账记录，他从头到尾没有拿过一分钱。而且，他手上根本没有任何借读名额，一个都没有。

人群炸了，有哭的有闹的，有不肯放易校长走的。吴畏和沈鸿就静静地坐在角落里，没有声音。

第二十二章

等所有报案手续办理完了之后，沈鸿拖着吴畏往车上走。吴畏身体软软的，疲惫不堪。上了车，沈鸿二话没说，一脚油门往金南郊区方圆山方向开去。

方圆山在金南市的东边，出了城门就是。这里是国家5A级景区，有山有水，又大又幽静，种满了参天的法国梧桐。山上车道很狭窄，往来各有一个车道，整个景区没有一个红绿灯，所有的道路都隐藏在郁郁葱葱的树荫下，像是童话世界。不是节假日的时候，这里都没有什么行人，只有阳光从树叶中间穿过的影子，斑驳错落。

这曾经是吴畏和沈鸿最爱来的地方，所有的情侣都喜欢这里。

可是吴畏不知道为什么此时沈鸿要带着他来这儿。

吴畏不敢问。

沈鸿左绕右绕，把车停在了一个偏僻的角落里。方圆山太大了，有很多这样的死角，偏僻幽静，几乎没有人往来。沈鸿以前和吴畏常来，对这些地方很熟悉。

沈鸿熄了火，吴畏别过脸，看向窗外。

啪的一声，一个火辣的耳光落在了吴畏的脸上。吴畏大吃一惊，转脸惊恐地看着沈鸿。沈鸿瞪着眼睛，咬着牙，浑身发抖，看着吴畏转过脸来，双手像雨点一样落在他的脸上、头上，噼里啪啦。

吴畏本能地用手挡着头，但是没有反抗，更没有阻止。

沈鸿发泄完了，往椅背上一靠，放声大哭。

"你一定是动了爸爸的养老钱……"

吴畏也不知道沈鸿骂了多久，哭了多久，总之眼看着天黑了下来。这期间老沈打了好几个电话来催问什么时候回去，都被吴畏搪塞过去了。好不容易等沈鸿平静了，两人坐在车里默默无语。最后还是吴畏先开的口："对不起，我错了……"

沈鸿不说话。

吴畏说："都怪我，心太急了，没有好好地调查一下校长连襟的身份，把钱给他后，他让我不要声张，不要找他，我反而以为是他做事谨慎的表现，谁知道……会是这样。"

沈鸿还是不说话。

吴畏只能接着说："我最大的错误，就是没有告诉你，没有早点儿和你商量这件事情。如果你早早地知道了，一定可以看出问题，一定可以早一点儿揭穿骗局，说不定那个连襟就跑不掉了，我们……"

这次还没等吴畏把话说完，沈鸿就毫不留情地先打断了他："你错了，你到现在都还没明白你最大的错误是什么。不是没有仔细调查连襟的身份，也不是错信了他的话没有及时告诉我，也不是挪用了爸爸的养老钱。你最大的错误，是你的虚荣！"她越说越激动，转过身来面对吴畏，激烈而语气严厉地说："你知道吗？你虚荣！你什么都要最好的，你什么都要比别人强，你拼命地工作，一方面是为了让我们过得更好，一方面也是为了在朋友同学面前显摆你现在过上好日子了。你给我买的那些名牌包包，我根本不喜欢，也不在乎，我之所以背着，是因为你喜欢你在乎！你需要我出门的时候打扮得像个贵妇，这样你心里就觉得你让我们过上好日子了。学区房的误买，这次的上当受骗，也全部源于你的虚荣，对孩子的虚荣！你口口声声地说要给毛毛最好的教育，让她将来出国见世面，上哈佛，留在硅谷，这些都是你个人的愿望，不是孩子的愿望。你把这些听起来天花乱坠的生活愿景，强加给一个只有 6 岁的孩子，美其名曰给她树立远大的理想，其实是让她从小就背负了成名成家的压力。你就是特别希望你吴畏的孩子有出息，比别人家的孩子都强，都是你一手栽培的，是你规划人生的结果。你把自己的虚荣心撕成了碎片，撒在了你生活中的角角落落，还逼着我们假装看不见，任由它们躺在那里影响我们。这不是有责任心，也不是努力生活，说到底就是虚荣！"

吴畏没想到沈鸿一口气讲了这么多、这么深，好多话都像刀片似的飞来扎在吴畏的身上。吴畏本能地想保护自己，可是他来不及反应和琢磨，就只能傻愣愣地看着沈鸿。沈鸿没有给吴畏喘息的机会，继续说："吴畏你有没有想过你为什么会这么虚荣？因为你的家庭给你造成的影响。你爸爸早早过世了，没有承担起家庭的责任，让你和妈妈在一起过得很辛苦，被人看不起，生活很窘迫。后来妈妈又生病住院，家庭情况就更糟糕，所以你一直对钱，对挣钱，有种莫名其妙的紧迫感。觉得有钱才能有安全感，有钱就能拥有一切，没钱的时候就心里巨慌。所以你才会如此拼命地挣钱，哪怕是不回家，不陪孩子，你觉得只要挣到钱了，我们就幸福了，就有了幸福的理由，就开心了、满足了，你也就尽到了对家庭的责任！其实你错了，吴畏！你的钱，不能给我们带来快乐，不能让我们幸福，因为钱不是幸福的源头。幸福的理由和幸福，根本是两回事儿，能不能幸福靠的不是这个。你怪我小富即安，可是我认为，知足常乐。我要的不是钱，也不是孩子上名校，更不是你每天不回家。我要的是我们三个好好地在一起，过普通日子，好好照顾爸爸。这就是我要的生活，和你想要给我的完全不是一回事儿！你听清楚了吗，吴畏？！"

吴畏没有听清楚，因为他的头发晕，耳朵又开始嗡嗡作响了。虽然沈鸿就在眼前，但是她的声音却越来越遥远，他抓不住沈鸿说的字了，觉得那些字乱七八糟地向他砸过来，他都不知道该先接住哪一个。他突然想起来，从上午到现在，他什么都没吃，也没有吃药。然而透析后会有一些副作用，就是低血压、低血糖，一定要按时饮食吃药，否则就会出现脑供血不足的情况，虚汗从他脑门上慢慢地流了下来。

吴畏虚弱地看着沈鸿说："好了，咱们先别说了，回家吧，我……实在太饿了。"

沈鸿本以为自己刚才的那番话能深深地刺痛吴畏，让他幡然醒悟，没想到等来的竟然是这样的回答。沈鸿简直气死了，觉得吴畏真是没救了，她真的是不想再和吴畏说一句话了。她把车打着火，猛的一脚油门，回家！

回到家，吴畏瘫倒在床上起不来。沈鸿气得火冒三丈，但是又不敢发作，心里想：装死也没用，这次绝对不会轻易原谅你了。她自顾自地做饭，也不理吴畏。

老沈跑过来问："你们都去哪儿了，一天不见人影。"毛毛爬到床上，也跟着吴畏躺着，用手捏吴畏的脸，说："爸爸爸爸，你醒醒，还早呢，不能睡觉。"

吴畏和沈鸿很有默契，什么都没和老沈说。这事儿，千万不能让老沈知道。

可老沈还是知道了，从手机里知道的。

现在有什么公共事件想瞒着，几乎不可能了。人人都有手机，所有人都堪比一线记者。上午学生家长大闹长安小学的事情，还没十分钟就被传到了网上，然后开始以裂变的速度，迅速传播。下午的时候，朋友圈已经被这事儿刷屏了。现在教育是大家最关心的社会问题之一。不少人对学区房、对现行的教育制度有各种意见：没有跻身名校的家长，最反对名校，呼吁所有的教育资源都应该平均分配；上了名校的家长恨不得教育资源再集中些，名校政策再倾斜一些，也不枉他们费尽心思地挤进去。人人都有自己的立场，都有自己的意见和不满。平时就各种吐槽，现在遇到这个事情，正好是整体爆发的好机会，谁都不想放过。大家在朋友圈转发也好，在微博上转发也好，都会站在道德的制高点讲上几句，显得自己既关心社会，又担忧教育，对国家人才的培养心急如焚。

主要观点有三个。一是这种事情之所以会发生，就是划学区闹的。要是没有学区，大家都像考大学一样公平竞考，择优录取就没这种事情了。二是受骗的家长活该，谁让你们采取暗箱操作，贿赂领导，想用不义之财把孩子送进名校。这种家里出来的孩子，即使受了名校的教育也没用，家长品德沦丧，道德败坏，孩子肯定也深受影响，不会好到哪里去。三是教育制度亟须改革，名校资源应该共享，每个学校都应该分配相当水平的师资力量，保证整个城市的教育水平平行推进。总之，这事是管中窥豹，迟早会发生。大家都应该警醒，该呼吁，该全力敦促政府做出改革的行动。

这么大的事情，老沈就算再脱离社会也知道了。

晚上等毛毛睡了，老沈把沈鸿和吴畏都叫到了客厅，低声但严肃地问："老实说吧，你们今天去哪儿了？长安小学的事情我都知道了，什么都别骗我，如果……你们还当我是你们的爸爸。"话都说到这份儿上了，吴畏和沈鸿知道瞒不住了。吴畏不敢开口，抬眼看沈鸿，沈鸿翻了吴畏一个白眼儿，咬了咬嘴唇说："爸爸，既然您都知道了，那我们就跟您说实话吧。我们今天确实去长安小学了。之前吴畏找的关系，说是能帮毛毛借读，结果我们去了以后，发现没有毛毛的名字，就找中间人问怎么回事儿。人家说现在名额太紧张，真的不好弄，然后……我和吴畏就又去找了好几个熟人朋友，看看有没有可能再补个名额。至于长安小学家长受骗的事儿，我们也是从朋友圈才知道的，不过和我们没关系，我们没交钱，也没受骗，就是没被录取而已。"

沈鸿说完，不敢正眼看老沈，手里紧紧地攥着睡衣的衣角。

"哦，这样啊，那行。吴畏，你把电脑打开，让我查一下我给你的钱现在还剩多少了。"

"啊？！"吴畏和沈鸿同时都慌了，"爸爸……"

老沈哼的一声爆发了："原本我是非常平静的，你们若和我说实话，我也能接受，我老沈活了这么大把年纪，什么风浪没经过？骗点儿钱算什么！不就是钱吗，不就是为了给毛毛上学吗？你们心急受骗我可以理解，但是你们回来又骗我，我就不能理解了。你们也太小看爸爸了吧！"

吴畏和沈鸿都低下了头。

老沈继续说："当时我把钱给你们，就是给你们改善生活用的，就没想过它还是我的。我有退休工资，也有医保，够用了。就算以后生病，我也不要像治你们妈妈那样给我治。我就在家，能活多久活多久，不去医院受罪。钱对于我来说，已经不重要了。你们之所以不敢告诉我，不是我看重钱，而是你们把钱看得太重了，觉得钱特别了不起，觉得有钱在，我就能心安。错了，我有没有钱都心安。我就是想让毛毛上好学校，但是如果不能上，毛毛还是好孩子，将来也能有出息，我都没关系。我之所以支持你们，要你们拿钱去给毛毛借读，是因为我觉得我老了，我的眼光和思维有局限性。你们毕竟年轻，又是毛毛的监护人，你们对毛毛的决定，我不干预，只支持。我尊重你们，但是你们是不是也应该尊重一下我？！"

沈鸿眼圈一红，低低地说了声："对不起，爸爸……我们错了，不该骗您的。"

吴畏这一刻，心里五味杂陈。

如果爸爸能像沈鸿一样抽自己一顿，他会好受很多。可是爸爸越是这样大度宽容，吴畏越觉得自己浑蛋，对不起老人。这次就算爸爸、沈鸿原谅自己了，他也绝对不能原谅自己。他一定得把钱找回来，如果找不回来，他就得把这钱给挣回来，他绝对不能就这么亏欠老人，他做不到，过不了自己这一关。

下午沈鸿在车里和他说的那些话，他多多少少也听进去了一些。沈鸿说他虚荣，也许吧，这个沈鸿解读为虚荣的东西，在吴畏心里就是奋斗的原动力。他确实需要用物质武装自己，用物质给自己安全感，他真的再也不想过小时候那种窘迫的生活了。直到现在他都觉得，他所有的付出都是值得的，他除了应该保护一下自己的身体以外，其他都没做错。给岳母花光积蓄治病，给沈鸿买奢侈品，给毛毛买学区房，这些都是他应该做的，必须做的。这就是一个好男人应尽的责任和义务，更何况他时日无多。至于结局，只能说他的运气太差，所以才会这样，否则，所有的事情按照他的设想发展，该多好啊。

所以，他要改变现在的这种情况，他必须有所行动，绝对不能让生活就此沉沦下去，让自己吃了哑巴亏，还假装没事儿似的正常生活。

绝不能！

第二十三章

中午 12 点，太阳正烈，街上到处都是觅食的人，以及风驰电掣的外卖小哥，生活看上去既热烈又美好。

吴畏和老李，坐在小饭馆里喝酒。

吴畏因为生病，早就不能喝酒了，所以拿了点儿苏打水装装样子，而且医生再三叮嘱不能多喝水，所以每次他也就是拿起杯子抿一口，意思一下。但老李喝的是真酒，他特别想喝点儿，抒发一下。

老李对吴畏说："老哥对不起你。"

吴畏摆摆手："不存在。和你没关系。"

老李拿起小杯子，一饮而尽。

吴畏跟老李说："这事儿从头到尾不怪你，都怪我。当时你一直提醒我要谨慎，是我自己太着急。骗子就是看中了我的着急，才故意使了一手欲擒故纵，让我上了当，毫无防备。唉，大意失荆州啊。"

老李问："那毛毛上学的事情怎么办？"

吴畏说："学倒是有的上，我们小区门口就有个小学。我们已经被录取了。只是，那个小学太普通了，都是周围小区居民的小孩儿。生源不是太好，重点中学升学率更是差。没办法了，只能先上吧。等以后有机会再给她转学。"

老李点点头："确实不急，以后再说。不过我觉得，普通小学也没关系，毕竟只是小学，影响不大。"

吴畏摇摇手说："唉，不是这样讲的。小学就是起跑线，我们绝对不能输在起跑线上，否则会影响到将来上什么中学。总之，孩子上学这事儿绝对不能将就，名校出人才，将来长大后的同学都是最好的人脉资源。我不能让毛毛和我一样，孤苦伶仃地一个人在社会上打拼，同学混得一个比一个差，别说能帮我了，都指着我帮他们呢。"

老李看吴畏态度那么坚决，也就没再说下去，而是换了个话题问："那下一步你怎么打算？"

吴畏说："挣钱，赶紧挣钱把岳父的钱还上。"

"可是你的身体……"老李有些担心。

"所以，我就想问问，老哥你有没有什么路子可以挣快钱，用脑子的那种，我在家弄。"

"炒股？"老李看看吴畏。

吴畏摇摇头说："不行，风险太大。中国股市有多不稳定，你知道的，根本不按套路出牌。你也搞不清楚突然会有什么政策，万一被套牢了，更惨。"

"要不，你就搞直播吧，你长得这么帅，在网上唱唱歌、跳跳舞、念念诗什么的，说不定成了网红，每天光是小妹妹的打赏，就得有好几万。"老李笑得贼眯眯的。

"嗯，还真是。我要是再半裸地聊个天儿，说点儿土味情话什么的，搞不好没一个月这 50 万就回来了。"吴畏接着老李的话说。

"对，说不定还有盈余，够请我吃好几顿好饭。"

老李说完哈哈大笑，吴畏满腹心事，笑不出来。

看到吴畏的样子，老李脸色一正，说："哎，讲到上网，我倒是真的想到一个路子。要不，你做微商吧，在朋友圈卖你的红酒。"

吴畏摇摇头："不行，那才能走多少量，一天也卖不了一两瓶，还费劲，要是让沈鸿知道了，就该怀疑我了。"这也不行，那也不行，老李也很犯难，主要吴畏的身体太差了，稍微用得上点儿体力的事情，他都干不了，否则……也没有否则了，要是身体好，继续当他的华东片区经理，这 50 万大半年也就回来了。他们想了好久好久，没有头绪。突然吴畏想到了什么，问老李："我好像之前听你说过，你们公司的楼下一整层楼都被财滚滚公司包了，是吗？"

老李说："是啊！一个理财公司。每天几客车几客车地往回拉人，做理财推广，这个公司整天都闹哄哄的，烦死了。"

看着吴畏的眼神，老李恍然："你该不会也想去理财吧？"

吴畏说："要不改天你带我去一次吧，我想去听听看。我在网上也看到这家公司的信息了，做得非常大，据说理财收益很高。我这里还有我岳父的 100 万，暂时还没想好做什么，就先拿这 100 万做理财，能收些利息也是好的，毕竟一年也有不少钱呢。要是等我想好做什么了，再把这些钱赎回来，干别的。"

老李说："收益这么高，不会有什么风险吧？咱们还是谨慎一点儿，别再……"

吴畏说："那是。所以让你带我过去看看，看看他们是什么路子，为什么能给这么高的收益。要是安全，我再做。"

吴畏深深地叹了一口气，举起杯子跟老李碰了一下说："小弟我现在也是走投无路了。生活巨糟糕，我必须得做点儿什么扭转这一切。"

小酒还没喝完，吴畏就接到了沈鸿的电话。毛毛又发烧了。

吴畏赶回家，接上沈鸿、老沈和毛毛一起往儿童医院去。快到医院的路口时，就开不动了，全是往里面慢慢排队进入的车。他们现在已经很有经验了，老沈、沈鸿抱着毛毛直接下车，让吴畏慢慢往里挪，这样不耽误孩子看病。差不多一个小时，吴畏才把车停好。停好后，他先在车上偷偷地把药吃了，歇了一会儿，才出去找他们。去了一看，果然还没轮到呢，沈鸿搂着毛毛坐着，老沈在一边儿站着，因为根本没座位了。偌大的儿童医院大厅，满满的都是人。

"天哪，这是什么情况？"吴畏惊了。

老沈叹了一口气，说："听说最近流感爆发，好多小孩儿都病倒了，现在每天的就诊人数是平时的两倍还多。好几所学校都为此停课了呢。"

这个吴畏倒是知道，新闻上早就播了，说是最近流感爆发，让大家都少去人多的地方。都说这病毒传染得非常厉害，首先出现的症状就是咳嗽和发烧。吴畏因为一直想着自己那摊子烂事儿，都没太在意。再加上他平时去的那个医院压根儿就没儿科，所以孩子大面积生病的阵仗真没见识过，这次来，又开眼了。和上次他带着沈鸿和毛毛来看急诊，人多了不知道多少。他心里很烦躁，这么多人，又不知道要等到什么时候。最主要的是，他的身体不允许他在这种充满病菌的环境中待太久，万一感染病毒感冒了，对于他来说就是大事。尿毒症病人一旦感冒，就很难痊愈，搞不好就会变成肺炎，导致肾功能再次损伤。现在的吴畏，是裂了缝儿的瓷器，不能碰，一碰就碎了。

越想越着急，吴畏跑到各诊室门口探头探脑地往里看，结果发现很多诊室居然只有一个医生，怪不得看上去有好多诊室开着门，但是进度却很缓慢呢。

吴畏有点儿压不住火了，直接跑到了导医台，没好气地问导医台的护士："请问，你们医院怎么回事儿，有这么多患儿在看病，怎么医生只有那么一点儿，这要让我们等到什么时候啊？"导医台的护士有两个，都在忙着给各种人解答问题，突然听吴畏这么没头没脑地问了一句，也很没好气地说："所有医生都出来工作了，最近患儿多，我们院还从别的医院借调了一些医生，就这么多儿科医生了，我们也没有办法。"

吴畏觉得不可思议："这么大的金南市，最好的儿童医院的内科，就这么点儿大夫，你骗谁呢？别欺负我们老百姓不懂行。每年那么多医学生毕业，都到哪儿去了，你们医院还会缺医生吗？！应该是想进来都进不来吧。"

两个护士中有一个年纪大一些的，差不多40多岁的样子，很瘦很黑，本来就非常疲惫，一听吴畏这话，火气腾的一下就冒上来了："谁敢欺负你们老百姓啊，你们老百姓最大最厉害，动不动地就是医闹，知道每年因为你们老百姓，有多少医生辞职吗，有多少医学生毕业后就直接转行吗？不知道您这位老百姓同志有没有关心一下今年的各大医学院招生情况，连北京的医学院都招不满人，不得不降低分数线，其他医学院断档的就更多了。尤其是儿科，根本没人愿意报。还不是因为当医生又辛苦又赚不到钱，总是被你们这些老百姓各种投诉。你们嫌医生少，再这么闹下去，医生只会越来越少，今后想治病，都找不到医生，都回家自己给自己治吧！"

护士大姐的话一气呵成，把吴畏说得哑口无言。旁边围着好几个本来也是准备来抱怨的，结果听完这么一席话，也都不吱声了。所有人心里都清楚，这位护士大姐说得对。护士大姐说得脸都红了，大无畏地瞪着吴畏，一副"你再说我再怼你，有本事就去投诉我"的气势。吴畏怂了，讲不出更有力量的话来，只好悻悻地说："嗯，好吧，那如果……既然医生都在工作了，我也没什么可说的了。反正他们效率是有点儿问题，看得太慢了。"

护士大姐立刻反驳："看得慢，等的人不同意；看得快，看病的人不同意，你们到底希望医生怎么做？"

吴畏一看这架势，是怎么也说不过大姐了，赶紧转身挥挥手说："行吧，就这样吧，我再去看看情况。"说完灰溜溜地逃回到沈鸿身边，看着电子显示牌上缓慢前进的挂号数字，心里很沮丧，下意识地在口袋里摸口罩。自从生病，医生就嘱咐他出门的时候衣服兜里要常揣着口罩，人一多的时候，就带上，避免被传染病菌。

看到这么多病儿，他真是害怕了。

沈鸿回头瞅见吴畏戴口罩，翻了一个白眼儿，心里很气，觉得最近吴畏太会保养自己了，特别能自己心疼自己。到点儿就要吃饭、睡觉，饿不得，累不得。家里的事情什么都不做，还整天懒洋洋的，以前每天回来只要毛毛没睡觉，他都会带着毛毛玩一会儿。现在回家，眼皮都懒得抬，毛毛想和他玩，他都不理，总说工作累，想歇会儿。也不知道工作有什么累的，都很久没有出差了。

　　想到这里，再看看戴着口罩的吴畏，沈鸿心里一团火无处发泄。

第二十四章

沈鸿正气着呢，没想到吴畏这时候竟然说："反正还有好长时间，你们先在这儿等着，我回车里坐一会儿。这样站着太累了。"

老沈和沈鸿都很惊讶他会说出这样的话来，吴畏也不好解释什么，一是他真的很累，二是他不能一直在病菌环境中待着，这样被传染上感冒的概率太大了。他知道这样做很不好，尤其是老沈还在站着，但是他没有选择。一低头，他赶紧溜了，从后背上，他都能感觉到沈鸿灼热愤怒的目光。

"毛毛，对不起，爸爸真的不能病倒。"吴畏心里这样想着，眼睛一热。

吴畏离开后，沈鸿听老沈叹了一口气。沈鸿不用抬头就知道爸爸在想什么。沈鸿想，无论如何，今晚回家一定要找吴畏好好谈一下。

可是，晚上了，他们还没回家。从下午2点挂号，到快5点才看上病，验血，等化验结果，然后缴费、开药，再去挂水的地方排号。晚上8点多了，他们还没有挂上水，还在等。6点多的时候，吴畏拎着点儿吃的来了，让老沈和沈鸿吃了点儿东西，然后又自己去车上歇着了。沈鸿本来想让吴畏留下，让爸爸先回去的。但是老沈说："我不放心，反正回家也是一个人，没什么事儿，不如在这里帮你搭把手。吴畏就别指望了，这小子最近很不对，肯定有事儿，回去以后再慢慢拷问吧，就别在医院闹别扭了。"

沈鸿只好硬压下怒火，随吴畏去。

那天晚上到家，已经快12点了。全家人筋疲力尽，别说拷问吴畏了，沈鸿连多讲一句话的力气都没有。老沈也累坏了，在医院他基本上都是站着。本来吴畏想去医院门口的小店给老沈买个小马扎，结果都脱销了。最后竟然是另一个生病小孩儿的爸爸，在带着孩子挂完水走的时候，看着蹲在地上的老沈实在太可怜，就把自己的小马扎留给了老沈。老沈感动地问用完怎么还，那个孩子爸爸特别骄傲地说："不用还了，我们挂了五天水，明天应该不用来了。"

还是好人多啊。这个雪中送来的马扎，真是救了老沈一命。老沈小心翼翼地把马扎带了回来，这样明天再去挂水的时候，还能再用呢。

第二天，吴畏跟沈鸿说下午不能开车带他们去医院了，他要上班，公司有事儿走不了，让沈鸿他们自己打车去。这要是搁以前，就不算个什么事儿，沈鸿一定会立刻答应的。可是这一次，沈鸿心里特别不痛快。她故意对吴畏说："不行。你必须去。今天让爸爸在家里休息，你去帮我们。"这要是搁以前，对吴畏也不是什么事儿，他只要不出差，公司这边没什么重大事情，他都可以请假。但是这天不行，他要去透析。时间是早就安排好的，一次四个小时呢，错过了，就很难再安排上。吴畏只能不松口，坚持说公司有个重要会议，不能不去。沈鸿也钻了牛角尖，说不行，今天非要吴畏去，凭什么他就可以想去就去，不想去就不去，凭什么他的工作就是第一位的，全家人都要为此让路？！吴畏干的又不是什么为国为民的伟大工作，说到底就是一个卖红酒的，有什么亟待解决不能耽误的要事？看到沈鸿这个态度，吴畏急了，有点儿不耐烦，也有点儿生气地说："反正我今天肯定去不了，你自己想办法吧。沈鸿你以前不是这样的，干吗今天非要我去？"沈鸿也急了，说："我以前不让你去，是因为我觉得你是特别想尽力做个负责任的好爸爸，身不由己，我理解你体谅你。我现在要你去，是我觉得你最近太过分了，一点儿都不想尽做父亲的责任。我不能理解，无法体谅！"吴畏一时语塞，不知该如何应答。

老沈说话了："吴畏，你别去了。我去。不过你最近也是太不像话了，难怪沈鸿生气，我也生气。"

吴畏心里一阵委屈，可也无话可说。

最终，吴畏还是没去，他必须去透析，这个是要命的事情。去医院的路上，他在心里对家人说了一万遍对不起，尤其是沈鸿。吴畏想，如果有一天她知道我得了绝症，一直瞒着她自己偷偷治疗，她一定会非常后悔这样对我吧，一定会很伤心和难过吧，一定会扑进我的怀里一边哭一边捶打我的肩膀，怪我为什么不早点儿告诉她吧。如果我病得很严重，快要死了，我就偷偷地跑到一个他们找不到我的地方，就像电视里的男主角，默默地死去。我会留一封遗书给她，诉说我对她的爱，对毛毛的爱，对爸爸的牵挂。在遗书里，我还要夹上一张银行卡，里面有我挣的所有钱，好多好多，足够保障她和毛毛以后的生活。这样该是多么悲壮啊，她和毛毛就会一辈子怀念我了。想到这些，吴畏自己都快被自己感动了，觉得好像这个日子就在明天，他现在就需要开始排练。到时候，沈鸿一定不会再觉得我是一个不负责任的爸爸了。

毛毛挂水五天，高烧不退，虽然除了咳嗽也没什么其他症状，但沈鸿还是快崩溃了。除了第一天，剩下的几天吴畏一次都没有去。因为吴畏的主治医生告诉他，他绝对不能感染上病毒，否则会引起什么并发症，真的不好说。吴畏自身的排毒系统已经坏了，不能再经受任何的考验。

所以，吴畏不敢去。

沈鸿也没再叫吴畏，她对吴畏彻底失望了。她找了一个闺密，替换了老沈两天，否则老沈也得倒下。沈鸿觉得自己就一口仙气提着，不敢松懈，怕自己倒了，孩子就没人管了。可是，毛毛就是不见好转。每天挂完水，能退一点儿烧，但是很快又会复烧，真是把沈鸿急死了。而且这次毛毛的精神特别不好，萎靡不振。以前至少烧到39.5摄氏度以上，毛毛才蔫儿呢，可是这次38摄氏度多，毛毛就连睁眼的力气都没有了。这孩子就是昏睡，给动画片也不看，讲故事也不要听，很容易烦躁，吃不下任何东西。这几天，孩子瘦了六七斤，小肋骨都摸出来了，后背的肩胛骨抱着的时候都戳手。

医生说，现在还不是肺炎，不用住院。最重要的是，根本住不进去，病房全是满的，别说走廊了，就算椅子上也是满的。吴畏也急啊，不能陪毛毛去就已经很急了，现在看毛毛一直不好，他更急，什么忙也帮不上，太心疼沈鸿了。

这时候，他突然想到了一个人，老钱！

吴畏当然不相信中医，也不相信老钱。但是这是他最后的一线希望，他想让老钱问问那个老家的神医，这种病毒感冒，中医能不能治疗，万一有什么灵丹妙药呢。想到这里，吴畏立刻给老钱发了条信息，把情况大概地说了一下。老钱立刻回复了，说明天上午亲自到家里来看看孩子，因为每天毛毛都是下午或者傍晚才去挂水。

吴畏没敢跟沈鸿提老钱要来的事情，怕沈鸿直接拒绝，想着明天人家真的来了，以沈鸿的素质，是不会让对方尴尬的。吴畏对沈鸿的了解一点儿没错，沈鸿确实没有让老钱尴尬。虽然老钱的到来，让沈鸿非常意外，但人家是上门来给孩子看病，帮助孩子的，没理由对人家无礼。毕竟是一个院子里的邻居，最多推销点儿东西，骗子倒不可能。所以老钱来了以后，沈鸿非常配合地给老钱介绍了毛毛生病以来的各种情况，老钱都一一记下了，还摸了脉，看了舌头。一套程序全部走完，老钱胸有成竹地说："这孩子得的是温病虚证，不是什么病毒性感冒。中医里就没有病毒这个东西。最近大气里热邪当令，引动了孩子的内在之气，浮火上炎，所以才出现了咽痛、咳嗽和发烧等热证。这时候万不可用寒凉的药，否则越治越重。医院用的抗生素，就是寒药，因此毛毛的烧不但退不了，寒药还伤了脾胃，所以她吃不了东西，越来越虚弱。"

老钱的话，在场的三个大人完全没听懂，但还是都忍不住问该怎么办。

老钱神秘地一笑说："我有办法，我家里正好有一个好药，我马上去拿来给你们。"说完就转身走了。吴畏和沈鸿他们以为老钱家里有什么祖传蜜丸呢，正在考虑要是真拿来了，要不要贸然给孩子服用，万一有副作用该怎么办。结果还没商量好，老钱就回来了，手里什么大力丸都没有，只有一袋黑乎乎的梅子。

老钱得意地说："幸好我家里常备乌梅，这个，可是好东西啊。"

"乌梅？"沈鸿接过去看了半天，拿出一颗闻了一下，一股子浓浓的烟熏味儿。"这个就是我们平时吃的蜜饯的那种乌梅吗？"沈鸿狐疑地问。

"对啊，都是青梅做的，不过是炮制方法不一样罢了。你吃的蜜饯叫作蜜炙乌梅，我的这种是入药的，叫作烟熏乌梅。"

"可是，您拿乌梅来又有什么用呢？"沈鸿又问。

老钱就给沈鸿和吴畏他们科普了一下。

这种烟熏乌梅是专门入药用的，将青梅用烟熏制而成，味奇酸，入肝胆经，专门收敛浮火，温病虚证时只需要用它煮水，放入白糖即可。它的酸和白糖的甜，合在一起正好酸甘生津，这样不但能收浮火，还能滋补津液，因为高烧最伤人体的津液了。

老钱说完，热切地看着身边的三个人。三个人还是一脸蒙。

过了一会儿吴畏先说话了："您的意思就是用这个梅子加白糖，煮水给毛毛喝，就能治好毛毛的病？"

老钱点头。

这时候，不但沈鸿，吴畏和老沈心里都在想，这个老钱确实不是骗子，但是个吹牛大王。

老钱看着他们三个不相信的表情，也很坦然地说："这样，反正你们是傍晚的时候才带毛毛去医院，现在才上午9点半，你们给我一个白天的时间，按我的办法来照顾毛毛。如果到了傍晚，毛毛还是没有一丁点儿的好转，你们再去医院也不迟啊。"老钱接着从袋中取出五颗大乌梅，自己先咬了一颗，立刻酸掉大牙地抖了半天，然后说："你们看，这是食物，并不是什么可怕的中药，也完全没有副作用。我们小时候喝的酸梅汤，就是用这种乌梅煮的，所以它非常安全，绝对不会伤害到孩子的身体。"

一听到酸梅汤，三个人的戒备心立刻松懈下来，原来是酸梅汤啊，不早说。既然老钱都把话说到这份上儿了，又是食物，那就给孩子喝吧。沈鸿立刻开始找小砂锅，还不忘偷偷嘱咐吴畏再百度一下乌梅的效用，看看有没有副作用。吴畏很快百度了一下，跟沈鸿做了个 OK 的手势。沈鸿放心了，按照老钱交代的，倒了三碗水，加了不少白糖，大火煮开后，小火又煮了 30 分钟。端出锅的时候，吴畏抢先上去喝了一勺，惊喜地说："真的就是我们小时候的酸梅汤，就是稍微多了一点儿烟熏的味道。"

老钱背着手，很得意地踱着步子走过来说，这是因为他的乌梅品质好，正宗，烟熏味儿才比较重。因为放了很多白糖，乌梅汤喝起来酸酸甜甜的，毛毛很喜欢，居然把一小碗一口气就喝光了，真是让沈鸿非常意外。看着毛毛把汤喝完，老钱放心了，起身告辞，说中午吃完饭后，他会再来，再督促给毛毛喝一碗。

老钱走后，毛毛尿了这几天最长的一泡尿，虽然还是很黄，但是比之前好多了。自毛毛发烧以来，她就一直尿尿不畅，尿少尿黄。今天这一泡尿，真是最好的一次了。

中午饭按照老钱的嘱咐，切了两小片西洋参，外加三片生姜，熬了一小锅浓浓的大米粥，然后把最上面的浮油和米汤全部撇出来，有一小碗那么多，给毛毛喝了。老钱说，西洋参可以补气生津，生姜是暖胃的，最近用了那么多寒药，灌在小小的身体里，脾胃一定非常虚寒。当然这些都是老钱说的，沈鸿并不懂，但是好在老钱说的这几样都是食物，于身体无害，所以沈鸿就没抗拒，全部照做了。虽然她心里没抱太大希望，但万一呢，就像上次吃荷包蛋治好咳嗽一样。

午饭后，差不多2点的样子，老钱又来了，看到毛毛头上渗出的细密的小汗珠，高兴得不得了，说这病很快就会好了。沈鸿过去一摸，欸？烧好像真的退了一些。最重要的是，毛毛的精神好一些了，愿意睁开眼睛玩一会儿了，还和吴畏说了一会儿话。沈鸿好高兴啊。老钱看着毛毛把第二碗乌梅汤喝完，说他不走了，估计到傍晚，毛毛就能退烧了。

他没吹牛。下午5点，毛毛退烧了。

第二十五章

吴畏、沈鸿和老沈都惊呆了。这个若不是亲身经历，是绝对不会相信的。他们当然搞不清楚其中的中医原理，但是他们亲眼看到老钱用酸梅汤和米粥让烧了五天的毛毛一天之内退了烧。

最重要的是，毛毛嗲声嗲气地跟沈鸿说："妈妈我饿了，我想吃……想吃……嗯，比萨饼。"听完沈鸿的眼泪都要掉下来了，这是这些天以来，毛毛第一次说她饿了，想吃东西。老钱像个英雄似的，被三个大人围在中间，但他也不想表现得太得意，好像自己没经历过什么大场面似的。他尽量压抑住自己骄傲的情绪，轻描淡写地说："嘻，本来就不是什么大病，很常见的温病虚证而已，这个季节最多见了。没多大事儿。如果你们早点儿告诉我，孩子就不用受那么多罪了，你们大人也不用那么辛苦。"旁边的三个大人都连声说是，对老钱的敬仰如滔滔江水。老钱又让沈鸿煮了一点儿烂面条给毛毛吃，说这会儿脾胃刚刚开始恢复，绝对不能吃大鱼大肉，别急着补，要不反而对脾胃会有伤害。先吃最简单的食物，等明后天了，再给加点儿荤。

"那孩子现在想吃比萨饼……"沈鸿有点儿心疼毛毛。

老钱说:"万万使不得,别一时心疼心软,又害了她。她这会儿嘴上虽说想吃,但是真给她吃,她吃不了多少,胃受不了。"

沈鸿连忙点头,她也真是怕了,绝对不能让病情再有反复了。

临走时,老钱看毛毛有点儿咳嗽,就开了个中药方子给沈鸿,并嘱咐她到药店买药材回来煎煮,万不可代煎。老钱说,不管是什么,都有自己的气,中药也有药气,熬好了就喝,药气全在,药效最好。如果代煎,回来放个几天,气就全散了,药效弱了一大半儿。本来吴畏是想塞点儿诊费给老钱的,但是老钱死活不要,后来都差点儿生气。没办法,吴畏赶紧从厨房拿了两瓶好酒给老钱,说什么都让老钱拿上。老钱一看是酒,笑了,拿起来放在桌上说:"我一肝癌患者,按道理是不能喝酒的。但是我这人最爱酒,这几年我身体好了,也偶尔尝两口,过过瘾。但是我家里绝对不能出现酒,女儿管得严,一滴不让喝。所以呢,这酒啊,我就收下,然后存在你们这里,下次我馋酒了,就过来找老沈喝两口,你们看行不?"

就这么定了。

第二天,老沈拿着老钱开的药方,去了社区医院。医生接过方子一看,问老沈:"你这方子哪儿来的?治什么病的啊?"

老沈如实回答,是小区的一个老先生给开的,治疗外孙女的咳嗽。

医生斜着眼睛看了一眼老沈,悠悠地问:"那人是医生吗?有处方权吗?"

老沈摇摇头。

医生又说:"那他还开生半夏。你知道吗?生半夏有毒,有处方权的人才能开,他一个老百姓,开这种药,万一吃死了,谁负责?"

啊!老沈一听吓傻了。万万没想到,老钱给他的方子里有毒药。

"还有,居然开了马兜铃,这里含有马兜铃酸你知道吗?都是有毒物质,你什么也不懂,也敢拿这个方子来开药?"

"啊,那可怎么办啊?!"老沈真的不知道该如何是好了。

医生很大度地说:"算了,我给你重新开点儿药,这方子你直接扔了吧。以后别再随便让人开药方了啊,胆子也太大了。"

"是是是,以后再也不敢了。"

医生给开了点儿阿奇霉素和止咳糖浆,让老沈拿回去给孩子喝,至于孩子的情况,啥也没问。

回家以后,老沈赶紧把这事儿跟沈鸿做了汇报。沈鸿也惊了一身汗,心里想幸亏医生懂得多,看出问题了,要不孩子就该出大事儿了。晚上等吴畏回家后,沈鸿立刻召集吴畏和老沈一起开了一个家庭会议,通报了今天老沈在医院遇到的情况,然后跟吴畏和老沈达成了一致的协定:以后但凡用食疗方法的,就都听老钱的,这个他确实比较有经验,疗效也很好;但是用到药物的,一定要去医院找医生。现在已经知道了中医也是有疗效的,所以以后看病,思路也可拓宽些,不一定非要去儿童医院,可以去中医院,请真正的中医大夫给开中药。另外,今天就赶紧先把医生开的药喝起来,免得咳嗽愈加严重,到时候更难办。

结果，药喝了三天，毛毛已经咳得不能吃饭，不能睡觉了。一吃饭就咳吐，一躺下就根本咳得停不下来。这下沈鸿真是着急了，赶紧停了社区医生的药，和老沈商量了一下，决定这次去中医院。到了中医院，医生看完以后，给重新开了药，是中医院自制的儿童咳嗽药。医生仔细叮嘱了用药细则，说如果一直不好，就赶紧再过来看，免得引发肺炎。沈鸿听到肺炎，留了个心眼儿，顺口就问了一句："如果真是肺炎，怎么治疗呢？"医生和蔼地说："挂水。"

　　从医院出来，老沈问沈鸿，怎么中医院治病也挂水啊。沈鸿说，现在都这样，叫作中西医结合。她很多同事的孩子生病住院都是这么治疗的，有的时候是直接把中药制剂用挂水的方式注射进去。用西医的办法，行使中药的药效。

　　"可是，这中药流到血管里可怎么得了。"老沈担心地说。

　　"不是，是用中药材的提取物做成的制剂。唉，谁知道呢。"

　　回家以后，沈鸿一边给毛毛用中医院开的中药，一边用上次老钱教的水汆荷包蛋的办法，双管齐下。没想到用了一周多，咳嗽竟然就全部好了。

　　沈鸿一家对中医逐渐有了新的认识和好感。

　　在毛毛生病的这段时间，吴畏没帮上什么忙，但是他也没闲着，他让老李带他去了财滚滚理财公司。去之前，他在网上已经做了很多功课，发现这个公司投资了许多产业，比如篮球、手机、地产、手游。而且据公司发布的最新一期报表显示，理财总募集金额已经近300亿，财滚滚的 App 用户超过了 1 亿。公司的理财方式也很有意思，最低级的就是先交 10 万保证金，然后通过完成公司交代的任务，拿到公司返还的奖励金。正常情况下，一般一个月可以有4000～10000元的收入。再高级一些的，就是资金筹募，筹得的资金越高，返还奖励金就越高，最高的年化利率可达40%～60%。

可以说，这个诱惑是非常大的了，吴畏动了心。

在和老李一起去公司的路上，吴畏和老李商讨着财滚滚的经营模式。他们都非常清楚，这家公司打着投资的幌子，其实完全就是非法集资。之所以到现在还没有出事，一是资金链没断，二是投资的项目看着都还合理，而且可能某些项目确实有盈利点，所以高额反哺会员，这个圆圈还能转动得起来。可是一旦资金链断裂，那么最后接盘的人就血本无归，这点毋庸置疑。吴畏和老李这种在商场上摸爬滚打多年的人，又怎么会看不出来。但吴畏还是想去看看，风险越大，收益越高。这也许是他最后能博一博的机会了。除此之外，他真的想不出更好的办法能尽快挣到钱了。原本抱着随便看看心态的老李，在去财滚滚之前，真的一点儿想法都没有。可是才到了那里半个小时，他就和吴畏一起，彻底沦陷了。

财滚滚公司，还真的是财滚滚。公司占了一层楼，电梯一出来，就可以看到一个偌大的接待门厅，装修得金碧辉煌，奢华气派。玄关的墙上是金色的八个大字：招财进宝，滚滚而来。门厅应该是几个房间打通的，大概有300平方米那么大，地上铺着厚厚的地毯，墙上挂满了各种世界名画的仿制图。除了门口的玄关和前台外，大厅的两侧放满了欧式小圆桌和单人沙发，乌泱乌泱地，坐满了各色人等。每个小圆桌前都有三四个人在和业务员低声地进行着咨询和交易。身着红色旗袍裙的服务小姐端着酒盘，里面有咖啡、红酒、饮料和点心，你只要招招手，马上给你送过来，当然免费。这很像是在赌场，让你饮食无忧地玩耍花钱，感觉还占尽了便宜。

吴畏和老李在里面转了一会儿，四处看着，耳边都是混沌不清的声音，"万"和"收益"出现的频次最高，即使很快就被埋没在声浪里，却依然隐约可闻。这里虽然看不见一分钱，但吴畏觉得整个空间里弥漫的都是钱，钱在这里像隐形的空气，扼住了每个人的咽喉，你想挣脱和逃避，真的太难了。正如吴畏在网上查到的，要想加入财滚滚理财，必须先成为会员。最低级的会员是先交 10 万保证金，每天可以任选完成的任务，比如说在财滚滚 App 上购物，或者玩财滚滚投资的几个手游，或者完全不动脑子地观看半小时以上的商品广告。只要把任务完成，月底的时候，公司就会发财币给你，积攒到一定数额时就可以用财币直接兑换成现金。什么时候不想玩了，也能立刻申请退还 10 万保证金，隔天到账。

要是投资理财的话，那就有很多等级了，11 万～50 万，年化利率为 5%～10%；51 万～200 万，年化利率为 11%～20%；201万～500 万，年化利率为 21%～30%；501 万～1000 万，年化利率为 40%；1000 万以上，年化利率为 50%。吴畏算了一下，如果把爸爸的 100 万投进去，差不多一年有 15 万的收益。听起来，已经相当好了，但是吴畏算了一下，想把本金挣回来，最快要七年的时间，时间太长了。就算只把受骗的那 50 万挣回来，也要小四年。讲真，对于曾经年收入七八十万的吴畏来说，这个挣钱速度，有点儿慢。

很显然，根据财滚滚的玩法，投入越多，收益越高。要是有1000 万，那两年就能回本了。像这样的游戏，时间拖得越长风险越高，只有尽快收手，才能保证资金安全。吴畏想，先不要那么贪心了，先把借爸爸的 50 万挣回来再说吧。吴畏心里盘算了一下，现在手上的资产，现金就只有爸爸的那 100 万了，但是可动用的资产中，他还有一套房子，就是那套跌了价的学区房。学区房暂时不能卖，价格太低，但是有一个办法可以折成钱，就是抵押。那套学区房，以现在的价格，至少可以抵押 200 万。这样加上爸爸的 100 万，就总共有 300 万了。按照投资返利的等级，差不多一年的利息收益就有七八十万，这样不到一年，欠爸爸的钱就能全部挣回来。到时候只要钱一回来，就立刻申请赎回，再用本金把抵押的房子赎回来，账就平了。这是最快最保险的做法，虽然挣不到更多的钱，但总算弥补了损失，可以向沈鸿和爸爸交代了。

可是吴畏忘记了两句话：第一，人在深陷泥潭的时候，最好的办法就是不动，只有耐心地等待机会，越动越危险，下沉得越快；第二，当你越急于挣钱的时候，就越容易上当。

利令智昏，急于求成，大概只有这两个词可以形容吴畏当下的心情了，所以这世上才有那么多的雪上加霜和倒霉三连。

第二十六章

　　毕竟是孤注一掷，这可是吴畏的全部身家。吴畏一直在心里做着激烈的思想斗争，铤而走险，要么是暴利，要么是深渊。

　　老李也不是冲动的人。他早就听说过财滚滚是高回报理财公司，这几年在他公司楼下也做得风生水起、红红火火，他之所以从来没心动过，就是因为这些年在社会上的摸爬滚打让他明白，这世上根本就没有天上掉馅饼的好事儿。

　　但这一次，他真的动摇了，因为他们碰到了小袁。

　　小袁是接待他们的业务员，也是财滚滚的老员工。他身材修长挺拔，长相斯文白净，理着利落的小平头，看上去既朴素又机灵，既温文尔雅又生机勃勃，让人感觉很舒服。小袁大学毕业，专业是视觉设计，后来转行搞了销售。他的特长就是很会看客户的脸色，所以在财滚滚，他一直都是销售明星，照片常年挂在光荣榜上，供同事们瞻仰。

　　在介绍了财滚滚的基本情况后，小袁一直在不动声色地观察着二人的表情。显然，他们都有些心动，同时也非常纠结。应该只差最后一步了。小袁故作坦诚地说："二位大哥气宇轩昂，气质不凡，一看就是事业有成人士，应该不是要玩完成任务的小游戏。我也不和二位兜圈子了，你们直接把意向金额告诉我，我帮二位大哥算一下收益。"

吴畏看看小袁，突然问："你们自己也把钱放在这公司理财吗？"

小袁愣了一下，说："这位大哥怎么称呼？"

吴畏面无表情地说："我姓吴。"

小袁笑笑，低声回答："吴先生，不瞒您说，我们全家所有人的理财都在我们公司，包括我父母、姐姐一家和我自己的。"

吴畏又问："稳妥吗？"

老李在旁边听得笑了，觉得吴畏问得特别傻，有这么问的吗？这个和问卖瓜的瓜甜不甜、问卖烧饼的饼好不好吃，一样多余。人家小袁能跟你说不稳妥，很危险吗？

但是吴畏不觉得自己傻，此刻，他很需要从一个当事人的嘴里听到非常肯定的回答，他需要有个人给他信心，推动他做这个很冒险的决定。

"很稳妥，放心吧。"小袁盯着吴畏，语气坚定，不容置疑，表情也很严肃而诚恳，不像是在说假话。

吴畏看着小袁，眉头揪成了一团。

"我是三年前到这个公司的，工作的同时，也加入了10万元的会员，每天完成任务，拿奖励金。半年后，我就把我爸妈所有的存款拿过来做理财了，现在……本金基本上快回来了，还有我姐姐一家的，也都在我这儿。所以说，吴哥，您放心吧，我对我们公司很有信心。其实——"小袁故意拖长声音，左右看看，十分隐晦而老实地继续说，"我们公司投资的业务有很多，有些是不能对外公开的，老板只有在公司内部会议时才会讲，都是一些包赚不赔的项目，比如……"他又停顿了一下，深深地看了吴畏和老李一眼，"相信二位大哥不用我说，你们也懂的。"

吴畏和老李吃惊地对了一个眼神，异口同声压着声调说："洗钱？"

晚上回家，吴畏躺在床上辗转反侧，他一直在想下午财滚滚的事情。本来，他和老李都认为财滚滚是个变相的传销公司，非法集资，没有实际盈利业务，只是靠后面不断加入的资本，来发放前面投资人的利息收益，风险极大。但是今天到了财滚滚，从小袁的种种描述和口气来判断，应该是他们想简单了。财滚滚不是单纯的非法集资，而是洗钱。

如果真的是洗钱，那就……太好了！敢如此大张旗鼓干这种非法业务的，后台一定很厉害，钱进去后反而会很安全。另外小袁也说了，目前财滚滚的 App 用户有一亿之多，国家是不会一下子让影响力这么大的公司轰然倒塌的，受害面积太大，说不定到时候会引起社会动荡。国家不会冒险，他就没有风险；既然没有风险，就看谁胆子大了。

撑死胆大的、饿死胆小的一直是不变的生存法则。

吴畏心想，只要给他一年的时间就够了。只要一年，就一年。老天不会让他一而再再而三地倒霉吧，他相信他的运气不会这么差。

思来想去，他决定，搏一次。

既然这样，当务之急就是尽快和沈鸿商量抵押学区房的事情了。买的那个学区房，当时用的是沈鸿一个人的名字，所以办理抵押绕不过沈鸿，必须她自己去办。但是想要说服沈鸿做这件事，并不容易，必须找一个非常靠谱的理由，吴畏想了很久，终于想到一个点子。

那天晚上，等毛毛睡了，吴畏拉着沈鸿坐在床边，搂着她，跟她说有个好消息要告诉她。沈鸿很狐疑地看着吴畏，不是很感兴趣，也不是很想听。

这几天，她正在为吴畏不管女儿、不带女儿去医院的事赌气。她不想理自私的吴畏，她觉得现在的吴畏都有点儿陌生得让她不认识了。再说她好累。

吴畏当然知道沈鸿还在不高兴，这么多年在一起，沈鸿的一举一动，哪怕一个脸色，吴畏都懂。但是这会儿，吴畏只能假装不知道，故意装傻似的说："我真的有个好消息，你听了肯定高兴。"

沈鸿冷淡地说："讲。"

吴畏觍着脸凑近说："老婆，你知道吗？我们公司要上市啦！"

"上市？你别逗我了，就你们那个卖红酒的公司？"沈鸿很不屑地看着吴畏。

吴畏故作镇定地说："我们公司光凭自己的力量当然是不行的，但是我们公司命好，被明正公司看中了，最近已经在走收购程序了。"明正公司，沈鸿倒是知道，是近几年新起的主打"互联网+"

理念的网络公司，在很多互联网领域都做了动作，也听说有上市的消息。可是这公司怎么会和吴畏他们卖红酒的搞到一起去呢？

吴畏看出了沈鸿的疑虑，继续说："你肯定很奇怪一个互联网公司干吗要收购我们，那是因为一个公司上市有很多要求，不但要有线上的流量数据，还要有线下的实业基础。也就是说，得接地气，不能只有空手套白狼的手段，纯粹的互联网概念不行，必须落地，必须有实业。"

沈鸿斜着眼睛，不动声色。

吴畏看着沈鸿，稍微有点儿心虚，但是他假装没看见继续编："所以这个明正呢，就到处收购做得比较好的实体公司，比如我们，还有其他类型的商贸公司。总之，它收购了我们公司之后，我们就不再是个小公司了，就属于明正集团公司了。"

"那这个对于我来说，是什么好消息呢？和我有什么关系？"沈鸿已经有点儿不耐烦了。

吴畏赶紧说："关系太大了，老婆。我们公司一旦成为明正集团的子公司，那么明正上市后，我们也就成了上市公司了。这次明正为了提高我们公司管理层的积极性，给了我们一个优惠政策，就是可以先内部认购明正的股份，将来一上市，股值能翻好几番，到时候，我们就发大财啦！"

沈鸿皱着眉，有点儿不相信："有这种好事儿？"

吴畏说："是啊，我也不敢相信，但这就是真的。"

沈鸿说："那你想认购多少？"

吴畏说："不是我想认购多少就能认购多少的，有比例。按照我现在的职位来算的话，我可以认购 300 万人民币的股份。"

沈鸿为难地说："可是，咱家没有这么多钱啊。你手里只有爸爸那 100 万了吧。"

吴畏说："是啊，就这么点儿了。"

沈鸿说："那就买这么多吧，也没什么好说的了。"

吴畏赶紧说："那太可惜了，你都不知道这股份有多值钱，多少人想买都没资格买呢。我这 300 万的份额如果只认购三分之一，也太亏了，就等于在未来要损失好几百万甚至上千万呢。"

"可是，我们没钱啊，那怎么办呢？"沈鸿也很无奈。

吴畏托着腮，假装在思索的样子说："别急，我们再想想办法，看能不能从哪里凑出这 200 万来。别急，别急，让我想想。"

沈鸿不吱声。

吴畏看时机差不多了，恍然一拍脑袋，兴奋地说："有了，有了！咱们把那个学区房抵押出去，折 200 万出来。然后等明正一上市，我们的市值翻番后，就立刻把股票卖了，把房子赎出来，一举两得，万全之策啊。"

沈鸿听吴畏说完，冷漠地、不为所动地、淡淡地跟吴畏说了两个字："不行。"

吴畏很意外，焦急地问："啊？为什么啊？"

沈鸿说："你最近为钱已经出过一次事儿了，我觉得你太不冷静、太冲动。这个买股份的事情，是大事。万一我们押上全部身家性命，那个明正又不上市了，我们这些股份怎么办，当废纸吃了？"

吴畏原本以为自己说的哪里出了漏洞，让沈鸿看出破绽了，现在知道原来沈鸿担心的点在这里，吴畏松了一口气，笑着跟沈鸿说："放心吧，明正公司肯定能上市，你知道他最大的投资人是谁吗？盛大投资。盛大集团多有实力，也不需要我跟你说了吧。所以你放心吧，明正上市这件事，比明早我能醒来看到太阳，还确定呢。"

虽然他说得合情合理，但沈鸿还是态度坚决，不同意。她不知道为什么，就觉得心里有种隐隐的不踏实。房产抵押这种事情，在沈鸿看来是一个家走到穷途末路时才会去做的事情。否则好好的，干吗要抵押房产啊？而且毛毛还在生病，吴畏不去尽父亲的责任，心里只想着怎么赚钱，这让沈鸿非常反感和失望。沈鸿不需要那么多钱，她只需要一个顾家的好丈夫。好像故意作对似的，沈鸿这次就是不松口。看吴畏张口闭口谈钱的样子，她觉得好烦，最后索性关灯睡觉，不再理睬吴畏。

这下，就很麻烦了。吴畏躺在黑暗中，不知道该怎么办。沈鸿想得没错，抵押房产对于普通家庭来说，确实是不到穷途末路不会这样做。只是她万万没有想到，吴畏生病了，失去了挣钱的所有来源。吴畏现在的处境，就是穷途末路，所以他才会做出一些以前绝对不会做的事情，为了绝地求生。

既然沈鸿不同意，那只有想别的办法了。吴畏也不想再找别的借口，如果说多了，一定会让沈鸿起疑心。于是他决定，用偷的。

第二天，趁着沈鸿和老沈带毛毛去医院的工夫，吴畏潜回家中，偷偷地拿走了沈鸿的身份证和学区房的房产证，然后直接去了民间借贷公司，擅自做了房产抵押。民间的借贷公司并不是一般的个人高利贷公司，只是家金融公司的附属产业，各种政策比较灵活，也算正规。以前吴畏带着客户来这里办理过很多金融业务，所以比较熟悉。这里的手续不像银行要求的那么完备和严格，吴畏拿着自己的身份证、户口本等证件，很顺利地办理了房产抵押业务。只不过，利息比较高而已，一年要11%。

200万，隔天后，就稳稳地到了吴畏的账上。

第二十七章

老钱生气了，非常非常生气。

老沈在一旁低着头，不敢说话。

老钱气得脸通红，背着手，在老沈面前来回踱步。

"老百姓不相信中医，就是被这些不懂中医的人害的。中医是什么？是国粹，是传统文化，可是现在这么一帮子小年轻，一番所谓科学和错误的解读，就把中医妖魔化了，中医就成杀人的恶魔了，好像中药都是有毒用来害人的！再这样下去，中医真的要灭亡啊！这简直是中国人的悲哀，中国人的耻辱！中药有毒，西药就没毒了？那西药的副作用怎么来的？只要是药，不管是中药还是西药，都是有偏性的，但是治病，就是要用药的偏性来扭转病情。所以在中医里，砒霜常被一些民间中医用来治疗肿瘤，没见一个吃死的，反而把恶性肿瘤给制约住了。雄黄呢，能让白蛇精现原形，毒性厉害得不得了吧，但是雄黄在中医里，也是救命的药啊，可以用来治疗哮喘证。那附子呢，附子你听过没有？它也是毒药，但那是回阳救逆的神药，现在药店9克以上就不卖了，可是人家名中医李可先生用附子救命的时候，一天最多能用到 500 克呢。这要是单纯从药的毒性来说的话，这些名医神医，都是杀人犯，都得拉出去枪毙三回。"

老钱的话，老沈有一半儿没听懂，但还是连声附和说着"是是是"。老钱还没发泄完："所以说，任何时候脱离药品的剂量和病情本身谈论药物的毒性，都是扯淡。什么东西都要适度，都要因地制宜。比如白开水，是我们平时最重要的东西了吧，可是你玩命地喝，连着喝上两桶试试看，你就水中毒了，要去抢救了。别说水了，就算白米饭，你一个大人吃的量，给一个五个月大的婴儿吃，大人吃了觉得正好饱了，那婴儿呢，早就被撑死啦。那你说，水是毒药吗？米饭是毒药吗？不是一样会让人死！所以不管是药还是食物，都要看剂量，都要分对象，分情况。什么半夏有毒，什么马兜铃酸损害肾脏，那都得看具体情况，不能武断地说有害。现在的中医生都被那些科学家吓坏了，吓得尿裤子了，人家一说什么药有毒，什么药损害肝肾，就吓得手下没魂了，不敢开药了，见什么人都给补药。补药吃不死人啊？中医里一直有句话，人参杀人无过，大黄救人无功，意思是补药吃得不对也会要人命，但是人家不会怪医生，因为用的是补药。所以现在才找不到好中医，医院的医生都被所谓的科研结论吓怕了，生怕用了有毒的药出了问题，自己担不了责任。很多中医生都成了现代医学研究的傀儡俘虏，不敢再用自己的脑子治病了，只会依赖科学检测结果和仪器。唉，再这样下去，中医要亡，中医必亡啊！"老钱一边说，一边气得直跳脚。

老沈还是在一旁不停地说"是是是，就是的"。

老钱之所以会这么生气，是因为他一直很关心毛毛后来咳嗽恢复的情况。但是发了两次信息给吴畏，吴畏都没回，老钱就不好意思再问了，心里想着，如果病好了，自己一直这样追问，显得想邀功似的，人家是谢你还是不谢你？要是用药后效果不好，人家肯定也不好意思责怪，所以用不回信息来回避问题。这样一想，老钱就不再吱声了，反正自己该做的都做了，要是有需要，对方还会联系自己。所谓医不叩门，自己不能太主动了，免得对方以为自己有什么企图呢。就像上次，明明好心磨了八珍粉给他们，结果他们不相信自己，没给毛毛吃，还谎称撒了。这就是医叩门的结果，你越主动，病人就越疑心。

结果这十几天转眼就过去了，今天早上老钱照例在中心花园遛鸟，正好碰到了出门买菜的老沈。老钱没忍住，还是问了毛毛咳嗽的情况，结果就听到老沈说医生说他开的药有毒的事情。

这可把老钱给气坏了。他生气，不仅仅是气这些医生不懂中药，也气这个医生对他妄下的评论。别人说不要紧，但他是医生啊。他说老钱的药有毒，那老沈会怎么想，这不是毁坏老钱的声誉吗？人与人之间的信任，往往难以建立，但是想推倒，简直不费吹灰之力。虽然老沈一直在旁边赔着笑脸，点头称是，但老钱知道，老沈是不信任他的，也不敢再用他开的药了。

"钱老师啊，谢谢你的关心。毛毛现在咳嗽基本好了，但是我感觉她还是虚弱得很，一生病就会咳嗽。所以您还有没有其他食疗的办法教给我，我回去弄给毛毛吃，调理一下体质？"等老钱发泄完了，老沈小心翼翼地问。

老钱想想，既然不生病，食疗当然是最好的办法。太复杂的，像八珍粉这类，老沈估计也做不了，只有简单的办法才比较容易实施。他对老沈说："你给孩子每天用怀山药和大枣一起煮水，当茶饮吧，里面放点儿冰糖，可好喝了。"

"山药大枣啊，哎哎，这个好，这个好弄，山药就是咱们超市里卖的那种铁棍山药吗？"老沈高兴地问。

"不是不是，不是超市或者菜场卖的那种。是怀山药，也就是现在河南焦作那一带生产的铁棍山药。那个地方以前叫怀庆府，所以当地的山药就叫怀山药。只有这种山药啊，药性才最好，既可以补脾胃，又能补肺。对于孩子强身健体，是非常好的东西。"

"哎哟，河南那边的，我怎么才能买到呢？我不能去河南焦作买吧。"老沈犯难了。

老钱本来想说我帮你买，我知道网上有个卖家，卖的就是怀山药，我鉴定过了，药效很好。可是话刚准备说出口，又停住了，想想看算了，还是不揽这事儿了，人家本来就不是太相信你，你这么主动地推荐，又嚷着要帮忙买，太像推销产品了，说不定人家以为你从中拿了多少好处呢。这个岂不是太冤枉了？所以老钱说："不用，你如果自己不会鉴别，就去中药房买晒干的怀山药吧。效果是一样的。你每天用15克干的怀山药片和六颗大枣一起煮水给毛毛喝就行了。"

"那山药片煮熟了，能吃吗？"老沈又问。

老钱很专业地说："别吃了，山药收涩，吃多了，容易大便干。"

老沈眉毛一展，高兴地说："得嘞，马上回去就跟沈鸿说，让她买。"

老沈到家，高高兴兴地拿起了电话，准备给沈鸿打，刚拨了前三位数字，突然停住了，歪着头呆呆地想了一会儿：哎哟，后面几个数字是什么来着？老沈突然怎么也想不起来沈鸿的电话号码了，唉，这记性哟。老沈很生气，女儿的电话打了多少年了，熟悉得像自己的名字，怎么会突然忘记呢？老沈跟自己别着劲儿，闭着眼睛，硬想。想着想着，一拍大腿，唉，真的想不起来了！中间三个数到底是698还是968，还是768？唉，算了算了，去看手机吧。好歹手机里存有沈鸿的电话。咦？手机哪儿去了？明明是放在饭桌上的啊，早上吃饭的时候，还用手机看早新闻呢。老沈急了，屋里屋外地转圈圈，到处找，一直找到厨房。进了厨房，看到地上放的两个土豆，老沈又一拍脑袋，哎呀！今天买的菜呢，放哪儿了？老沈赶紧跑到门口看了看，没有，厨房也没有。完了，菜没了，忘记拿回来了。

老沈找了个凳子坐下，抱着脑袋拼命回忆自己上午的行踪，像倒带似的回放。可是脑子里的录像质量太差了，好几个地方都断了片儿。哎呀，哎呀，马上就要想起来了，从超市出来，然后往回走，手里好像还拿着菜，再然后，看到老钱……是了！没错！菜丢在中心花园了。当时光顾着听老钱说话了，买菜的提兜随手就放在了椅子旁边，走的时候光琢磨着给毛毛买山药的事情，就把菜给忘了。老钱肯定也没在意，否则一定会喊住他的。行了，案子破了，赶紧先去把菜拿回来。

想完，老沈立刻起身，换了鞋就冲出了门。门"哐"的一声在背后关上了，老沈傻傻地站在电梯前望着家门——钥匙没带。

第二十八章

6月的天，冷肯定是不冷了，但那天是阴天，预报说有雨，一般人不是穿着长袖 T 恤，就是短袖外加一个薄外套。老沈因为急着出门找菜，什么也没带，身上穿着个老头儿衫，外套也落屋里了。

先不管这些了，先去找菜。

老沈急急忙忙地跑到中心花园，远远地就看见了提兜孤零零地躺在长椅脚边。打开一看，菜都在，好好的，放心了。可是，没有钥匙，回不去了啊。他本来想借个路人的电话打给沈鸿，但号码死活想不起来，本来在家还能说出个大概，现在一紧张着急，忘得精光。吴畏的电话就更不记得了，每次都是用手机打，而且也很少给吴畏打电话。唉，要是手机在就好了，可是手机也不知道丢在什么地方了。原本还期望是放在菜兜里，刚才翻看了一遍并没有，所以现在想求救，都没办法。老钱？说了那么多次话，好像也问过他住哪儿，但是现在也完全记不得了，要不到老钱家里待一会儿也是好的。或者打 110 呢？找个撬锁的？但是好好的锁，给撬了多可惜啊。好几百块钱呢。算了，就在中心花园待着吧，等下午接毛毛放学的时候，让毛毛的老师打给沈鸿。

可是，这午饭……身无分文的。老沈又打开提兜看了看，就是点儿生肉和菜，还有两头大蒜。得，先掰点儿大蒜嚼嚼吧，辣的吃了还能暖暖身子。对了，还抗感冒呢。可是只过了一小会儿，天上就开始飘起了毛毛细雨，小区的中心花园像被雾气笼罩着的大澡堂子，路人都赶紧加快脚步回家了，谁也没注意到还在长椅上坐着的那个老头儿。

老沈就这么在中心花园里一直坐着，等到了下午4点多，毛毛幼儿园放学，老沈去接孩子的时候，老师吓了一跳。老沈浑身上下都湿了，头发一缕一缕的，还往下滴水呢。老师问老沈怎么会这样，老沈不好意思地笑笑说，上午出门急，没带钥匙也没带伞，后来下雨了，就在树下躲雨，不过还是被淋湿了。老师听完老沈的叙述，真是心疼坏了，这么个老爷子，也太老实太不会变通了。如果早点儿来幼儿园告诉老师，不就可以早早地联系沈鸿了吗，还要等到现在？

老师不好说什么，赶紧找了个椅子让老沈坐下，倒了一杯开水让他端在手里，又把毛毛的小毛巾拿过来给他擦头发。老沈挺不好意思，一直说"不用不用，不冷不冷，谢谢老师，谢谢老师"。

安顿完，老师立刻拨了沈鸿的电话。沈鸿听完只说了一句："让我爸安心在您那儿待着，我去办点儿事，马上就过来。您费心了。"好在幼儿园是4点多接孩子，但老师5点半才下班。孩子们走后，老师有好多手工要做，也不急着回家。老沈就和毛毛有了可以暂时安顿的地方，又安全又温暖，所以沈鸿还是挺放心的。

大约过了一个小时，沈鸿来了，感谢过老师的照顾后，沈鸿带着老沈和毛毛回家。还没走出幼儿园的门，就听老师在后面喊："毛毛爷爷，毛毛爷爷，您的菜。"老沈一回头，看见自己的提兜，一拍脑袋："唉，瞧我这记性，这菜可是害了我一整天。"

　　出门往家走，老沈看见沈鸿后面跟着一个男的，提着工具箱，一声不吭。老沈很奇怪，但是又不好问，也不知道是不是沈鸿认识的人，万一只是个路人呢。结果这位路人跟着他们一路回了家。到了家门口，沈鸿使了一个眼色，那人点点头，打开工具箱，找了个锤子，然后猛地往沈鸿家的锁上一砸。

　　"哐！"锁被砸坏了。

　　"哎哟，哎哟，你这是干吗呀？"老沈看了又气又急，拉着小伙子说，"你这是干吗，干吗砸我家的锁啊？你是什么人啊？"沈鸿把老沈拉开，跟老沈说："爸爸，这是我找的换锁师傅，以后咱家不用这种钥匙锁了。我刚买了一个密码锁，以后出门再也不用带钥匙了。"

　　这已经是老沈第 N 次把自己锁门外边了。

　　要是手边上有手机，老沈还会打电话给沈鸿，让她送钥匙。要是手边上没手机，或者老沈觉得沈鸿就快回来了，他就一直在外面傻等。老沈脸皮子薄，不好意思跟别人开口，也不好意思麻烦别人，所以从不去打扰邻居。他觉得让沈鸿给他送钥匙回来，也很麻烦，因此能不打电话就不打，能等就等。

　　今天若不是外面下雨，怕毛毛跟着他没地方待，他肯定也不会跟老师说的，会一直等到晚上沈鸿下班。爸爸的记性越来越差了，以前的事情倒是记得清楚，但是越跟前的事儿，就越糊涂。本来开学后沈鸿也想找托管班托管毛毛的，但是老沈坚持说他可以接，而且接完毛毛到沈鸿下班，也就一个多小时的时间，沈鸿想想问题不大，就暂时同意还是让爸爸接。但是现在看来，老沈真的不行了，这记忆力让沈鸿怎么能放心呢？

刚才老师一跟她说完，她挂了电话就直接去五金商场挑了一把密码锁。这样老沈以后出门，再也不用带钥匙了，用密码或者指纹都能进入，非常方便。可是老沈还在心疼原先的那把锁，嘴里一直念叨着："好好的东西，就不要了，也太可惜了。都怪我，都怪我这倒霉记性。"

毛毛在一边，看着挺乐，一直缠着沈鸿问："什么是密码锁呀，什么密码呀？我也要录我的手指头，以后回家都让我来开门。"

沈鸿让老沈赶紧先回屋换件干爽的衣服，汗衫湿漉漉地一直穿着，该多透心凉啊。可没过一会儿老沈就过来着急地拉着沈鸿进屋，说："我手机不见了，找了一天都没找到。你赶紧帮我找找看。"

沈鸿拿出自己的手机，拨通了爸爸的电话，一秒钟后就听到了很响的铃声从厨房里传来。两人一起循声走进厨房去看，发现声音从地上传来，再走近一些……沈鸿把电话挂了。她弯腰从老沈今早买菜的提兜的最底下，掏出了老沈的手机。

沈鸿默默地递给老沈，老沈惊讶地说："嘿，真是奇怪了，我明明上午找过的呀，根本没有！这手机一定会变魔法吧。"

密码锁装好了，很好看，特别高级。老沈笑了，觉得也挺好，至少以后出门不用怕忘带钥匙了。这个密码锁可以用指纹，密码记不住没关系，直接用指纹就行。毛毛的指纹也录入了，高兴地直蹦，说以后都由她来开门，她会开门了。爷儿俩守着门玩了半天，觉得高科技就是人性化，就是改变生活。

晚上，老沈发烧了。低烧，浑身酸疼，头痛得要命，不能转身，一转身头痛得更厉害。一点儿力气都没有，怎么睡都不舒服，难受。流清鼻涕，还有点儿咳嗽。一直觉得冷，盖着两条被子也觉得冷。

吴畏还是照例快 9 点才到家，一进门沈鸿就跟他说，咱们带爸爸上医院吧。

"啊？都这么晚了，毛毛怎么办啊？"吴畏问。沈鸿皱眉想了想说："那怎么办啊，爸爸今天吹风受凉又淋了雨，我晚上给他熬了姜汤，但是好像不管用，这会儿又发烧了，所以只能去医院。要不这样，我在家看着毛毛，你带爸爸去吧，估计得挂水。"

这天下午正好是吴畏透析的日子。吴畏刚刚透析完，浑身无力，恶心想吐。好不容易在门口的小旅馆里睡了一会儿，这才挣扎着走回来，没想到岳父又病成这样。

吴畏咬着牙说："行吧，我自己带爸爸去，你照顾好毛毛。"

可是进了老沈的房间，无论怎么拉他，他都不肯起来。他说他太难受了，不想动，更不想去医院。去了医院无非就是挂水，那么冷，又得坐到半夜才能回来，老沈说他没这个力气。他就想在家好好睡一觉，明天就好了。家里有白加黑，他已经吃过了，就等黑夜来临，药效起作用呢。看这架势，是不会去了，沈鸿和吴畏对视了一下，退了出来。沈鸿没有坚持，她觉得吴畏的脸色太难看了，精神萎靡，估计是累坏了，让他这会儿再带爸爸出去，确实太难为他。

吴畏没有坚持，他真的很难受，一点儿力气都没有，头晕得厉害，他也想躺下，立刻马上。但是爸爸病成这样，吴畏也很担心，他想了一下说："这样吧，我发个信息问问老钱，看看老钱有什么神奇的办法没。"

自从上次用乌梅汤让毛毛退了烧，他就觉得老钱关键时刻一定会有什么简单神奇的法子，扭转局面。果然，听吴畏描述完，又看了老沈的舌头照片后，老钱说："你到我家来，我给你拿盒药。"吴畏从老钱家拿回来的药，不是食物，是盒中成药，叫川芎茶调丸。老钱让吴畏用滚开的热水冲上点绿茶，然后用茶水送服这个药，正常情况下，明早起来就能退烧。

"这老钱是不是神了？"吴畏把药递给沈鸿。沈鸿也不敢说不是，万一呢。

因为是中成药，应该是比较保险的，虽然这药沈鸿以前都没听过。她赶紧冲了茶水给老沈喝，然后给自己定了一个四小时后的闹钟。

连续喝了两次药，第二天早上起来，老沈好多了。

第二十九章

吴畏看老沈好了，又高兴又新奇，心里一直赞叹老钱厉害。沈鸿当然也意外，她原来以为中药就是用来养生的，治病不行，更别说治疗感冒这样的急症了。但是这几次老钱的出手，都让她对中医和中药有了很大程度的改观。她心里暗想，以后真得学习点儿中医知识了，家里常备点儿中成药，看来挺有必要的。

老沈起来后，喝了点儿米粥，又吃了一次药，这个感冒就这么彻底好了。

吴畏也有点儿心动。他在想，要不要跟老钱说实话，把自己得尿毒症的事情告诉他，让他用中医的办法给自己调理一下。但是转念一想，还是算了。中医治疗感冒咳嗽可能还行，治疗尿毒症，肯定是没希望的。虽然老钱口口声声说自己的肝癌治好了，但那是因为他自己没胆子再去医院复查，说不定根本没好呢。而且毕竟萍水相逢，不好把话说得太深，要是老钱无意中透露给老沈或者沈鸿，那他之前所有的心思都白费了。

但是，吴畏太难受了。透析后，他出现了很明显的低血压，头经常发晕，不能长时间站立，更不能辛苦，否则就会出现耳鸣。还不能饿，会低血糖，但是吃了东西以后，就恶心想吐。另外还有各种并发症，比较明显的就是对心肺功能的损害，会出现呼吸费力不畅、心慌心悸的症状。透析这几个月以来，吴畏瘦了十多斤，之前的体重很大一部分是因为水肿，透析后把多余的水分去除了，人就会瘦下来，恢复应有的体重。但是在旁人看来，吴畏真的瘦了太多了。平时在家，他都打起十二分精神硬撑着，虽然很多时候都感觉自己快撑不住了。晚上睡觉时，他甚至能听到自己的心跳声，好像胸腔是个空洞，心脏在里面打鼓，都有回声。好几次他都怕直接在梦里就睡过去，再也醒不来了。思来想去，吴畏觉得，他是不是也可以服用一点儿中药调理一下呢。

这天早上，吴畏又假装漫不经心的样子踱到了中心花园，意料中地看到了老钱在遛鸟。

吴畏迎上去。

"钱老师早。"吴畏毕恭毕敬地。

老钱穿着一身中式白衣白裤，像个老神仙似的，精神抖擞，中气十足，看到吴畏挺高兴，问："你岳父最近怎么样了？恢复得挺好吧？"

吴畏说："挺好挺好。谢谢您的关心，我们一家老小，可亏您照顾了。真是不知道怎么感谢您才好啊。"

老钱有点儿得意地说："嗐，小事儿，不必挂心，有事儿开口。"

吴畏一听，赶紧顺竿儿爬说："哎哟，这样啊，那我可就真不客气了。"

老钱一听来劲了，说："客气啥，说。"

吴畏就把自己之前一直有多年胃溃疡和胆囊息肉的既往病史说了一下，又跟老钱说了现在自己主要的问题是恶心，想吐，而且血压低容易心慌，自己太虚弱，想调理一下，变得稍微强壮些，不知道中医有没有办法。老钱说，什么病中医都有自己的治疗思路，没有一个病是中医完全无法下手的，但中医治病不听病名，主要看症状，还要舌脉相参。

老钱给吴畏把了脉，又看了吴畏的舌相，皱着眉头沉吟了很久，跟吴畏说："小吴啊，你的脉跳得又沉又有力，舌苔也厚腻发黄。这可不像个虚证啊。"

吴畏听不懂，问："什么是虚证？不像虚证就是不虚弱的意思吗？"

老钱说："是的，你不虚弱，从舌脉相来看，你应该是实证，而且是很严重的实证，才会有这种大实若羸状。"

吴畏更听不懂了。

老钱又问："你小便是不是很黄？大便干，甚至便秘？"

吴畏惊了，忙说是。

老钱又问："你是不是虽然很累、很虚弱，总想睡觉，但就是很难睡着，尤其是晚上，心烦意乱的？"

吴畏更惊了，说是啊是啊！

老钱口气更加坚定地说："你是不是很怕冷，总是比别人多穿一件衣服？"

吴畏惊呆了，说："您怎么知道的？"

老钱笑了，拍了拍吴畏的肩膀说："我看出来的。我每次见到你，你都比我多穿一件衣服。"说完哈哈地笑了。

吴畏松了一口气，说："您差点儿把我唬住了，我还以为您都知道我从不穿内裤呢。"

老钱惊讶地笑着说："哟？你还有这癖好。"

吴畏也笑了："逗您的。"

总之，经过一番诊断，老钱认为吴畏一点儿也不虚，是身体里面生了实证。至于这个实证是什么具体的物质，老钱说他不用知道，只要知道这是个真热假寒、真实假虚的病就可以了，他就有了下手的方向。吴畏觉得老钱也太玄了，而且，虽然症状猜对了一些，但是其实根本没发现真正的病因。尿毒症是什么？是肾衰的结果。都肾衰了，又怎么可能不虚，反而是什么实证呢？！但是吴畏不能跟老钱说太多，多说无益，别说漏了嘴。

因此，在老钱说他要给吴畏开方的时候，吴畏犹豫了。如果真按照老钱的思路，他其实对病源的判断是错误的，那开出的药能有效吗？要是反的，那病情不就会雪上加霜？

吴畏觉得要慎重，但不知道该怎么跟老钱解释。

老钱看出了他的疑虑："你是不是不相信我？"

吴畏赶紧摆手说没有没有。老钱深沉地看着吴畏："医患之间如果没有百分之百的信任，病是不可能治好的。"

吴畏不吱声，低着头。

老钱又说："你如果不相信我的判断，我建议你先去医院做个检查，看看体内是不是长了什么肿瘤，或者你去中医院，找个专家看看，看看他的说法是不是和我一致。这个总行了吧？"

吴畏觉得这倒是个办法，于是点点头说好。

老钱若有所思地望着吴畏，欲言又止。

吴畏去了金南市最好的中医院，挂了一个专家门诊，据说这个专家是留洋的博士，特别擅长中西医结合疗法，对于肾病治疗，很有研究。专家很年轻，只有40多岁的样子，茂密的短发，梳得一丝不乱，带着个金边眼镜，沉稳干练；脸上没什么表情，看着就特别专业。专家坐在诊室正中央，旁边站着坐着围了一圈穿白大褂的学生，都毕恭毕敬地拿着本子边听边记，排场很大，让人一进来就对专家肃然起敬。

吴畏刚刚坐定，专家就问："你什么病？"吴畏愣了一下，心里想，难道不应该是你给我诊病吗，怎么一上来先问病人有什么病？但他嘴上还是老实地回答："尿毒症。"专家很平静地说："确诊多久了？"吴畏说："差不多三个月吧。"

专家又问："现在做了什么治疗？"

吴畏说："血透。每周三次。"

专家点点头，转头对坐在电脑前的助手说："先开个肾功能检查单。"

吴畏一听，赶紧掏出资料袋里自己带来的一厚叠检查单，一边掏一边说："不用再检查了，我这儿所有检查数据都有。专家您看看。"专家冷淡地接过单子，大概扫了一眼，然后跟吴畏说："我知道你有，但是在我这里看病，就一定要在我们医院做检查。我只认我们自己医院的检查结果。你这外面做的，万一数据不对，责任谁负？"

吴畏很奇怪："你们这里不是中医院吗，怎么也要做西医的检查？"专家很有深意地笑了一下说："像你这种严重的病，中医怎么治疗？当然要中西医结合疗法。我要看到检查结果，才能给你想中医的办法。另外，如果在我这里看，透析也要在我们医院做，否则我没办法给你看病。"

吴畏更奇怪了："啊，可是我就想让您给我开点儿中药就行了啊！"

"中药可以开啊，你想吃中药，当然可以了。"专家耐着性子继续说，"但是透析也是肯定要做的，不可能停，并且同时还要辅助吃西药。好了，你先去做检查吧，等检查结果出来，我们再讨论治疗方案。"

吴畏从专家诊室出来，直接把检查单撕了。这是什么中医？和西医有什么区别啊？还海归，还中西医结合，都是幌子！既然都是透析，都要吃西药，那还用你中医干吗呢？看个病，既不把脉，也不看舌头，什么症状都不问，和老钱说得完全不一样啊。看来光是开点儿中药的想法，是太幼稚了。吴畏想了半天，到哪儿去找个老中医看看呢？

吴畏想到了一个地方。

第三十章

金南市有一家连锁中药大药房，叫惠民堂，里面主要卖各类中成药和中药材，包括名贵珍稀药材。同时还有坐堂的老中医，进行现场诊治，听说老中医都是退休的中医，还有一些是民间神医。

吴畏想，这种地方的中医应该非常正宗了吧，至少不用再做西医的检查了。想到这里，吴畏立刻开着车，去了惠民堂。

惠民堂的气氛果然是很中医，到处弥漫着中草药的味道。整个药房宁静、肃穆、古风，药柜和家具都是红木的。墙上挂着很多镜框，镜框里贴着一张张老旧发黄的药方，全是毛笔小楷，都是旧时医生亲笔题写的，每个方子下面还盖着医生的红色印章，别提多有年代感了。大堂的里间隔出好几个诊室，每个诊室里都有一位坐诊的老中医，其中几个鹤发童颜，目光炯炯，穿得仙风道骨，光是从外表看，就知道水平肯定很高。

吴畏转悠了一圈，找了位最有仙气的医生。这位医生看着也就60多岁吧，慈眉善目，精瘦精瘦的，头发没多少，下巴上长着白而长的胡须，飘浮在胸前，很像武当山的道长。

吴畏感觉特别踏实、安全。他坐下来笑笑，什么话也没讲，把手伸给老中医，意思是先把脉。没想到老中医捋捋胡须，轻轻地摇了摇头。

　　"医生，您……也不把脉吗？"

　　老中医慢悠悠地说："中医看病，望闻问切。望而知之谓之神，闻而知之谓之圣，问而知之谓之工，切而知之谓之巧。最好的中医只要一看就能看出病人的病，普通医生才第一步就切脉呢。"

　　吴畏听傻了："啊，原来是这样。那……那为什么电视里的那些神医，给皇上看病都得切脉啊。"

　　老中医乐了："给皇上看病，谁敢看皇上的脸啊，更不敢靠近闻了，问话也不能太多，皇上哪有那耐心，只能切脉。"

　　吴畏觉得太对了，顿时对老中医的医术生出许多敬仰。

　　老中医又慢悠悠地说："咱不急着切脉啊，让我来看看你，说说你的情况。你别急着说。"

　　吴畏心想，这个好，像是考试，但是病人是考官，医生是答题者，要是答错了，就说明水平不行，立马换人。

　　老中医把吴畏从上到下细细打量了起来，这小伙子虽然长得眉清目秀，岁数不大，但是身体一看就知道不好，坐没坐相，弯腰驼背，显然没啥力气。脸色蜡黄，嘴里说话口气很重，脾胃肯定有问题。呼吸声音挺大，看着就感觉费力，估计肺也不会好。穿得又比正常人多，怕冷是一定的，多半阳虚。

　　如此这般地打量和分析了一番后，老中医又故作沉吟了一会儿，才幽幽地说："你啊，是个虚证。"

吴畏心里一喜，不错啊，答对了，但仍然不动声色。

老中医又说："工作太累了，累病的。"

吴畏还是不说话。

老中医盯着吴畏的眼睛，然后脸上露出了一丝不易察觉的微笑，低低的，但又斩钉截铁地说："肾虚！"

天哪！全中啊。吴畏再也掩饰不住崇拜的眼神了，立刻竖起大拇指说："神医啊神医，简直比西医的检测仪器都厉害呢，只看了两眼，就说中病因啦。"

老中医松了口气似的，得意扬扬地往后一靠，谦虚地说："哪里哪里，基本功基本功，这些都是最基础的本事，谈不上神医。"

吴畏还是忍不住夸赞："您真的太厉害了，到底是老中医，看您的样子就知道有本事。实话告诉您吧，我确实是慢性肾炎导致的尿毒症。我估计这个您就不一定能看出来了，但是这跟您水平无关。这要确认的话，西医也必须做检查，看指标。但是光看看，就能看出我肾虚，您真太了不起了。"

老中医笑笑说："小伙子，你急什么，我本来刚要说你得了尿毒症，可是我还没来得及说呢，你就说了。"

吴畏惊讶地说："啊？尿毒症您也能看出来啊。"

老中医一边捋着胡子，一边轻描淡写地说："嗐，这些都是基本功、童子功，看多了，自然就能看出来了。"

这还有什么好说的呢，这个老中医就是神医本人了。吴畏对他信服得五体投地。吴畏还特意问了这个老中医，他是不是什么真热假寒、真实假虚之证。老中医直摇头，说："谁跟你说的这些话啊，一听就是外行充内行。你就是虚证，得补。如果真是实证，那就要泻了。就你虚成这样，再用泻法，非死不可。"

吴畏心里一惊，冷汗都出来了，幸亏啊，来了惠民堂，要是直接用了老钱的药，还不知道什么后果呢。

老钱这个自学中医的，说到底没有经过系统的学习，就是不行啊。

老中医按照肾虚证，给吴畏开了一个有 30 多味药的大补方，里面有各种补肾药：补骨脂、菟丝子、鹿角胶、淫羊藿、杜仲、海狗肾等。他一边开，一边斜着眼睛问吴畏："是不是很久没有和老婆亲热了？"

吴畏尴尬地笑笑。

老中医得意地说："说不定吃完我这药，就能起来战斗了。不过你身子虚，得克制住啊。"说得好像这药是伟哥似的，搞得吴畏既高兴又紧张。

那个大药房里和中药相关的东西都有卖，在老中医的指点下，吴畏还买了一个电熬药锅，可以自动计时，调整大小火。只要把药和水放进去，定好时间就不用管了，药熬好了会自动断电。吴畏觉得这个熬药锅简直是太实用了，他完全可以放在小旅馆里用，又安全又方便。

这次看病，心情愉悦，堪称完美，唯一的缺点就是……太贵了，买锅加药材的钱，总共 3700 元，不走医保。但是，老中医的那句话一直响在耳边：说不定吃完我这药，就能起来战斗了……

起来战斗。

来战斗。

战斗。

斗。

逗谁呢？吴畏喝完三服药后，彻底起不来了。不是那个，是他自己。

此时的他躺在旅馆的床上，盖着两床被子，还是觉得冷得发抖，身上没有一丝暖意。但很奇怪的是，他觉得身体里面是热的，口干舌燥，手脚心滚烫，而且好像还发了低烧。心烦，无法遏制的烦躁，一分钟都睡不着，一闭上眼睛，脑海里就开始飞速旋转，他感觉身体随时都会被脑袋里的离心力给甩出去。小便特别特别黄，还彻底便秘了。浑身上下一点儿力气都没有，心慌心悸得厉害。他觉得自己连爬起来去透析的力气都没有了，他想叫辆救护车。

其实前一天吴畏就已经很不好了，晚上实在没力气从旅馆回家，所以就给沈鸿打了电话，强打起精神，语气故作生气地说，手上有几票红酒进口单子报关的时候出了问题，被上海海关扣住了。他必须立刻赶去上海处理一下，还假装埋怨现在这些年轻人也不知道怎么办事儿的，真是让人操心。当时沈鸿忙着照顾毛毛，也没太往心里去。这种事情以前常有，她早习惯了，她知道吴畏公司有一套洗漱用品，就是方便他随时拎包走人的。因此，她没有半点儿怀疑，匆匆地挂了电话就去教毛毛念字读汉语拼音去了。

现在上小学前，孩子必须学会拼音和部分汉字，因为大家都学，老师到时候会讲得非常快。如果不提前掌握，孩子只是跟着课堂学习，是根本跟不上的。到时候伤害了孩子的学习积极性，让孩子觉得学习困难那就太糟糕了。所以，所有的学前家长都很紧张，暗自较劲，每天把孩子从幼儿园接回来以后就要开展各种辅导。沈鸿当然也不例外。吴畏是完全指望不上的，老沈又不会汉语拼音，只有靠她自己了。所以吴畏回不回来，什么时候回来，沈鸿也不太在意，她真的忙不过来。

安顿好沈鸿那边，吴畏算是放下了一颗心，他就自己安心在旅馆休息，想着过两天等身体恢复一些了就回家。当时他还没想到可能是中药的问题，所以今天又煎了第三服药喝下，结果就出现了这种严重的后果。本来他还想着要不要扛一扛，观察一下再说。但是今天是透析的日子，他必须去。叫救护车好像有点儿太夸张了，而且就在家门口，别给邻居看见，不过他自己又实在没力气爬起来出去叫车。

他拨通了老李的电话。

生病这事儿，只有老李知道，吴畏也不想再让其他任何人知道了。虽然吴畏有两个关系比较好的哥们儿，但他们都是吴畏和沈鸿的同学，他怕这俩哥们儿因为心疼他，把生病的事情告诉沈鸿。都瞒了这么久了，不能功亏一篑。所以，这时候就只能找老李，除此之外，确实再没有可以寻求帮助的人了。

老李几乎是扛着吴畏上车的，幸亏吴畏已经瘦了十来斤了，否则老李也真是弄不动他。吴畏觉得自己快要死了，奄奄一息。

上车后，吴畏跟老李说："老哥，这辈子欠你太多了，不知道怎么报答，下辈子再还吧。"

老李说："闭嘴，都什么时候了，还跟我瞎客气。"

到了医院，医生并没有给吴畏透析，而是直接收治入院了。情况真的很危急，医生以为吴畏是血透并发症导致的冠心病或者心脏衰竭，而且从吴畏烦躁异常的表现来看，还有可能是神经系统的问题。总之，必须入院后才能边治疗边检查。医生让老李赶紧去办入院手续，顺便问了一句："你是病人家属吗？"老李摇摇头。医生着急地说："那就赶紧把病人家属喊来，现在情况危急，说不定要下病危通知书，一会儿如果要抢救还要家属签字，光是你在这里没用的。"

老李想了一下说："他没有家属了，离婚，父母双亡。"

吴畏躺在病床上，老李说的每个字，他全听到了。是的，没错。在法律上，他确实已经没有亲属了，他离婚了，父母双亡。

第三十一章

经过几天的各种检查和抢救，吴畏总算缓过来了。

医生说，好在吴畏年轻，底子好，而且也没有冠心病等问题，所以才会这么快救治过来。这几天，老李帮他找了个护工，24 小时陪护着。有空的时候，老李也会亲自过来看几眼。医生和护士都感叹，这么个帅小伙，也太可怜了，身边一个亲人都没有。老李也觉着吴畏可怜，心里想，这万一真出了什么事儿，怎么和他媳妇和孩子交代啊。

好在，没出大事。

吴畏倒没觉得自己可怜。他觉得可怜自己，属于高级情绪，就好像人吃饱了，才能思淫欲一样。当他连性命都难保的时候，他哪有心思可怜自己，他只想要一口顺畅的呼吸和几分钟宁静的睡眠。

完全清醒之后，他也没有可怜自己，他有两个念头：第一是快点儿好起来回家，他想沈鸿和毛毛；第二就是把老李喊来，让他先去给自己报仇。他没敢把喝中药的事儿告诉医院，他怕医生骂他、不管他，但是他把喝中药的事儿告诉了老李，让老李快马加鞭地去找那个白胡子老头儿，他差点儿把自己害死，绝对不能放过他。

老李去了，很容易就找到了那位白胡子老爷爷。

他当时正给病人看病呢，一副道行很深的模样。

老李可不管有没有旁人在，二话没说，一个箭步冲上去，一把揪住了老头儿的胡须……结果在两人都还没反应过来的时候，胡子掉了。

"你是演员还是医生啊？你这装化得还真像！"老李看着手上抓着的这一把白胡子，惊呆了。

老头儿也惊呆了，莫名其妙地冲进来一个人，一把抓住自己，还把自己装门面的胡子给揪掉了，又急又气地说："你是什么人啊，你这是干什么？！"

老李恶狠狠地说："我来找你算账，你这庸医，差点儿害死了我兄弟！"他们俩的嚷嚷声在安静古朴的药房里像个炸弹，一下子就把周围的人都炸醒了，大家纷纷围过来。老李揪着老中医，大声说："有没有人啊，有没有负责人？快来啊！这个老头儿是个骗子，我兄弟吃了他开的药，差点儿吃死了。你们到底负不负责任啊？"老头儿有点儿心虚了，一边努力挣脱老李，一边说："你兄弟是谁，什么时候来看病的？"老李翻出手机里一张吴畏躺在病床上的照片，塞到老中医眼前，跟他说："就是他，你还记得吗？给他开了几千块钱的药，他才吃了三服，就差点儿吃死了，送到医院抢救，才捡回一条命。"

老中医眯着眼睛看了半天，好像想起了什么，辩解道："不可能吧，我知道他，他是肾虚，我就给他开了点儿补药，根本不可能吃死的。你别讹我。"

老李来气了，说："不承认是吧，你把你那药方找出来给大家看看，看看有没有问题，有没有毒。要是再不承认，我就直接带你去医院，和我兄弟当面对质。"

老头儿说："我不去我不去，你放开我，你这是犯法，是人身伤害。"

两个人吵得正凶，药房经理冲了过来，赶紧把两人分开，旁边的店员也帮着拦老李，怕他有什么冲动的行为。

老李指着老中医对经理说："他不是老中医，他是杀人犯。"

等经理把来龙去脉全部了解之后，带着二人来到了经理室，让伙计把几天前老中医的方子翻出来，仔细地看了一下。然后经理跟老李说，这方子本身肯定是没有问题的，绝对无毒无害，是很好的补药。但是可能有一点儿不太对症，所以才会导致患者出现了非常危急的情况。经理解释说，每个人对中药的反应不一样，也许吴畏正好是对中药敏感的人，所以责任不能全推给医生，更不能说医生害人。还没等老李说话，经理赶紧又说，既然出现了这样的情况，药房是绝对不会不管的，剩下的药以后就坚决不要再服用了，药钱全额退还，连带着那个煮药的锅钱，也退钱，表示一下药房慰问病人的诚意。

老李对中医药完全是个外行，既然经理说药没毒，也不好再说什么了。而且人家都说了是补药，吃不死人，可能是吴畏虚不受补吧。现在可以全额退款，大概是能争取到的最好结局了，见好就收，本来也没想要老中医偿命。但他还是非常凶地跟经理讲，这个老中医是个骗子，胡子都是假的，医术肯定也真不了，这种人最好别留在这里，免得以后惹更大的麻烦，砸了招牌。

经理赶紧感谢老李的中肯建议，说这里的医生都是聘用制，确实优胜劣汰，他们会考虑的，请老李放心。白胡子老头儿没了胡子，气势弱了一半，被老李说得也不好反驳什么，就一直气哼哼地坐着，脸都歪了。

老李拿着退还的 3700 元回到医院，高高兴兴地去找吴畏，可是一进门，发现吴畏不见了。老李赶紧去护士台问，护士说，刚才看见吴畏笑眯眯地跑出去了。

老李吃惊地问："他一个重病的人，怎么可能跑出去？"护士说，她也很奇怪，之前还萎靡不振地躺在床上，过了一会儿就眼见着他歪歪倒倒地跑出去了，说一会儿就回来，特别高兴的样子。

老李很纳闷，这会儿的吴畏，能有什么好事儿呢，都病成这样了，该不会是，不会是……还没等想完，一个人就欢脱地扑到了他的背上，扭头一看，正是吴畏。

吴畏把老李拉到一边，又高兴又神秘地问："老哥，你收到短信了吗？"

原来，吴畏收到财滚滚理财给他按月付的收益了！本来吴畏半死不活地躺在病床上挂水，突然来了一条短信，吴畏可看可不看地打开，结果一下子激动地坐了起来，吓了护工一跳。

是银行的入账短信，收入 82143 元！

天哪，这是吴畏这几个月看到的最大一笔收入款项了。这肯定不是公司发的，那没有别的渠道了，看看日子，哈，一定是财滚滚的。为了确认一下账务明细，吴畏立刻打开了银行的 App，没错了，真的是财滚滚那边发来的！吴畏盯着手机上的数字，无比激动。自从抵押房子拿到的贷款 200 万打到吴畏卡上以后，吴畏就用最快的速度，凑上爸爸的钱，整整 300 万，拿到财滚滚理财公司了。当时老李也去了，老李入了 80 万。

这一个月以来，吴畏一直在随时随地观测着财滚滚公司的一切商业信息，还好，始终都是正常状态。他算好了公司付息的日子，迫切而紧张地等待着，生怕有什么闪失，可是没想到后来出了吃错中药的事故，导致他差点儿没了命。好在他命大顺利地活下来了，钱也按时到了账，简直让他高兴坏了。

他刚才疯疯癫癫、歪歪倒倒地跑出去，就是到病房一楼的银行自动取款机上去查询余额。虽然手机银行已经明白无误地显示了那个数字，但他还是不放心，还是想去看看自动取款机里显示的银行卡余额。好像只有这样，才能确保钱确实到账似的。

确实到账了。数字和手机里的一样。安心，开心。

吴畏一进病房，远远地就看到了站在护士台边上的老李。他完全忘了拜托老李去帮他找老中医报仇的事情，满心欢喜地只想着他的幸运理财，所以他立刻问老李有没有收到短信，赶紧查一下到账情况。老李当然也很兴奋，打开手机银行一看，确实到账了。安心，开心。

看到钱安安稳稳地像飞机一样降落在自己的账户里后，吴畏病好了一半。他急切地盼望着日子快点儿过，他好想明天就能到下个月的收益日，他好想赶紧把 50 万收回来，否则总感觉有点儿提心吊胆。老李比吴畏镇定多了，毕竟这钱不是他的救命钱，他把吴畏重新摁回床上，然后跟他说了自己在惠民堂的经历。吴畏听完哈哈大笑，说那个白胡子老头儿肯定恨死你了，你不但让他赔了钱，还丢了饭碗。

拿着老李给他的 3700 元，再看看手机里的钱，吴畏心里的阴霾一扫而光。他觉得，可能自己的倒霉日子就要过去了，从此要开始转运了！

吴畏闹着要出院。虽然他还发着低烧，依然低血压，依然心律不齐，依然失眠心烦，但是他必须出院，他要回家。这几天住院，沈鸿给他发了好些信息，由于很多时间他都在昏迷状态，所以没办法及时回复。一开始沈鸿认为他可能在忙，但是连着几天都这样，沈鸿还是起了疑心。

以前吴畏出差在外，晚上经常视频通话，他要看沈鸿，看毛毛，但是这次吴畏一次视频电话都没打来。那天晚上沈鸿心跳得厉害，总觉得哪里不对，就主动地打了视频电话给吴畏，没想到吴畏没接。过了一会儿再打，吴畏居然给挂掉了，然后回信息说，在外面，不方便接听。

这个，就更奇怪了，女人的第六感告诉沈鸿，一定有事儿。

于是沈鸿在微信里不依不饶，一定要视频，否则他就别再想进家门。吴畏当然知道沈鸿在吓唬她，但是他也真的不想让沈鸿担心，正在为难，他突然想起一句话：最危险的地方就是最安全的地方。既然现在已经在病床上，不如就顺水推舟吧。

吴畏挣扎着从床上坐起来，稍微理了理头发，就拨通了沈鸿的视频电话，刚接通看到沈鸿，吴畏立刻做了一个嘘的手势，然后快速地把镜头在病房里晃动了一下，让沈鸿看清这是医院。然后他压低声音说："我在医院呢，胃疼得厉害，这会儿不方便视频，咱们微信里说，先挂啊。"沈鸿蒙了，没反应过来什么情况，一看确实是医院，就只能先赶紧点点头，吴畏就挂了电话。过了一小会儿收到了吴畏的信息，大概意思是，出差的时候突发胃病，胃疼得受不了了，就到医院挂水。后来医生建议住院好好检查一下，最好再做个胃镜，于是就住院了。没打视频电话回家，是因为怕沈鸿担心，而且他也没什么大事儿，就没准备告诉她。现在小秘密还是被老婆发现了，心里好怕怕呀，以后再也不敢骗老婆了，否则回家就挨打。

沈鸿看吴畏这么一说，心里立刻升腾起无限的自责，刚才她也确实看清了吴畏坐在病床上，旁边是输液架，吴畏的脸色很不好，头发凌乱，眼睛无神。她既羞愧又心疼，觉得自己真是太过分了，因为之前她甚至怀疑吴畏这几天不接电话，是……出轨。其实吴畏是生病了，而且还怕她担心，瞒着她。沈鸿的心里眼里都热了起来，好担心吴畏一个人在外面没人照顾，好想立刻坐车去上海看他。可是现在家里有老有小，根本无法分身，所以也只能在微信里安抚他一下了。

沈鸿说，好好照顾自己，我想你，你早点儿回家。

吴畏拿着手机笑了，回复了两个字：得令。

他必须赶紧出院。

第三十二章

　　吴畏到家后躺了整整两天，因为之前跟沈鸿说过胃病犯了，所以沈鸿看到吴畏的样子一点儿也没觉得奇怪。老沈也知道吴畏胃病犯了，所以也不打扰他，就让他好好休息。

　　吴畏虽然一直躺着，但根本睡不着，他的脑子飞快地旋转着，他感觉自己快要得神经病了。他想了很多事情，关于财滚滚，关于生病，关于家庭的未来。有一件事他一直想不通，他明明是肾虚证，为何吃了那个老中医补肾的药，就差点儿病危了呢？那只能说明药不对症，他不应该进补。但是如果不能补，就证明他不虚了，难道……他真的如老钱判断的，得了那个什么真实假虚证？可事实上，他得的病确实是肾衰竭啊，肾都衰竭了，能不虚吗？现代医学的检测结果和数据，就是最有力的证明啊。那为什么在中医里，却有如此截然相反的诊断？老中医的看法和西医是一致的，按道理来说应该是对的，可用药结果确实不对。反推，老钱就是对的，可这就和西医的诊断结果相冲突了。

　　到底是怎么回事？难道在西医里的肾虚，在中医里竟然是不虚？

吴畏很想知道这个答案。

在家躺到第三天，又是要到医院透析的日子，所以上午吴畏就从家里出来了，在院子里转了一会儿，他在找老钱，他想和老钱聊聊这事儿。

到了每次老钱遛鸟的地方，一个人都没有，老钱没在。

吴畏有些失望，只好转身往小旅馆走。

刚进旅馆门，前台小姐就把吴畏叫住了，跟吴畏说，这个月的房钱要结一下。吴畏哦了一声，低头走过去，从包里找卡，完全没在意身边有一个人一直在看他。

等结完账，吴畏准备上楼进房间的时候，一个人挡住了他，他一抬头——

啊？！老钱！

老钱和吴畏坐在小旅馆的小房间里，局促而闷热。老钱一脸严肃地到处看，一眼就看到了吴畏放在柜子上的煮药锅。

吴畏给老钱倒了杯水，问老钱："钱老师，您怎么会在这儿？"

老钱回答："过几天老家有个朋友要来，让我帮忙在我家附近订个房间。"

吴畏点点头。两人面对面坐着，沉默了一会儿。

没等老钱发问，吴畏就把生病的事情一股脑儿地全都跟老钱说了。与其编谎话隐瞒为什么要住这里，还要编得合理到老钱绝对不会和老沈提起，这个故事，吴畏一时半会儿真想不出来。但是如果不解释，只会引出更多的猜疑和麻烦，吴畏已经不想再惹麻烦了。最重要的是，吴畏心里有好多想不明白的地方，需要找老钱答疑，所以不如如实相告来得爽快，这样他就可以畅所欲言地和老钱聊病了，把他心中的疑惑全部解开，说不定老钱真的是对的。

吴畏说了很多很多。老钱就一直默默地听着。百感交集。

老钱第一次看到这个小伙子时就觉得他不对劲，身体有大问题。老钱是过来人，又学中医多年，从一个人的讲话、走路和语气，就能体会出是否有病气。吴畏给他的感觉就是病气很重，但他又不好明讲，一是判断未必准确，二是萍水相逢，很多事看破还不能说破。当时他之所以把自己生病的事情一五一十地讲给吴畏听，就是想让吴畏也敞开心扉，讲讲自己的问题，一起讨论看看有没有什么解决的办法。医者仁心，老钱学中医后，心性改变很大，宽厚待人，想尽可能地帮助别人。但吴畏什么也没说，老钱也不好追问，只是特地留了微信，方便日后吴畏找他。后来因为给毛毛治病，两家关系日渐密切，吴畏才慢慢地开始信任老钱，才试探性地跟老钱说了一点儿身体问题，但是老钱知道，吴畏根本没说实话。

为什么？因为舌脉不会骗人。老钱那天看了吴畏的舌脉，又结合他的症状，心里就觉得不好，知道这是个重症。中医里没有尿毒症，但有虚实之分。吴畏的肾出了问题，毫无疑问，但绝对不是简单的虚证。肾虚在中医里一点儿都不难治，正如那个白胡子老中医说的，肾虚只要补肾就可以了。只有真实假虚、大实若羸的时候，才比较难治。吴畏应该就属于后者。老钱之所以让吴畏去找中医看，是因为他知道，如果他跟吴畏说这病是实证，要泻，吴畏是不会相信的，也不会吃他开的药。

吴畏这病不能耽误，虽然老钱不知道西医正在用什么办法治疗，但肯定效果不是太好，否则吴畏的状态也不会这么差。所以他想让吴畏赶紧去找中医治疗，求个治本的办法。吴畏说的中医院专家的治病过程，其实老钱早就预料到了。他那会儿得肝癌的时候，不是没找中医专家看过，什么中西医结合疗法，他都清楚。这些中医院的年轻专家早就不是纯粹的中医了，他们不摸脉，不舌诊，基本依靠西医的仪器检查结果来治病。而中医诊所的中医水平又参差不齐，碰到好中医的概率非常低。这些年老钱见过太多的庸医，偶尔能见到几个好中医，不是快被累死，就是已经关门谢客进山修道了，或者开始研习佛法。总之，普通人看重病想找个好中医，和买彩票中奖差不多难。但是他没想到的是，吴畏是尿毒症，而且身体脆弱到了这个地步，只吃了几服补药，就直接去急救了。看来吴畏病得要比自己想象中还严重。

吴畏一直想知道西医里的肾虚是不是和中医里不一样，甚至相反。老钱没法回答这个问题，毕竟对一个没有任何中医基础的人解释什么都不会有效果。

老钱想了一会儿，又对他说："小吴啊，这个问题我们先放在一边。现在首要解决的是你的身体问题。我是自学中医的，这个你知道，我估计你不会相信我，我给你开药你也不会吃。但你现在的问题确实很严重，我必须跟你实说，尿毒症在西医里是绝症，必须终身透析，而且生命也只能维持十多年，绝无康复希望。可是你才30多岁，即使能活到40多岁，也还是很年轻，你放得下老婆和孩子吗？而且这十年你的生活质量会非常差。"

吴畏低着头，说："是啊，这些我都知道。"

老钱热切地看着吴畏说："那你想不想改变这个情况啊？"

吴畏抬起头说："当然想啊。不过千万别再跟我说去找什么好中医了，我哪里能找到啊。"

老钱看看吴畏，说："好中医就在这里。"

吴畏笑了，说："钱老师，我知道您医术很好，只是……"

老钱打断他说，"不不不，好中医不是我，是你自己。"

吴畏看着老钱，疑惑地说："不会吧？都这时候了，您不会让我自学中医吧？"

老钱手一摊说："为什么不行呢？我不就是在快死前几个月才开始学习中医的吗，我不是也活到了现在吗？我可以，你为什么不行呢？"

吴畏无奈地笑了，抱着头仰倒在床上，说："钱老师，学中医和学艺术一样，是要有天分的，不是每个人都能学的。您能学好说明您有天赋，但不代表我也有，我也能学。实话告诉您吧，我现在记忆力衰退得厉害，思想根本无法集中，脑子里乱成一团。而且我失眠严重，现在每天晚上不吃安眠药，我连一个小时都睡不了。您不懂我的痛苦，无法体会我的感受。别说学习了，我真的连拿书的劲儿都没有，还学中医？别跟我开玩笑了。"老钱不说话了，他知道吴畏说的是真话。他想想自己，如果他得肝癌快死的那会儿，有人跟他说让他自学中医自救，他可能也会一巴掌抽过去，把对方赶走吧。吴畏的心情他完全可以理解，确实不能强求。

"再说了，当时还有那个什么赤脚医生和您在一起，又帮您治病又教您学中医。"吴畏接着在那儿哼哼。

老钱灵机一动："哎，不如你跟我回老家吧，住我们那儿，我再让冷医生给你治治？"

吴畏说："不行，我一周要透析三次，不能出门，更不可能在一个地方久住。再说了，我也没法和沈鸿交代，我绝对不能让她知道我得绝症的事情，这样她以后就无法生活了。"

老钱觉得吴畏说得对，他这会儿是绝对不会也不能放弃西医治疗的。但是，以后该怎么办呢，就让他这样下去逐渐走向衰亡吗？

第三十三章

老钱想了一会儿，心里有了主意。

老钱跟吴畏说："我知道你这次吃中药也吃怕了，心里阴影很重。但是这从另一个方面来说，也是好事儿，至少证明你的虚证不能补，一补就会出事儿。那么如果我们反其道而行之，用泻法，你说会不会收奇效？至少，咱们先用点儿药让你大便吧，否则你的内热散不出去，烧就不退啊。"

吴畏摇头，说："算了吧，我这到底怎么回事您都没跟我讲清楚，还用什么泻法，别把我给泻死了。虽然我现在便秘，但是我吃的也不多，存着就存着吧。"

老钱笑了："你以为你存下的东西是在你的胃里啊？你以为身体还留着那些营养慢慢用吗？你存的都是燥屎，在你的肠子里。你不处理，它们就越存越多，直到把你的肠子堵死，变成肠梗阻。"

"啊，这么严重啊！"吴畏紧张地坐了起来。

老钱手一摊："是啊。"

吴畏想了一下，说："那有什么办法既不伤害我，又可以让我大便？"

老钱说："有，我给你推荐个中成药吧。吃完这药，你的心烦和低烧，还有便秘的情况都能缓解一些。"

老钱给吴畏推荐的用药是用西瓜汁冲服麻仁丸。

那天下午，吴畏去透析，老钱主动请缨帮助吴畏准备这两样东西。吴畏心里虽然对中药已经怕了，但是中成药感觉还能接受。而且老钱说，这个麻仁丸只是通大便而已，不伤肾，吴畏觉得可以有。确实再不大便，他就快成大便了，满嘴的恶臭，他自己也知道。

傍晚从医院回来，吴畏就看到老钱坐在旅馆的前台边上等着他。吴畏心里一阵温暖，这么久了，还是第一次在这里看到有人等他回来。吴畏一边招呼老钱，一边往房间走，一个从小缺少父爱的男人，在那一刻，感觉到了父爱。

唉，缘分吧。

到房间后，老钱把麻仁丸交给吴畏，特意带着吴畏仔细阅读了药品说明书，看到功效只是润肠通便后，吴畏放心多了。之所以用西瓜汁，老钱是有特别用意的，西瓜甘寒，可以清热利尿，让热从小便走。吴畏内热是肯定的，否则他不会一直低烧，心烦意乱，手脚心热，口干舌燥。但是老钱不敢给他贸用寒药，因为吴畏的脾胃已经非常虚弱了，用了寒药怕是不能承受，会引起腹痛。但是不清热，热不得散，他的问题就不会解决。西瓜对于此时的吴畏来说最适合不过了。既不至于伤他的脾胃，又可以帮助通二便，让热邪从下焦走，一举两得。吴畏当然是毫无心理障碍地接受了西瓜汁，而且他一直口干，西瓜汁正合了他的心意。只是不能多喝，因为医生嘱咐每天的饮食重量不能超过一公斤，尤其是汤水，要少喝，否则很容易出现水肿。所以吴畏也就只喝了一小杯西瓜汁，一口送服了麻仁丸，看着吴畏吃完药，老钱放心了。

吴畏看着老钱，问："这药真的能让我大便吗？"

老钱笑了："不拉赔你100块钱。"

第二天上午，老钱正在遛鸟，远远地就见到吴畏走过来了，精神果然看着好些了。吴畏跟老钱挥手，老钱笑笑。

吴畏走到老钱跟前，神秘而得意地伸出两根手指说："拉了，两次。特别爽。"

老钱一副意料之中的样子，说："是不是差点儿没把自己臭死？"

吴畏笑了，说："还真是。第一次是半夜拉的。拉完，差点儿把自己臭死在厕所里。第二次拉完，味道就好些了。"

老钱说："你那都是宿便，还不知道是多久之前的废物呢。不臭才怪。"

吴畏说："嗯，现在人感觉特别轻松，好像身体空了一半儿似的。"

老钱笑了："你知道吗，这拉啊，比吃还重要。你一天不喝水没事儿，你一天不尿尿试试？你七天不吃东西没事儿，你七天不大便试试？这个出路是最堵不得的。"

吴畏直点头。老钱跟吴畏说，继续再吃两天西瓜汁和麻仁丸，低烧估计就彻底退了。

一点儿没错，两天后，吴畏的低烧彻底退了，心烦的情况也大减，整个人看上去好了很多。不过，他还是口干口苦，另外由于一直在透析，所以头顶闷痛，恶心和呕吐的症状并没有太大的缓解。这时候，老钱就又试探着说："咱们要不要继续用点儿药？"

吴畏已经很久没有和沈鸿亲热了。

原因太多，但最主要的当然是他的身体问题。每晚上床，为了不让沈鸿发现他的异样，他都假装很快入睡。他还离沈鸿远远的，生怕她发现自己的透析创口。但是这些天经过老钱的中成药调养，吴畏的精神真的好了很多。他突然很想抱抱沈鸿，温存一下，像个流浪很久的孩子，回到妈妈的怀抱。所以等沈鸿照顾完毛毛又忙完家务，好不容易上床之后，吴畏轻轻地抱住了她。

沈鸿也心有灵犀地温顺地滑进了吴畏的怀里。

吴畏轻轻地亲吻沈鸿的耳朵、脖颈，把手温柔地伸进沈鸿的睡衣中，抚摸她香软的皮肤。这么亲密了一会儿，沈鸿突然翻身爬起来，压在了吴畏的身上，在黑暗中，眼神炯炯地盯着吴畏。吴畏睁开眼看着沈鸿，借着月光凝视着她。没一会儿，沈鸿朝着吴畏慢慢地俯下了头。吴畏闭上眼睛，张开嘴唇……然而，嘴唇上，什么东西都没有落下，倒是沈鸿的鼻尖儿落到了吴畏的脖子上，紧接着就是脸、耳朵、头发……吴畏吃惊地睁开眼，一把推开沈鸿，奇怪地问："你……你这是在干吗？你在我身上闻什么？"

沈鸿没理他，还是在吴畏身上到处闻。

吴畏本能地推开她，说："你怎么了，到底是在闻什么啊？"

沈鸿突然坐起来，一把扯亮了台灯，然后冷冷地问吴畏："你是不是和一个护士好上了？"

吴畏被问得莫名其妙，坐起来说："什么护士，我和什么护士好了？你这是从哪儿说起的啊？"

沈鸿头发凌乱，衣衫不整，白皙的小脸涨得通红，目光如炬，紧紧地看着吴畏，说："你一身的医院消毒水味儿。我已经闻到过好几次了。"吴畏"啊"地叫了一声，然后赶紧低头闻自己，好像是有那么一点儿，但是自己平时很注意的，每次去透析回到旅馆，都会换衣服。

吴畏强作镇定地说："没有啊，真没有。"

沈鸿说："有，就有。我鼻子最灵了。"

吴畏看着沈鸿，停顿了几秒钟，然后很严肃地说："就因为有消毒水味儿，你就认为我和护士好了？难道我只能吸引护士吗？……其实，我是和一个医生好了。"

沈鸿没说话。

吴畏看着她，接着说："这位医生很爱干净，每次我们见面，她都先用消毒水儿喷我，然后……"

"然后就一针扎在你那上面，是吗？"沈鸿昂起头接过话。

吴畏故作惊讶地说："是啊，你怎么知道的？"

沈鸿说："我当然知道了，你那个地方现在彻底废了，不能用了，不是被扎还能是因为什么呢，折了？"

吴畏一拍大腿："还是我老婆厉害，了解我，也了解我的身体。洞察事物的能力特别强，分析能力也强，一下子就揭露了事情的真相，真是又聪明又贤惠又好看啊。"

沈鸿听到吴畏戏谑的语气，气极了，拿起枕头狠狠地砸向吴畏。

吴畏一把把沈鸿拉到怀里，吻了上去。沈鸿捶着他问："亲我干吗，去亲你的医生啊。放开我，你这个浑蛋。"

打闹完，吴畏趴在沈鸿的怀里，把脸贴在沈鸿的胸前。满满的爱意涌上来，淹没了这对已经在一起十几年的情侣。从高中第一次拉手，到现在，这两个人真心爱着对方，从来没有一天停止过。他们早就成了对方的身体，既没有存在感，又不能分离。虽然这段时间以来吴畏表现得太差了，让沈鸿对他很失望，但是这种失望，从来没有动摇过沈鸿对吴畏的爱。他们从小在一起，太了解彼此了，那些不愉快影响的只是心情，远不能动摇到根基。但是，不管怎样相爱，毕竟是两个独立的个体，也有性别差异。沈鸿对爱的理解和诠释，与吴畏完全不同。所以有时候，沈鸿常常觉得男人真傻，用力过猛。吴畏争取的、奋斗的那些物质东西，并不是沈鸿真正想要的。沈鸿想要的，就是陪伴。陪伴才是最长情的告白。可是吴畏说，那是退休以后的事情，退休以后他所有的时间都可以用来陪伴她，但现在还不是时候。

沈鸿就会想，那时候的我已经不是现在的我了，那时候仅剩满头白发和步履蹒跚。那时候，除了每天一起买买菜、晒晒太阳，其他很多事情都做不了了，年轻时错失的感受，以后再也补不回来了。用年老的时光补偿年轻时的分离，多么像是刻舟求剑。

"如果有一天我突然死了，你会怎么办？"黑暗中，吴畏搂着沈鸿幽幽地发问。

沈鸿毫不犹豫地回答："请你先解释一下你身上的消毒水味儿。"

吴畏说："哎呀，不是前段时间流感吗，我们公司的人倒了好几拨，后勤就弄了点儿消毒水来，每天每个房间一顿喷。还有那种喷身上的、手上的，反正我们一天都消好几次毒，所以就这味儿了。我都闻惯了，闻不出来了。"

沈鸿没再说话。

等了一会儿，吴畏又说："我刚才问你话呢？如果我突然死了，你会怎么办？"

沈鸿下意识地搂紧他，让他的脸贴得更紧些，说："嘘，我在想呢，想好再告诉你。不过你不能再瘦了，你抱着我，我都觉得你硌着我了。"

吴畏没说话，静静地等着沈鸿的答案。

沈鸿没有给他答案。因为，沈鸿睡着了。

第三十四章

　　经过了上次的西瓜汁麻仁丸治疗，吴畏对老钱越来越信任了，他觉得老钱是个奇人，经常能使出些出其不意的方法。可是老钱说，这就是中医，中医就是因人而异的治疗，没什么放之四海皆准的方子。

　　看到吴畏渐渐地接受了自己的治疗，老钱趁势说，咱们接下来用小柴胡治疗一下恶心和呕吐吧。小柴胡，就是小柴胡颗粒，这个吴畏知道，是治疗感冒用的中成药。可是吴畏又不是感冒，干吗要用这个啊？吴畏就没理老钱。老钱也不勉强他，没事儿就带点儿小菜去小旅馆找吴畏，两人吃吃聊聊，解了吴畏很多的忧愁和寂寞。

　　两个人在一起时间长了，很多话就聊得深了。老钱开始给吴畏慢慢地灌输中医思想。他说，中医这玩意儿啊，什么人都能学，不是因为它简单，而是因为它不是科学，是一种哲学。哲学是人类看待世界的观点，因此不用借助仪器，也不用实验数据论证，就可以存在。作为哲学，中医多为经验之谈。因此，很多人都迷信老中医，就是觉得他们很有经验。但其实中医和老不老没一点儿关系，真正能学好中医的，都是对人生有透彻观察力的人，对自然对人体敏感的人，哲学思维深刻的人。太理性、太教条的人，学不好中医。中医的汤剂起源于商朝宰相伊尹，他不但是个很厉害的思想家、政治家，还是个烹饪高手。他一边研究治国之道，一边研究厨艺，同时把厨房里的"以鼎调羹""调和五味"的理论用到了治理国家上，也就是老子所说的"治大国若烹小鲜"。结果他任丞相期间，商朝的经济繁荣，政治清明，国力迅速强盛。伊尹精通烹饪，也精于医术，对于如何用五味来调和人体的阴阳很有研究，所以他写了一本书，叫作《汤液经法》，专门讲如何调配汤药来治疗各种疾病。这本书与《黄帝内经》《神农本草经》，并称为中医的三本治疗大法。

后世很多人都称中医汤药是厨房里走出来的医学，其实不无道理。我们日常的吃喝，都与中医理念紧密相连。比如烹炒菠菜，我们通常会放些大蒜末，一是调味，二是用蒜的辛辣来中和菠菜的凉性。比如拌黄瓜，我们也喜欢拍点儿蒜末放进去，也是这个道理。做鸭子的时候，我们通常的制作办法就是烤鸭。为什么？因为鸭子本身性凉，火烤后的鸭子就没那么凉了，即使多吃也不会伤到脾胃。厨房里的葱、姜、蒜、花椒、八角、草果、辣椒，这些所谓的调味品，在中医里全部是药，全部可以用来治病。比如呕吐的时候，可以煮点儿生姜水，因为生姜除了散寒，还有止呕的作用。感冒了，可以用花椒煮水泡脚，因为花椒辛热，它的辛散走窜之力，可以将体内的寒邪驱散出去。四川人很喜欢用草果，很多川菜里都有草果，那是因为四川地处盆地，湿气很重，草果有燥湿温中的功效。广东人为什么喜欢喝凉茶呢？是因为广东地区的气候炎热潮湿，在以前没有空调的时候，广东人必须用喝凉茶的办法，来解热消暑，否则根本活不下去。现在空调发明出来了，可祖辈沿袭下来喝凉茶的习惯还在，因此导致了广东人现在多为寒湿体质，反而不热了。

老钱侃侃而谈，吴畏听得很入迷。说实话，这些看似平常的知识，在吴畏30多年的生活中，几乎是空白的。中国孩子从小接受的文化教育中，生活类的常识其实非常少，除非是父母刻意教导，否则在学校里根本学不到。吴畏从没有想过，原来认为深不可测、神秘玄乎的中医，竟然和厨房有如此密切的联系；原来中国人生活的每一天，甚至每一餐饭，都离不开中医之道啊。

老钱又说，知道为什么上次毛毛咳嗽迁延不愈，结果用水泼鸡蛋就治好了吗？那是因为鸡蛋在中医里也是一种药，而蛋清和蛋黄的功效又各有不同。蛋清叫鸡子白，蛋黄叫鸡子黄。鸡子白气腥味寒，入肺经，可以治疗咽喉肿痛、声音嘶哑。而鸡子黄味甘性温，入脾胃经，可以补脾，精益胃液，降逆气止呕吐。毛毛一直咳嗽，不仅仅是肺虚的问题，脾胃虚弱才是根本。而鸡蛋这么不起眼的小东西，里面又有补脾胃的，又有补肺阴的，早晚服用，当然会有效果。别说小小的咳嗽了，就连哮喘，这个水泼蛋也能治。

他跟吴畏说了一个亲眼见到的医案。当时他在老家养病期间，有一个从其他村子慕名而来求医的小伙子。这小伙子18岁，从小哮喘，一直都在县医院治疗，身边常年带着喷雾剂。可是那年这个小伙子考上了大学，全家人特别高兴，就是担心哮喘问题。孩子一个人在外，也没人照顾，万一突然发病了，很危险。他们听说冷医生医术高明，所以特地在上大学前来求冷医生救治。冷医生看了小伙子，问了一些情况后，跟小伙子的父母说，从今天开始，给这小伙子早晚吃水泼鸡蛋，蛋黄最好是稀的，连吃 100 天就行，其他什么药都不用吃。父母一听有点儿犯难，说小伙子在家最多只能待上 60 天了，暑假一过就要走了，吃不到 100 天。冷医生就说，那先吃这 60 天，以后到了学校再吃。如果不能自己煮，就直接把生鸡蛋打成蛋液，用滚开的水冲成蛋花汤，放一点儿盐或糖都行，还是早晚服用。一直坚持吃完 100 天，这个哮喘就能好。

小伙子的父母将信将疑，觉得这个方法也过于简单了。他们这些年为了给孩子治哮喘，不知道花了多少钱，结果冷医生就让他们用鸡蛋，实在不能理解。可是冷医生胸有成竹，言辞凿凿，他们也不好再说什么，只能感谢离开。当时老钱也觉得这冷医生是不是没辙了，才用了这么个食疗的法子打发了病人。

没想到，第二年放寒假，这个小伙子一家人带了好多吃的和用的来答谢冷医生，说孩子自打按冷医生的办法吃了 100 天水泼蛋后，哮喘真的再也没犯，喷雾剂也再没用过一次，这个病真的就好了。老钱当时真看傻了，赶紧上去问冷医生这是什么医理。冷医生的解释就是，久喘必伤肾。我们呼进来的每一口清气，并不是停留在肺就为止了，而是一直深达到我们的肾。肾纳气，肾把这口气接住了，我们的吸气过程才算完成。当一个人久病哮喘，他不但肺虚，而且肾虚。肺不能把气降下去给肾，肾也没有能力纳气，所以人的呼吸就会变得很短促，一旦遇到感冒、劳累，肺肾更虚的时候，就会发病为哮喘证。

这个时候的治疗，就要肺肾同治了，但是也不用操之过急。鸡蛋养脾润肺，脾又是身体的根本，脾健才能养肾，所以用吃鸡蛋的办法，慢慢地调理身体，让肺、脾、肾自己恢复功能。一旦功能恢复了，气也就顺了，当然不会再喘。

老钱给吴畏讲了一个非常重要的观点，也是冷医生告诉他的。就是中医治病，不是靠药去治疗疾病本身，而是用药调和阴阳，帮助脏腑自己恢复功能。脏腑功能正常了，各司其职，各管一方，身体里的疾病不治自愈，身体自然就好了。

老钱拿自己举例子，他说："我用的药，里面没有一个是抗癌药物，都是一些最简单、最平常的药。冷医生只是单纯地根据我出现的症状，一步步地用药。他才不管我是癌症还是感冒，他就凭证论治。所以他说他不治癌症不是谦虚，而是他的药确实不是针对癌症本身的，他仅仅是用药帮我调理脏腑功能。至于能不能好，好到什么程度，全凭我自己。这就是为什么冷医生总是强调不是他治好的我，而是我自己治好我自己的原因。"

吴畏听完豁然开朗，说："那上次毛毛连续几天发高烧，您用乌梅也是一个道理了？"老钱说："是啊，上次毛毛生的是温病虚证。所谓温病虚证，就是本来应该到身体下面的胆火，跑到上面去了，身体里没有多余的火，只有不归位的火。所以这时候的治疗，就不能用寒药清热，而是要用收敛浮火的药，让窜到头面部的火下去，各回各家，各找各妈。乌梅入胆经，收敛上炎的胆火，火一旦归了位，毛毛自然很快退烧。乌梅其实根本不是退烧药，性质也不寒凉，它不过就是帮助收敛了不该上炎的胆火而已。"

吴畏拊掌称快，赞叹中医还真是神奇啊。

老钱说："中医又神奇又平常。你之所以认为神奇，是因为你不懂其中的医理，就好像我们看人家变魔术，都觉得特别神奇一样，可是你一旦知道了机关在哪里，变魔术的道具有什么特殊的设置，你就会觉得那个魔术普通之极，不过是魔术师手法快而已。就像那天我让你用西瓜汁送服麻仁丸，机关就在于我知道你是内热证，我让热从大小便走，就是给你泻内热，内热一泻，你的低烧自然就退掉了。"

吴畏深深地叹了一口气，敬了老钱一杯水，不得不服啊。

"那是不是没有中医治不好的病了？"吴畏又问。

老钱笑着摇摇头说："当然有，有很多。因为中医治的是生病的人，每个人的情况都不同，也各有天命，个人因素占很大一部分，医药只是辅助罢了。所以学中医后，你会对生命有更多的敬畏，你会发现医药的作用是微弱的，病人本身的意志、情绪才更重要。很多时候，打败疾病的都是病人本身，而非药物。"

第三十五章

"吴畏！你是不是偷了我的裤衩？"

那晚吴畏刚进家门，还没来得及站稳，就看见老沈气哼哼地站在客厅中央，背着手严厉地质问他。

"啊？什么裤衩啊？"吴畏一脸蒙。

"就是我常穿的那条灰色的运动裤衩啊，你以前也说质量好的那条。我之前还看见在抽屉里的，现在就找不到了。"老沈非常生气。

吴畏不知道该说什么，歪头看见沈鸿远远地站在老沈后面，对他悄悄地挤眼睛，打手势，意思是你别说了，赶紧进房间，我有话跟你说。

吴畏心领神会，只好敷衍老沈说："哦，这样啊，爸爸您先别着急，我回屋给您找找，看是不是我收衣服的时候拿错了。您别急啊。"说完赶紧换好鞋往卧室溜。

老沈紧紧地盯着吴畏，一脸的不高兴。

进了卧室，吴畏赶紧关上门，紧张地问沈鸿怎么回事。

沈鸿叹了口气，说："别提了，爸爸最近老是疑神疑鬼的，说家里进了贼。"

原来，这事儿已经不止发生一次了。前几天沈鸿回家，老沈突然神秘兮兮地跟她说家里有贼，吓了沈鸿一大跳。起因是老沈的手表不见了，怎么找也没找到。老沈说，家里就这么大，东西怎么会丢呢，一定是进贼了，而且他总感觉屋里有不明响声。沈鸿吓死了，带着个笤帚当武器，小心翼翼地把家里所有的门、柜子都打开看了一遍，确认了没有外人，又仔细地检查了房门、窗户，也没看到脚印和被撬开的痕迹。

沈鸿跟老沈说，应该不会有外人进来过，再看看有没有丢其他东西吧。老沈和沈鸿都检查了一下，其他贵重物品都在，唯独老沈的手表没了。老沈捶胸顿足，说那是沈鸿妈妈买给他的，是最珍贵的纪念品，自己这么在意的东西，是不会弄丢的，一定是被偷了。那天晚饭也没做，沈鸿、老沈和毛毛，三个人要么趴在地上，要么翻开柜子，里里外外，到处找手表。后来还是毛毛找到的，就在老沈的枕头底下。老沈拿着手表愣了半天，一点儿也想不起来什么时候把手表放枕头底下了。沈鸿累得没劲儿埋怨老沈，赶紧洗手做饭。毛毛特别得意，围着老沈转圈圈，说她是名侦探柯南。老沈就一直呆呆地坐在沙发上回忆当天的情况，怎么也想不起来手表的事情。

"唉，还有好多乱七八糟的小事情呢。比如买菜忘记带钱；下午忘记准时接毛毛；报纸明明拿过了，不知道随手放哪里了，就怪人家投递员没送，打电话去质问人家，还说要投诉；说好中午把前晚的剩菜吃了，结果我晚上回来发现剩菜还在，爸爸中午完全忘记了，自己下的方便面。"沈鸿愁眉不展地坐在床边，看着吴畏说，"他真的是有老年痴呆症了，而且发展得很快。"

沈鸿说得没错，老沈确实是老年痴呆。吴畏上网查了一下，老年痴呆症的先期症状，就是严重健忘，胆子变小，疑心病重，有被害妄想症，时清醒时糊涂，非常容易走失。老沈今天怀疑吴畏偷他的裤衩，就是因为裤衩找不到了。而老沈自己分析，觉得不会有小偷进来只偷裤衩，那唯一的怀疑对象就是吴畏。另外那两个人没有偷盗动机，但是吴畏有，那条裤衩吴畏也说好，偷了也能穿。这个推理，老沈越想越合理，越想越生气，所以等吴畏一进门，老沈就来了个先发制人。哼，想偷我的东西，我还没老糊涂！

可是很显然，吴畏真的没拿，但是交不出裤衩，老沈不会善罢甘休的。于是沈鸿辅导毛毛作业的时候，吴畏就开始到处帮老沈找裤衩，只有找到了，才能洗脱偷盗的罪名。找啊找，找啊找，翻遍了全家的各个角落，到底在哪里呢？

就在老沈自己的衣柜里。

那条老沈最喜欢的灰色运动裤衩，好好地和其他裤子一起，平静地躺在衣柜里。这是吴畏最后找的地方，因为老沈坚称不见了，所以吴畏根本没想到，它就在原地。打开抽屉，吴畏让老沈过来看。吴畏拎起裤衩对老沈说："爸爸，是这条吗？"老沈看着，点点头，没出声，眉头紧锁。吴畏看着老沈，拍拍他的肩膀，说："爸爸，我真的没拿，您的东西我不会动的。"说完，很大度地离开了，留下了沉默的老沈。

第二天早上，趁吴畏还没有起床，老沈慢慢地踱到沈鸿的背后，低声说："小鸿啊，我发现吴畏最近有点儿问题。"

裤衩肯定是吴畏偷的，绝对没有冤枉他。老沈就是这么坚定地认为。另外，吴畏还做了很多让人费解的事情，比如，吴畏会偷偷地翻老沈的包，会藏他的老花镜，老是利用去阳台收衣服的机会偷拿老沈的衣裤。昨天，他也肯定是趁着老沈不注意的时候，悄悄地把偷走的裤衩又装模作样地摆回了抽屉里，然后再特地假装才发现的样子喊老沈过去看，表现得非常委屈。

"哼，"老沈胸有成竹地推断，"我把整个柜子的边边角角都翻了个底儿朝天，怎么可能会没发现呢？绝对是后来放进去的，这是唯一的可能性。"

老沈想起吴畏小时候的样子，历历在目。多好的一个孩子啊，现在做了生意以后，竟然变成了这个样子，真是世风日下，社会是个大染缸啊。

沈鸿看着爸爸，心里五味杂陈，嘴上只好说："爸，我知道了，以后我看紧他，让他少动您的东西。要不我再给您房间上个锁，以后没事儿就不许他去您那屋了。"

吴畏变了吗？是的，他变了。他变得没那么虚弱了，他甚至有时候感觉可以回去上班了。自从和老钱密切接触后，吴畏很快就接受了喝小柴胡汤的建议。老钱在方子里稍做了加减，没想到效果特别好，吴畏服用了一段时间后，恶心和呕吐的症状，真的好了很多。吴畏问老钱这是什么原理，老钱就说："要不我给你一本中医基础理论的书，你自己看看？"吴畏赶紧摇手，说："算了算了，我不需要知道那么多，我就是随便问问。我不看，我真的看不进去。"

老钱也不强迫他，跟他说："反正我都给你准备好书了，你小子，总有一天会自己看自己学的，就看什么时候时机到了。"吴畏知道，不可能有这个时机的。他对中医真的一点儿兴趣都没有，唯一有兴趣的就是商业，就是赚钱。由于药效不错，老钱就名正言顺地成了吴畏的私人医生，没事儿就给吴畏配药熬药。吴畏喜欢看老钱忙乎这些，这让他想起小时候自己的父亲，也曾这样里里外外地出现在他身边。是的，父亲，老钱给他的感觉就像是久别重逢的亲人，让他踏实而温暖。人与人之间的缘分啊，真是妙不可言。

在老钱的调理下，吴畏的状态一天比一天好。吃的东西慢慢地多了，吃完以后，腹胀腹痛也很少有了。吴畏感觉自己恢复了不少力气，一直伴随的头晕头痛，也只有在透析之后两小时内有，其他时间几乎没有了。

身体感觉好转后，吴畏的心情也畅快了很多，晚上失眠的症状大有改善，偶尔不用安眠药也能入睡了。连吴畏的主治医生对他的恢复情况都表示惊讶，虽然吴畏的检查指标并没有太多的改变，透析也需要正常进行，但是病情没有再继续恶化。

经过医生的同意，吴畏准备回公司申请上班。

这时候，吴畏收到了财滚滚公司给他付的第二笔收益。晚上，吴畏特地早一点儿回了家。他实在忍不住想和沈鸿分享点儿什么，但是他又不能说实话，就跑去金南最好的商场的爱马仕柜台，给沈鸿选了一条色彩艳丽的蓝色丝巾和一款有"H"标志的黄色手镯，包装得非常精美。

吃完饭，吴畏主动承包了洗碗的任务，让沈鸿去看礼物，沈鸿已经很久没有收到吴畏的礼物了，欢喜得在房间里又是搭配，又是自拍。毛毛跟在妈妈的后面各种臭美，把妈妈的口红涂得满嘴都是，还穿了高跟鞋，要求沈鸿录成短视频发到朋友圈。

吴畏洗完碗，靠在卧室的门上，看着母女二人的疯闹，心里幸福极了。

吴畏开始有了一点儿不一样的感觉。他和沈鸿从认识到现在已经十几年了，有毛毛也已经六年了，可是这样的情景在他脑海的硬盘中，却没有太多备存。他很少在家，很少有时间陪伴她们，即使有，也是工作疲惫了一天之后。那种心情，和今天的完全不同。今天，吴畏站在这里，有那么一刻，他觉得美好极了。他突然不想工作了，不想再去上班出差，他想每天都这样守着她们，早晚接送毛毛上学，晚上做好饭等沈鸿回家，吃完饭就看着她们嬉闹，然后晚上搂着沈鸿入梦。沈鸿一直口口声声心心念念的小日子，就是这样吧，她需要的陪伴就是这样吧。为什么之前会认为这是窝囊男人才有的生活呢？他突然为自己之前的想法感觉愚蠢，他觉得他把"生活得好"这个概念理解得太狭隘了。

正想着，沈鸿扑过来搂住吴畏，说："我们三个一起自拍吧。我们三个很久没有自拍过了。"

吴畏拿起手机，高高地举起，正要拍，毛毛大叫着说："美颜美颜，妈妈说现在不美颜，她绝不拍照。"吴畏哈哈大笑，换成了美颜模式。镜头里，沈鸿围着新丝巾，戴着新手镯，脸贴脸搂着毛毛，吴畏搂着心爱的她俩。快门按下，咔嚓！

"吴畏！"

还没等这三个人开心完，老沈的一声大喝，把屋里的三人从美梦中惊醒。吴畏赶紧放下手机看着门外，老沈脸色铁青地站着，气急败坏。

　　"爸爸，您……您怎……怎么了？"吴畏紧张地问。

　　老沈气得够呛说："我还没吃饭，你怎么就把碗筷给收了，菜也倒了！你这是什么意思啊？！"

　　吴畏回头看着沈鸿，沈鸿也看着吴畏，两人都没有说话。

第三十六章

"钱老师，您说我爸这老年痴呆症中医能治吗？"

吴畏坐在中心花园的椅子上，一边晃腿，一边看老钱遛鸟。

老钱想了想说："有是有，但是比较难。治愈估计是不可能的了，最多只是缓解吧。"

吴畏叹了一口气，说："我爸现在也挺可怜的，他之前一直怀疑我偷他的东西，现在连自己是不是吃过饭都搞不清楚了，老是怨我们不给他吃饭，说我们虐待老人。沈鸿都郁闷死了。"

老钱走到吴畏身边坐下，很奇怪地问："你爸怎么会突然恶化得这么厉害，老年痴呆症病情发展很缓慢的，按道理不会这么快啊。"

吴畏也很无奈，说："不知道啊，从过年开始就表现出记忆力快速衰退了，上次走丢，其实就已经看出来了。这半年，家里又发生了一些事情，我估计为毛毛上学被骗的事情，对爸爸打击挺大的。他其实很心疼那 50 万，但到现在警察都没有找到那个骗子，就算找到了，那些钱估计也很难如数归还。我爸心里都清楚，但是他很善良，不想责备我，也不想总提这事儿，给沈鸿压力。所以，他就自己在心里瞎琢磨，他又经常一个人在家，很少有倾诉对象，可能导致病情发展得很迅速吧。"

老钱看着吴畏："那钱真的找不回来了？"

吴畏摇摇头："唉，真的很难，我都不抱希望了。"

老钱说："如果你这样解释，我觉得你爸的表现就很合理了，他应该是为这事儿操心操的。而且他心底里其实是对你很有意见的，否则他不会一直针对你，老觉得你偷他东西，你要害他。"

吴畏看着远方，点点头，低声地说："是的，确实是这样。他心里怨我，可能连他自己都不知道吧。"

老钱又问："你和沈鸿没打算带你爸去医院看看吗？"

吴畏说："我和沈鸿在网上也查过了，像我爸这样的病人，现代医学没什么办法，一般治疗都是用精神类疾病的药物，比如抗抑郁药、抗焦虑药。我也看了很多病患反映，说用药后没什么效果，有的甚至还加重了，所以我和沈鸿也没敢带他去医院，怕到时候越治越不好。"

吴畏看看老钱，问："中医怎么治呢？"

老钱说："中医里压根儿就没有老年痴呆这个病。中医里治什么病都是看症状。你爸这种长期一个人在家，爱胡思乱想，情感无处疏泄，又总在生闷气的老人，多半是肝气郁结。中医要治的话，也是从疏肝理气入手，调畅他的气机，调和他的气血。至于痴呆的症状能否好转、好转多少，真的就要看个人了，不能保证确切的疗效。"

吴畏想想说："如果是这样，要不改天您上我们家给我爸瞧瞧吧。他现在的情况真的挺严重的，我和沈鸿都担心他。那什么疏肝调气的，先用上，至于好不好再说。行吗？"

老钱说行啊。

可是老沈说不行。

老沈说："我没感冒，干吗让老钱给我治病啊？"

吴畏说："您不是睡不好吗？让钱老师给您调调，让您好好睡觉。"

老沈说："不用，我不用外人给我乱下药，我没病。你们别想着法儿地害我，我都知道。"

沈鸿说："爸爸，我们怎么是害您呢？我们只是拜托人家钱老师来给您调理一下身体。人家老年人不都讲究养生嘛，钱老师对于养生又很在行，您就让他给您看看，养养生也是好的啊。"

老沈很不悦也很烦躁地说："我真的不需要，我身体挺好，我不想那些乱七八糟的人到咱家来，我最近已经丢了很多东西了。"说完，狠狠地瞥了吴畏一眼，很有深意。

吴畏上班了。

夏总也很惊讶于吴畏的恢复，从上次吴畏跟她说请假开始治疗，到现在也不过几个月的时间，但是吴畏的状态确实好多了。吴畏跟夏总说，他现在还是每周要透析三天，每周二四六，所以礼拜二和礼拜四下午，都不能上班。除此之外，他完全可以像其他人一样正常上下班，就是不能出差，不能干体力活。

夏总当即同意了。吴畏是个人才，综合素质很强，做事稳妥机智，有计划性，这些年给公司创造的效益不可估算。现在想找一个这样的人太难了。说真的，自从吴畏生病离开华东片总经理这个职务后，她物色的几个人选，工作表现上都不尽如人意：不是太冒进，就是做事马虎没条理；要么就是情商太低，得罪了不少客户。

这个社会，各个商贸公司的主营业务都大差不差，竞争的核心力除了产品本身以外就是人才。一样的红酒，吴畏就可以保持高销售量和增长率，但是换作别人就不行。人与人之间的差别还是很大的啊。

夏总把办公室主任的位置给了吴畏，而且特批吴畏不用加班、不用应酬、不用出差。

这天起，吴畏就开始了朝九晚五的正常上下班生活。每天早上，他再也不用等沈鸿走后再起床了，他现在是和沈鸿一起起床，因为他要送沈鸿和毛毛上班上学！除了周二和周四，每天下午，他都会去接沈鸿一起下班回家。

沈鸿很奇怪，问吴畏怎么了，为什么突然换岗，为什么不想再拼命挣钱了？吴畏说，他幡然醒悟了，觉得这种小日子挺好，能守着老婆和孩子，每天一起吃饭，一起玩耍，一起睡觉，真的是太幸福了。沈鸿想不明白，一个人好好地怎么会有如此大的变化，吴畏一定是经历了什么，而没有告诉她。虽然她很喜欢这样的生活方式，但隐隐地总有一些不安，总觉得这样的好日子不会太长久。

果然。那晚吴畏躺下以后，突然跟沈鸿说："这样的日子，我真的不想再过下去了。"沈鸿心里咯噔了一下，没有出声，等待吴畏的下文。

吴畏在黑暗中，摸摸索索地从枕头底下掏出一个东西，然后打开沈鸿的手，往沈鸿的手心里一放。吴畏说："老婆，我们结婚吧。"

沈鸿转身打开灯，张开手掌一看，一个镶有一颗大钻石的戒指闪闪发光，指环上很显眼的位置刻着两个英文字母：WS。

沈鸿噗的一下笑了。

吴畏得意地看着她，说："意不意外，开不开心？"

沈鸿笑得更欢了，居然还哈哈大笑起来。吴畏有点儿看不懂了，坐起身来看着沈鸿说："老婆，你不至于这么高兴吧。"

沈鸿笑得东倒西歪。吴畏惊了，心想，天哪，女人看到钻戒真的能高兴成这样吗？传说中的都是真的啊。连沈鸿这么矜持、稳重的女人，看到钻戒，也还是把持不住啊。他这么一想，更得意了，一边拉她一边说："干吗，你是不是高兴疯了？"

沈鸿一边笑，一边指着戒指上的字母说："我傻，我傻……你才傻，你最傻。"

吴畏莫名其妙地接过戒指看了一下，也笑了，"吴沈"的缩写也是"我傻"的缩写，以后沈鸿就得一直戴着这个"我傻"过日子了。想到这里，吴畏也哈哈大笑起来。沈鸿坐直了看着吴畏，眼睛笑成了月牙儿，说："你说，你是不是傻，是不是傻？！"

本来吴畏想好的浪漫求婚，被"我傻"的笑声彻底打乱了。吴畏本以为沈鸿看到戒指会激动落泪，然后扑进他的怀里，诉说爱恨委屈，然后捶他胸口，再然后他就强行把她摁倒，用嘴吻干她的热泪，再吻住她的嘴唇，再然后……两人喘息着躺倒，畅想一下未来的幸福生活，可是没想到居然变成了一场是你傻还是我傻的笑话。

最后沈鸿说:"戒指不要,退了,太贵;钻石太大,平时干活不方便。另外,谁跟你结婚啊,得考验一阵子再说,前一段时间表现太差,差评还没有撤销。"

好了,睡觉!沈鸿躺在那里,假装睡觉,可是心里却乐开了花。原来吴畏最近表现这么好,是为了重新求婚啊。这还是吴畏第一次向她求婚呢。之前结婚,好像都没有求婚这个过程。他们大学毕业以后,吴畏就一直住在沈鸿家里,沈鸿父母总是催着他们把证领了,这样住在一起也正大光明、合情合理,不被邻居说闲话。于是他们就找了个日子把证领了,过了好久才办的酒席。

结婚的戒指也很普通,就是两个铂金戒指,上面什么钻都没有。一是当时确实没钱;二是沈鸿坚持要买这种简单的,说越是简单大方,越是长久耐看,也方便戴在手上。吴畏就听了她的,买了基本款。那个戒指,沈鸿一直戴到毛毛出生。带孩子的人都知道,给孩子洗洗弄弄,有戒指太不方便。现在,沈鸿都不太记得那个戒指放哪儿了,赶明儿真要好好找找。

至于今晚的钻戒,沈鸿当然很喜欢,也很开心。钻石又大又亮,看着至少得两三万。沈鸿不想要,确实因为戴着就不方便干家务了,另外也是觉得太贵,将来的日子还长,有很多需要用钱的地方,省着点儿总是没错的。

再说……爸爸的50万到现在都没找回来,沈鸿希望吴畏快点儿攒钱,先把爸爸的钱还上。不管怎样,这是个心事。

第三十七章

　　如果，所有的幸福时光都可以长长久久，那生活就不是生活了。

　　老沈又走丢了，已经五天没有音信了。

　　沈鸿急疯了，嗓子都哭哑了，每天都到警察局去问有没有消息。

　　吴畏满城市地找人。

　　老沈是那天早上出去买东西的时候走失的。自从他老年痴呆症越来越严重后，沈鸿就不再让他接毛毛放学了，她干脆找了个托管班。平时她也不让老沈出门，菜都是沈鸿晚上回来去菜市场买好再回家。老沈就天天一个人在家待着，看看电视，看看报纸，偶尔到院子里走走。

　　那天早上，毛毛临走前突然跟老沈说："外公，我想吃牛排，就是上次我们全家一起出去吃的那种牛排。"老沈一听毛毛要吃，就说好啊，一会儿外公出去给你买。沈鸿当时正在收拾卧室，根本没听到这祖孙二人的对话，所以也不知道老沈要出门的事情。结果等他们都走了，老沈也拎着一个小包出了门，然后就再也没回来。

老沈第一次走失的时候还是小半年前，当时吴畏给门卫都塞了红包，让他们随时注意老沈，不要让他随便出小区。可是这么长时间过去了，吴畏也没有连续督促这件事儿，更没有再塞红包，所以门卫早忘得一干二净了，放松了警惕。晚上吴畏和沈鸿回家，发现家里没人，打电话也是关机，就赶紧到物业调监控录像，看到老沈一早就走了。

到下午6点多，竟然快10个小时了，这到底是去哪儿了呢？！

那晚，吴畏连晚饭都没吃，一直在小区附近到处找。沈鸿带着毛毛在家心急如焚。直到晚上睡觉前，毛毛才跟沈鸿提起早上她说要吃牛排的事情，沈鸿立刻打电话给吴畏，让他去那家牛排店找。可是吴畏去了以后，人家店员说今天根本没有一个老头儿单独来过，吴畏不放心，还和其他店员都确认了一下。吴畏一看，这家店的营业时间是中午11点到晚上11点，如果老沈能准确地找到这家店，那一定是来的时候还没开门，那么老沈就没能进来。然后呢，他去了哪里？失踪人口必须要等到24个小时后才能报案。第二天一早，吴畏就守在派出所门口了。

这五天，吴畏和沈鸿不知道怎么挨过来的，每一分每一秒都是煎熬。吴畏找遍了所有他能想到的地方，甚至到了老沈的原单位，求厂领导发动全厂职工一起找。只是现在厂里已经很少有人认识这个原工会主席，老一批职工退休的退休，离职的离职。厂长也是新任的，根本不认识老沈，所以也只是走个人情，让大家帮忙发个朋友圈，能做的就只有这么多了。

吴畏发了朋友圈，发了微博，还托关系请几个有影响力的人帮忙转了寻人启事，一直到第六天夜里1点，派出所打电话给吴畏，老爷子找到了。

吴畏是带着沈鸿和毛毛一起去的，沈鸿非要去，毛毛又不能一个人在家。沈鸿太想见到爸爸了，她等不及吴畏把他带回来，她怕中途爸爸又被弄丢了，她就有可能再也见不到他了。毛毛睡得昏昏沉沉的，被沈鸿拖起来，糊里糊涂地跟着出了门。

一路无话。

到了派出所，还没等吴畏停稳，沈鸿就推开了车门，冲了下去。吴畏赶紧停车，抱起毛毛就往里走，还没进门，就听见里面传来哇的一声哭喊。

沈鸿的声音。

进去后，吴畏看到沈鸿和爸爸，眼睛也一下子就红了。毛毛盯着外公看了好久，才认出来，然后哭着问吴畏："外公怎么了，外公怎么变成这样了？"老沈站在那里，头发凌乱，又脏又腻，黏在头上一缕一缕的。脸上和身上，到处都是泥点子和一块块的油迹，散发着一股骚臭味儿，应该是有大小便弄在身上了。天还热，就算没有屎尿，几天不洗澡也臭了。除了这些，老沈的面目也发生了很大的变化，可能是饿的，双颊深陷，眼窝深凹。这些都不重要，重要的是老沈的眼神茫然而呆滞。沈鸿紧紧地抱着他放声大哭的时候，他就这么愣愣地站着，仿佛都不太认识沈鸿。看到吴畏抱着毛毛进来，听到毛毛说外公的时候，老沈的眼神里才有那么一丝闪动。他看着毛毛，慢慢地，眼睛好像才活过来，能对焦了。

值班的警察站在一边，冷静而果断地打断了沈鸿的哭声，跟沈鸿说："这位女同志，你稍微克制一下，我们先走个程序。你确认这位老同志就是你们报失的人吧，没错吧？"

沈鸿哭哭啼啼地说："没错，就是他，就是我爸爸。"

警察说："那就好，你们家属过来签个字，写个身份证号码，就可以带人离开了。"

沈鸿签字的时候，忍不住问："警察同志，请问你们是在哪里找到我爸爸的？"

警察说："是我们交警大队的巡警在高速公路入口处找到他的。我们也不知道他怎么去的那里，问也问不出来，只好就先带回来让你们家属认领一下。你们自己回去问吧。"

"不过，"警察又说，"回去后先给老爷子吃点儿流食，不要急于进食，或者是滋补。我们这会儿医务室的医生下班了，否则会给他做个简单的身体检查，量个血压、测个血糖什么的。我们刚才也看了一下，没有外伤，但是估计老爷子这儿天应该是挨饿了，所以回去先吃流食，千万别吃多了，老爷子受不了。"

吴畏和沈鸿千恩万谢地带着老沈离开了派出所，一路上沈鸿一直在抽泣，吴畏也没有劝阻她。毛毛觉得外公很臭，样子也很可怕，就一直远远地坐在后排的角落里，不敢说话，时不时地打着迷糊。

凌晨3点的夜，暗黑得可怕。

那一夜，吴畏和沈鸿一分钟都没有睡，吴畏回家后就赶紧忙着给老沈洗澡，换衣服。沈鸿把老沈穿的衣服，里里外外全拿出去丢掉了，然后给老沈熬粥，弄吃的。等把老沈全部收拾停当，安排入睡后，天已经蒙蒙亮了。吴畏和沈鸿筋疲力尽地瘫在沙发上，他们开始商量老沈以后的问题。显然，一定要找个人来家里照顾老沈了，全天的那种，晚上他们不回家，那个人就不能离开。可是现在想找个合适的全天全职保姆，真是太难了。而且白天一整天的时间，把家交给外人也不放心，必须找个可靠的人才行。沈鸿决定等天亮了，就去附近的家政公司看看，不管怎样，这事儿都必须立即着手去做。

早上把沈鸿和毛毛都送走后，吴畏走不动了。他的身体虽然已经恢复了一些，但哪能经得起这样的折腾。而且这中间还落了一次透析，他感觉整个人都不是很好，于是赶紧联系了下午去透析的事情，然后颓然躺倒在床上眯了一会儿，可是根本睡不着，脑子里乱哄哄的。

到了中午，他勉强起来，给老沈做了午饭。沈鸿这几天都没有上班，所以去完家政公司后，就直接去上班了。下午只能是吴畏在家看着老沈。可是，吴畏要去透析啊，不能再不去了。想来想去，吴畏只能给老钱打了电话，老钱现在是吴畏最信任的人。

老钱一来，吴畏赶紧交代一番，之后才放心地去医院。

老钱挥挥手，让吴畏赶紧走。

吴畏走后，就剩下老钱和老沈两个人了。

这几天老沈走失的事情，老钱当然是知道的，而且为了帮着找老沈，老钱这两天也没少奔波，附近的几个公园，老钱都去过好几遍了。看到老沈能平安回来，老钱觉得又惊又喜。只是没想到，就这不到一周的时间，老沈都瘦成这样了。

老钱拉着老沈在沙发上坐下，好像老钱是这个家的主人似的。老沈反而坐得很拘谨，脸上带着陌生而略带讨好的微笑。

老钱拍拍老沈的手说："老哥，你受苦了。"

老沈笑笑说："没有没有，哪里哪里。"

老钱看着老沈的表情，突然问："你还记得我是谁吗？"

老沈愣了一下，勉强笑笑说："好像记得，你是……我们以前见过？"

老钱没说话，叹了一口气。

老沈一边努力回忆，一边说："瞧我这记性，真是抱歉啊。"

老钱理解地又拍拍老沈的手说："没事儿没事儿，别想了。我告诉你，我是老钱，就住在这个小区的前面几栋楼里。我们以前经常在中心花园见面，我有个鸟，鹦鹉，会说人话，我经常逗鸟给你们看。想起来了？"

"哦哦，对对，有个鸟，鹦鹉，说人话，想起来了想起来了。"老沈一副恍然大悟的样子。可是老钱眼睛里没有喜悦，他看得出来，老沈并没有真想起来，不过是在附和他罢了。老钱很想问问老沈，这些天他到底去哪里了，为什么会走到郊区那么远的地方，到底经历了什么？但是他没问，他希望老沈就此忘记所有的不愉快。有的时候记忆消失也是件挺好的事情，至少它不会让你陷在痛苦的回忆中不能解脱。

第三十八章

那老沈到底经历了什么呢？

其实老沈并未完全忘记，只不过记忆像是碎片，散落在脑海中，连不起来，时隐时现。

那天上午老沈确实去了牛排店，也正如吴畏推断的那样，他去的时候牛排店还没有开门，所以老沈在门口站了一下就走了。他当时是想在附近随便走走，等到11点人家开门的时候再过来。可是走着走着他就迷路了，真的迷路了，找不到方向。这个城市变化太大了。上次是吴畏开着车带他们一起来吃饭的，他知道这个地方在城市的商业中心，他也知道怎么从家里坐车过来。可他不知道这个商业中心已经有这么大规模了，高楼耸立，大街小巷纵横交错。他觉得所有的街道都差不多，所有的楼都长一个样，很快，他就找不到回牛排店的路了。

就这样，老沈一直绕着商业区各种打转转，直到中午，他又累又饿，打算放弃，准备回家。他找到一个公交车站，仔细地看了每一条线路，可是都没有找到家门口的那个车站名。老沈蒙圈了，不知道该怎么办。过了一会儿，他看到旁边有个中年妇女在玩手机，看上去憨憨厚厚的样子，于是他鼓足勇气上前问这个女人，他想回家，该如何转车。这个女人抬眼看了看老沈，又看看老沈的周围，确认没有家人。于是她就问："你家在哪儿，什么小区？"老沈回答得颠三倒四，小区的名字也说不太清楚，突然他想起了沈鸿，说："等等，我给我女儿打个电话，问问我女儿我家在哪个街道，小区叫什么名字。"

说完，老沈就从自己的提兜里掏出了电话，当然，女人也看到了提兜里的钱包。不等打电话，女人赶紧热情地拦住老沈说："我知道您家住哪里了，您刚才说的我都听清楚了。放心吧，您跟我走，我带您回家，正好我们家也住那附近。"老沈一听高兴了，终于遇到了一个好心的邻居，于是就放心地跟着那个女人上了一辆公交车。上车后，那个女人还帮着老沈找了个座位，一路都有说有笑，照顾得很周到。在外人看来，他们就是一对熟人。

坐了几站以后，女人叫老沈下车换乘，老沈就立刻下来了，不知道又坐了另一辆几路公交，反正开了很久。老沈在车座上直犯迷糊，女人跟老沈说，放心睡，到了站就喊他。老沈就真睡着了。等老沈醒来的时候，车上的人已经不多了，那个好心的女人也不见了。老沈大惊，站起来看着窗外，竟然是郊区。下意识地，老沈大喊："停车停车，我坐过站了！"司机一看是个老头儿，疯疯癫癫的，懒得跟他计较，怕万一出什么事儿，会很难缠。看看前后没车，司机也没多问，以为老头儿真的是坐过站了，于是就立刻在路边停车，让老沈下了车。然后，公交车就一溜烟地开走了。老沈站在路上，彻底傻了眼。这是哪儿啊，没有楼房，全是平房，应该是一个镇子。再一摸，提兜没了，里面的手机、钱包，全都跟着没了。

他站在路中间，成了一个三无老人。

再然后，老沈的经历就和所有的流浪汉一样了，他漫无目的地走，走累了，就坐在路边休息；饿了，就到人家小吃摊上，找一点儿食客吃剩下的东西，塞在嘴里吃几口；渴了，看到水龙头，就冲上去对着嘴喝，有人来赶，他就赶紧离开。他的脑子越来越糊涂，意识越来越不清晰。他慢慢地忘记了自己是谁，怎么来到这个地方的，他的家人有谁，都在哪里。警察？他就更想不到了，他不知道谁可以帮助他，最重要的是，他并不认为他需要帮助。

这几天，晚上他就蜷缩在街道的角落里，随便打个盹。早上醒了，他就继续往前走，看到人家，就站在门口也不说话，直到对方主动施舍点儿吃的。中途下过一次雨，老沈在雨中跌倒了，所以衣服和头脸都沾了泥土。大小便老沈自己也不知道怎么解决的，反正感觉想尿、想拉，就找个地方蹲下，有时候都已经弄在裤子上了，他也浑然不觉。

这短短的几天，老沈"死"了，因为饥饿和疲惫，他早已经不知道自己还活着。他所有的行为，不过是一个呼吸没有停止的肉体的自觉行为。他的灵魂，早就不知道飘到了什么地方，和他的肉体分开了。

那天晚上，老沈一个人沿着一条无尽的马路走，突然有一辆警车停在他的身旁。他看着警察张嘴闭嘴地在和他说话，就是听不懂他们在说什么。后来他就迷迷糊糊地被警察带上了车，开了好久来到一个全是警察的房子里，再然后，他就见到了沈鸿。沈鸿冲进来抱住老沈的时候，老沈并不知道沈鸿是谁，为什么要抱着他，为什么号啕大哭。但是当吴畏带着毛毛进来，看到毛毛的那一刻，他突然像是被人从梦中叫醒了，刹那间恢复了大半意识。那一刻，他才猛然想起来他是谁，他原来有家人。

这一切，在这世上再也不会有人知道了。老沈自己不能描述完全，更不可能再有第二个人能帮他说完整。就连被骗，吴畏和沈鸿也不可能知道，他们唯一知道的，就是老沈丢掉了所有的东西。

现在坐在身边的，这个自称老钱的老头儿，老沈多少有点儿模糊的印象，但是具体的，他真的说不上来。老沈只是知道，这会儿，他是被拜托给这个老头儿照顾的，他得听话，否则这个老头儿说不定会……打他。

老钱看到老沈的样子，忧心忡忡。他决定给老沈用中医的办法治疗一下。他仔细地给老沈摸了脉，发现即使连着这么多天不能正常吃饭、睡觉，老沈的脉却也一点儿也不虚弱，尤其是肝脉，弦硬。老钱想，他之前对老沈的判断并没有错，老沈确实有心事儿，而且很重。吴畏上当的事情，对老沈的打击一定很大，他一个人憋在心里，无人诉说。

老人啊，确实需要一个发泄的出口。他们像孩子一样，渴望被人关注，渴望交流。独居的老人很容易得老年痴呆症，并不是因为一个人不说话，就会变呆；恰恰相反，他们中很大一部分人是因为很想讲话，但是没人可讲而导致的"呆"。没人可说，所有的话都憋在心里，万马奔腾，思虑繁重，无法卸载，才会导致肝气郁结、气机不畅，气血不能正常上供于脑清明神志，从而出现痴呆的症状。说到底，这些痴呆的老人，还是要从疏肝理气入手才对啊。

老钱决定回家后拟个方子给吴畏，让吴畏买药材回来给老沈泡脚。直接服用汤药怕老沈不愿意，有抵抗情绪，泡脚的方式更容易让他接受一些。中药汤剂泡脚，也是有相当疗效的，因为脚底经络丰富，六条经都经过脚，所以当老人喂不进去汤药的时候，泡脚也是一个很好的办法。

这几天，沈鸿一直在找家政公司的阿姨。沈鸿心中的理想阿姨，差不多四五十岁的样子，慈眉善目，有耐心，爱干净，会做饭，会照顾老人。她不想找年纪太小或者太老的，都不适合老沈现在的情况。

可是有个问题，这样年龄的阿姨都是需要住在家里的，她们都是外地人，不可能做全职保姆的同时，还自己租房子住。但是以沈鸿家现在的情况，给保姆单独住一间是不可能的，所有的房间都满了。更不可能让保姆和老沈睡一间，毕竟还有个男女礼仪的问题，老沈也没老到性别模糊的年龄。但是想找这样的本地阿姨，基本没可能了。这个年龄的阿姨都是抢手货，可以不费吹灰之力找到任何一种劳力工作，比如售货员、服务员、家政钟点工。谁愿意来家里照顾一个有痴呆症的老人啊，钱又拿得不多，也没有五险一金。

所以几天过去了，沈鸿跑断了腿，也没有一个中意的。这期间，不是吴畏请假，就是拜托老钱来照顾老沈。虽然吴畏和沈鸿都非常不好意思，但也实在没有别的办法。

那天早上，吴畏有个重要的会议必须去，走之前只好又把老钱叫来。老钱都习惯了，拎着自己的茶杯什么的就过来了，还交给吴畏一个纸条。吴畏展开一看，是个药方。老钱让吴畏今天下班回来的时候，把这个方子买七服回来，准备给老沈熬药泡脚，看看能不能缓解一下痴呆症。吴畏一边答应一边把老钱的方子塞进了包里，然后就急匆匆地和沈鸿带着毛毛出门了。

在路上，沈鸿跟吴畏说，这两天单位审计，晚上要加班，吴畏一定要正常下班回来到托管班去接毛毛，千万别忘了。吴畏满口答应，这个应该没问题，就是带着毛毛不能买菜了，唉，再说吧，不行就叫个外卖。

吴畏一到公司，就进了会议室，把电话调成了静音。

中午开完会出来的时候，吴畏发现有六个未接来电，其中四个都是老李的。

吴畏心里一惊，赶紧回办公室准备回拨给老李，还没到门口，就看见老李抱着头坐在接待区的椅子上等他了。

吴畏感觉大事不妙。

第三十九章

吴畏想错了。不是大事不妙，而是，天塌了。

财滚滚公司的法人兼 CEO，昨天夜里去警察局自首了，自首的名目是，诈骗！财滚滚倒闭了。

老李是今天早上 7 点看到的新闻，他第一时间往公司冲去。还没到楼跟前，就看到滚滚的人流拥进了大楼。老李一看，电梯是挤不上去了，只好随着人流爬楼梯往上跑。结果到了一看，整个楼层都炸了。所有的工作人员都跑路了，围堵的都是受害投资人。办公室的门窗桌椅全部被砸烂，没有被转移走的复印机、打印机也都被投资人抢走。整个楼层像是被抄了家，尽管已经有几个警察在维持秩序，但很多人仍疯了似的在疯狂砸桌椅，有人在哭号，有人傻傻地瘫坐在地上。老李被钉在那里，动弹不得。

当老李把这个消息告诉吴畏的时候，吴畏感觉心慌得快要跳出来了。他揪住老李的胳膊，压抑而惶恐地问："你去警察局核实过情况了吗？是不是真的？是不是？！"

老李的胳膊被吴畏揪得生疼。老李看着吴畏，低声说："老弟，你冷静一点儿。"话刚说完，吴畏甩开老李，风一样地冲了出去。同事们面面相觑，不知道发生了什么。

老李追了出来，看到吴畏跑向停车场，二话没说跟了上去。

打开车门，老李拽住吴畏，大声说："我来开。"

吴畏扭过头来，眼睛里喷火似的看着老李，老李又说了一句："你冷静点儿，我来开。"

吴畏闭上眼，深呼了一口气，返身绕到副驾驶的位置上。

一路狂奔。

吴畏心跳得快要窒息了，他喘着粗气，不停地看着手机里各种关于财滚滚公司倒闭的信息，手抖得厉害，手机都快拿不住了。

是的，没错，千真万确。财滚滚公司的CEO李君宝因无法出境，不得已于今日凌晨去公安机关自首了。他承认非法集资，集资金额高达400亿，由于资金链断裂，不得不收网跑路。公安部门早就注意到了他，证监所也早已把财滚滚列入经营异常单位的名单，因此李君宝几次想偷偷出国都未果。面对投资人的巨大还款压力，李君宝为了自己的私人安全，不得已投案了。也就是说，吴畏的300万，在收到三次8万多的收益后，就再不可能见到一分钱了。剩下200多万，转瞬之间，灰飞烟灭。

这个结果，吴畏不能接受。

车开到财滚滚公司楼下时，那里已经被警察封锁。车子只能绕到另一栋楼下停放。可是还没等停好，老李又不得不重新一脚油门踩了下去，一路狂飙地开走了。

因为，吴畏不行了。

过度的紧张、害怕和打击，吴畏突发了冠心病。老李一路狂开到医院，在路上就开始打电话请求医院急救。当老李的车刚开到门诊大门，就看到已经有救援的医护人员推着轮椅在等他们了。打开门后，吴畏被拖到轮椅上，医生一边嚷着"让一让让一让"，一边推着吴畏跑了进去。吴畏脸色灰白地捂着胸口，疼得说不上话来。

下午6点半，正在忙着准备各种审计资料的沈鸿接到了托管班老师的电话，老师问怎么到现在也没人来接毛毛啊，他们要下班了。沈鸿一看表，哟，6点半了，平时是5点半到6点之间接孩子。吴畏到哪里去了，怎么到这会儿了还没去接毛毛呢？沈鸿一边抱歉，一边跟老师说马上打电话给孩子爸爸，让他去接，请老师稍等。挂了电话，她就打电话给吴畏，一连拨了六七个，就是没人接，沈鸿气坏了。不知道这个吴畏在干吗，该不会是忘记了吧？只能打电话到办公室了，可还是响了很久也没人接，应该是下班了。那人会去哪儿呢？那边老师在等着人去接毛毛，自己手上一堆事儿，实在走不开。而且同事们都在这里集中工作，自己这会儿走，也耽误别人的工作进度，实在开不了口啊。

沈鸿皱着眉想了一会儿，只好把电话打回家。老沈接的。

沈鸿抱着最后的一线希望问："钱老师这会儿还在咱家吗？"

老沈说在啊。

沈鸿立刻放下心来，急切地让老钱接电话。

老钱接过电话，了解了事情的经过，说："好的，放心吧，我这就去接毛毛。毛毛那个托管班我知道，过两条马路就是了，不远，很快就能到，放心吧。"

沈鸿不停地感谢，最后还是忍不住加了一句："钱老师，麻烦您稍微快点儿，我怕老师那边等不及。拜托您了。"

老钱笑着说："没问题，我马上就出门。"

一周后，吴畏才从重症监护室转移出来，到了普通病房。

这一周，吴畏基本上一直都在昏迷中。有好几次，吴畏看到了自己的妈妈。他看到妈妈坐在床边拉着他的手，呼唤他的名字，妈妈对他说："孩子啊，你怎么搞的，怎么把自己搞成这样了啊？真让妈妈不放心。"吴畏好想张口跟妈妈说些什么，但是任凭用尽全身的力气，也发不出一丝声音。他想去抓妈妈的手，手却抬不起来。吴畏好急啊，他拼命地挣扎，他想说，妈妈，你不要走，你听我说，我也不想这样，我真的不知道怎么了……

"啊……"吴畏一下子从昏迷中惊醒。他惊恐地睁大眼睛看着屋顶，眼前一个人都没有，当然，也没有妈妈。意识逐步地恢复到头脑中，吴畏慢慢地转动眼睛看着周围，他在医院！他怎么会在医院？哦，对了，他好像犯了心脏病，老李送他来急救的。而为什么犯心脏病？天哪，是因为财滚滚……是了，他破产了，因为他投资失败，上当受骗了。财滚滚，李君宝，还有那200多万，全想起来了。汗一下子涌了出来，心脏一阵紧缩，床边的心跳监护器立刻发出了不一样的报警声。很快，护士就过来了。吴畏像看到救命稻草一样，低声地呼唤护士："请问，今天是几号，现在是几点钟了？"

护士说，现在是8月22日，下午2点，你已经差不多昏迷七天半了。

天哪，七天半……

吴畏颓然地躺在那里，护士按住他说："你的心脏刚刚做了搭桥手术，不能过于紧张和激动。你现在什么都不要想，安心养病。"

吴畏很警觉地问："发生了什么事儿吗？你为什么这么说？"

护士一听，赶紧打圆场说："我们对重症监护室出来的病人都是这么说的，尤其是你这种心脏病人，情绪不要激动，不要想太多，安心养病。你一激动，心跳加速，这边的仪器就会报警。好了，赶紧别多想了，好好休息吧。"说完，护士就走了。

七天了，吴畏都没有回家，沈鸿那边是怎么交代的呢？他自己是老李开车送来的，也是老李送进的急救室，只有老李知道自己的情况，所以老李应该会去家里和沈鸿说一声吧？

老李和沈鸿并不熟，不知道沈鸿的电话，但是老李认识吴畏的家。可是，老李去了家里，应该怎么和沈鸿说呢？如果说了真话，沈鸿该不会吓哭吧？怪不得迷糊中好像听到过沈鸿的声音，难道……她来过了？吴畏急着想知道这几天到底发生了什么，他好不容易翻身想找自己的手机，还好，就在旁边的抽屉里。可是一看，没电了。

这七天到底发生了什么？吴畏可能永远都不要知道比较好。如果说七天前，他在一个世界的话，那么现在的他，其实已经到了另一个世界。

第四十章

老钱死了。

老钱是在去接毛毛的路上被车撞死的。那会儿正好是下班的晚高峰，路上车特别多，很多人赶着回家，即使是亮黄灯了，也有车会踩着最后一秒冲出去。

老钱就是被这最后一秒害死的。

老钱在路口，一看绿灯灭了，黄灯亮了，就低着头往前跑，因为沈鸿跟他说抓紧时间，毛毛在那边等着呢。可是直行的车辆也有一个人急着往家赶，看到黄灯亮了，不但没刹车，还一脚油门猛踩出去，想赶着最后一秒闯过去，结果刚出地上的停车白线，就砰的一声撞到了老钱。老钱当场就飞出去十几米，救护车还没到，老钱就已经死了。

7点多，沈鸿接到了托管班老师再次打来的电话，语气极其不耐烦，问沈鸿怎么还没来接毛毛。沈鸿很奇怪，立刻打电话回家问老沈，老钱走没走，什么时候走的。老沈说，走了好久了，放下电话就出门了。

沈鸿心里一惊，不好了。等她开车回到家附近的时候，事故现场还没完全拆除。地上的血迹在晚上的路灯下，闪闪发亮，灼热刺眼。沈鸿坐在车里，看到这一切的时候，一种强烈的不祥之感紧紧地攥住了她。回到家，沈鸿放下毛毛，千叮咛万叮嘱老沈一定别出门，然后她把爷儿俩反锁在了家里。她一路跌跌撞撞地跑到老钱家去敲门，可是敲了很久都没有人出来应声，家里没人。

　　沈鸿再跑到小区外的马路上，看到做最后扫尾工作的辅警后，她语无伦次地问到底发生了什么事，出事的是什么人。在确定了是一位年龄和老钱相仿的老人后，沈鸿傻了。按照辅警提示的信息，沈鸿去了救护车送达的医院。因为老钱当场就死了，所以他的尸体已经被转移到太平间。沈鸿还没到太平间门口，就听到了嘈杂的人声和呼叫声，从阴暗的走廊那头传来，好像是一只手，把沈鸿整个人都揪得紧紧的，让她透不过气来。

　　沈鸿忍着剧烈的恐惧，慢慢地顺着声音走过去，远远地看见了老钱的女儿，跪在太平间门口的地上，披散着头发，号啕大哭。旁边站着很多人，包括老钱的女婿、外孙。老钱的家人，沈鸿都见过，在院子里碰到老钱一家散步时，老钱都做了介绍。

　　死者是老钱无疑了。沈鸿瘫坐在地上。

　　过了好久，一个人走过来发现了沈鸿，招呼老钱的女儿和女婿，让他们过去看看这个人是谁，会不会是肇事者的家属。

　　老钱的女儿箭一般冲过来，一看是沈鸿，愣住了。沈鸿看老钱的女儿冲过来，以为他们什么都知道了，跪着爬过去抱着老钱女儿的腿，一边哭一边求饶说："大姐，原谅我，我真的不是故意让钱老师这么着急的，我真的只是随便说说的。大姐，求你了，求求你原谅我，我也不知道会发生这些，我真的不知道。如果我知道会这样，我绝对不会让钱老师去帮我接女儿的，绝对不会的。求你原谅我吧……"

老钱的女儿睁大眼睛听沈鸿断断续续地把话说完，然后一把拎住沈鸿的胳膊说："你是说，是你让我爸去帮你接女儿，他才出车祸的？"

沈鸿一边哭一边点头。

老钱的女儿又问："是你让他快点儿去的？"

沈鸿还是点头，不停地点头，哭着说："是我，是我，都是我，是我不好，全都是我的错……"没等沈鸿说完，老钱的女儿抬手就扇了沈鸿两个大耳光，然后一把揪住沈鸿的头发就往墙上撞，发疯似的哭着说："原来是你害死了我爸爸，你这个害人精。你们全家人都是害人精，都不得好死。"

"啊……"沈鸿本能地护着自己的头，"不要啊！"

老钱的女婿和外孙赶紧冲上去拦住老钱的女儿，一边嚷着"有话好好说，别冲动"，一边去掰抓着沈鸿头发的手，让她先把沈鸿放开。

老钱的女儿被家人这么一拦，索性放开沈鸿倒退一步坐在地上，闭上眼睛号啕大哭，说："是你们全家害死了我爸爸啊。他白天去你家照顾你那痴呆的爸爸，晚上还要去给你接孩子。你们把我爸当什么使唤了，当用人啊？我爸死得太惨了，都是被你们全家害得啊……我爸肝癌没走，可是车祸走了……"

沈鸿被扯得七零八落地坐在地上，听着老钱女儿的哭诉，悲怆得说不出一个字来。她不知道那晚自己是怎么回家的，好像是老钱家的一个人帮她叫了辆出租车。在车上，她不停地给吴畏打电话，吴畏都没有接。沈鸿从愤怒转为害怕，她心里不停地求吴畏赶紧接电话，她不敢多想吴畏不接电话的原因，她觉得自己就一根弦绷着，万一吴畏再有什么事儿，她就断了。

　　吴畏那晚一夜没回家。

　　电话打到后来，就直接提示关机了。

　　沈鸿一夜没合眼，坐在毛毛身边瑟瑟发抖。她知道吴畏肯定出事儿了，而且出了大事儿。第二天一早，老李来了。沈鸿知道他，因为毛毛借读的事情，她听吴畏说过，是这个老李牵的线，所以她对老李一直都没什么好感。老李突然上门，肯定有不好的事情发生了。沈鸿强按住自己快要跳出的心脏，跟老李说："你到楼下的中心花园等我，我把毛毛送到托管班就来找你。"然后她给老沈把吃的东西全部摆在饭桌上，锁了厨房的门，又把大门反锁了，才带着毛毛出门。

　　把毛毛送走后，沈鸿深一脚浅一脚地走到了中心花园，找到了等在那里的老李。

　　老李没办法再隐瞒了，因为医院发了病危通知书，吴畏在重症室急救。老李一五一十地把吴畏的所有事情都告诉了沈鸿，包括300万的事儿。老李并不知道现在沈鸿的处境，老李只是觉得，不管怎样，都应该夫妻俩共同面对和承担问题，事情到了这一步，逃避不是办法。

或者说，已经无法逃避了。

沈鸿应该有知情权，万一吴畏这次没挺过去就这么走了，身边也得有个家人在啊。另外，财滚滚的事情也必须和沈鸿说清楚，沈鸿有什么疑问还来得及和吴畏核对，万一吴畏走了，老李就说不清了，他可不想担什么莫须有的责任。老李作为外人，有这些想法很正常。他真的不知道沈鸿经历了什么，他这最后一根稻草，不，不是稻草，而是重锤，彻底把沈鸿击碎了。

沈鸿跟着老李去医院的时候，没有看到吴畏，因为吴畏还在重症室里抢救，家属见不到的。老李以为沈鸿会痛苦地趴在病房门口失声痛哭，然而沈鸿没有。她特别特别冷静。她向护士问清楚病人的探视时间后，转身冷冷地看着老李说："没什么事儿，我先走了。"然后，就真的走了，留下了完全摸不着头脑的老李。

老李是不会懂沈鸿的。

沈鸿也不懂自己。她没去上班，也没有请假，而是去了寿衣店，给自己买了一身孝服。然后，又去了家政公司，顺利地找到了一个阿姨，因为她说，可以住家，待遇从优。再然后，她回了家，收好孝服，就开始搬弄家具，整理床铺。老沈问她要干吗，她说把毛毛的房间腾出来给阿姨住，以后她和毛毛还有吴畏三个人一起住在大卧室。

等到探视时间一到，她又赶去医院，看到了已经做好心脏搭桥手术的吴畏。从头到尾，老李看到的沈鸿，都是冷静、刚毅和淡漠的神态。老李隐隐觉得沈鸿有点儿不对，但是他不敢吭声。

第二天，沈鸿又去了家具城，给家里添了一张床，还有些五斗柜什么的。另外又从银行取了钱，准备见到老李时交给老李，因为她知道这次吴畏所有入院的钱，都是老李垫付的。

第三天，老钱的葬礼，沈鸿准时穿着孝服出现在追悼会上。

追悼会后，沈鸿就这么披麻戴孝地来到了医院，把钱交给老李，然后静静地坐在病房门口，等着探视。

老李看着沈鸿，确定沈鸿精神出了问题。因为沈鸿的眼睛里什么都没有，直愣愣的，同时，她嘴里一直在不停地喃喃自语。老李悄悄地去挂了精神科的号，求了一个病房里和吴畏熟识的护士，让她带着沈鸿去精神科做检查。护士让沈鸿跟着自己走，沈鸿也没反抗，乖乖就走了。

穿着孝服的沈鸿走在医院里，分外扎眼。

结果不出老李所料，沈鸿患上了重度抑郁症。

护士跟老李说，医生讲了，要密切观察患者，她随时都有自杀的可能。

第四十一章

沈鸿是想死。

其实从老钱的女儿打她，说她是害人精不得好死的时候，沈鸿就想死了。她想一命赔一命。

是她害死了老钱，如果不是她让老钱去接女儿，如果是她自己去接，老钱就不会死。

那晚吴畏没回家，沈鸿坐在毛毛身边想了一夜。她知道吴畏肯定出事了，但她不敢想能出什么事。她一夜没睡，就是在等警察局的电话，说不定什么时候警察就会打电话来说也发生了一起交通事故，死者叫吴畏。老天爷是公平的，她害死了老钱，所以老天爷就害死吴畏，一命赔一命，这很公平。但是如果真是这样的话，其实是她沈鸿害死了两个人，只是老天恨她，不愿让她用死来解脱，就让她失去最心爱的人。

这样，她就只能一辈子都在极度痛苦中活下去了。所以，她一夜都在盼望着吴畏千万别死，只要吴畏还活着，爸爸和毛毛就有人照顾了。这样，她就可以毫无牵挂地死了。

第二天，终于有了吴畏的消息，只不过告诉她的人不是警察，而是老李。

老李一跟她说吴畏的尿毒症，沈鸿立马就蒙了。她回想了一下这几个月的相处，自己竟然毫无察觉。听到老李说吴畏一直一个人住在小旅馆，自己挣扎着去做透析的时候，她的心像是被刀扎了一下又一下。沈鸿觉得真的没有理由能原谅自己，自己就是该死！她是吴畏最亲近的人啊，在吴畏最需要人关心和帮助的时候，她在哪里，她在干什么？这份大意，可以让她死一百回。

至于钱，沈鸿倒是觉得无所谓了。这时候钱和两条人命相比，简直不值一提。

在跟着老李去医院的路上，沈鸿只有一个念头，就是一定要让吴畏活下来。吴畏不能死，该死的人是她。和痛苦地活这一生相比，死简直是痛快的解脱啊。不过在吴畏完全康复之前，沈鸿都不会让自己死的。她不能死，因为还有爸爸，还有毛毛，她必须活着。

吴畏醒来找不到电话，不知道这些天发生了什么，不知道老李是如何跟沈鸿说的，好着急。他不得不按下床头的铃声叫来护士，跟护士说，麻烦一定帮忙把手机充上电，他有要紧事和家人联系。

护士知道吴畏的情况，也听说了沈鸿的病情，所以就说："你现在的身体不适宜想事情，先好好休息吧。手机我帮你充电，但是你不要着急。"

护士越是这样说，吴畏越是觉得不对劲。一定出事了，肯定的。

充电的半个小时，像一天那么漫长，吴畏觉得他不能再等了，又按铃找来护士，坚持要打电话。护士拗不过他，跟他说，不要激动，说话时间不要太长。

吴畏想了想，先打电话给了老李。

电话接通了，老李很意外："你终于醒啦！"

吴畏虚弱而焦急地问："这几天我没回家，你怎么跟沈鸿说的？"

老李沉吟了一下说："这样吧，我马上过来，我们当面说。"说完就挂了。

吴畏拿着电话，想了很久，才忍住没有拨给沈鸿。他想等老李来，看老李怎么说的，再随机应变。只是，他好想沈鸿啊，好想这会儿就能见到她，好想知道这几天发生了什么，她是怎么过的。

很快，老李到了。

见到吴畏后，老李尽量平缓地把如何跟沈鸿说的情况，告诉了吴畏。吴畏长叹一声，表示理解。

在那种情况下，让老李如何编谎话都是瞒不过去的，而且老李也没有这样的义务。只是，吴畏很想知道沈鸿知道事情真相后的反应，关于他的病情，关于投资被骗。以吴畏对沈鸿的了解，沈鸿应该痛哭流涕，六神无主了吧。

但是老李说，沈鸿没有。从头到尾，沈鸿没有流过一滴眼泪。

最后，老李犹豫了一下，还是说了："老弟，你要做好心理准备，沈鸿，她得了重度抑郁症。"

这个，实在太意外了。

正在老李和吴畏说话的间隙，沈鸿竟然来了，悄声无息地站在病房门口。看到吴畏醒来，沈鸿一颗心总算放下了，这真是太好了。

她当然知道自己得抑郁症的事情，因为她正在按时服用医生给她开的药。她一直警告自己，必须扛到吴畏完全好起来的那一天。

吴畏本来躺在床上和老李说话，突然像是有心灵感应似的，他抬头往门口一看，就看到了缝隙中沈鸿苍白的脸。她笔直地站着，头发梳成马尾，脸上一丝血色都没有，嘴唇淡得都快看不见了。两人的眼神一对上，仿佛是阴阳相隔的人再次撞见，既不敢相信这是真的，又害怕一眨眼对方就会不见。他们就这么死死地盯住彼此，千言万语生死相依心潮澎湃，都在目光里诉说了。

沈鸿默默地走进来，站到吴畏床头的另一边，慢慢地蹲下，握住吴畏的手，轻轻地把他的手放了自己的脸上。

老李不知道该说什么，赶紧推说自己有事，抬腿溜了，留下百感交集的吴畏和满腹心事的沈鸿。两人面对面，就这么默默无言地互相看着。泪水从吴畏的眼眶里溢出来，滑落到耳边。

沈鸿没有哭，静静地用手擦去了吴畏的泪水，然后淡淡地笑了一下说："醒来就好，没事儿了。"

沈鸿去单位用重度抑郁症诊断书请了一年病假。机关单位有这个好处，就是请假很简单，只要有医院诊断书就可以，除了医药费全报以外，几乎不会影响到工资收入。公务员的安全感应该就来源于此吧。生老病死，是国家的人，国家都管。尤其是像抑郁症这种病，单位是怎么也不会阻拦的。所有人对抑郁症都有常识，知道这种病人很容易有自杀行为，单位怎么能负得了这个责任，哪个领导也不敢说不批这个假啊。

"赶紧请假回家，好好休息，身体为重。"这是领导最后对沈鸿说的话。

沈鸿以后都会在家待着了，但是住家阿姨还是留下了。因为沈鸿决定以后大部分的时间都用来照顾吴畏，阿姨需要照顾老沈以及接送刚刚入学的毛毛。沈鸿必须拿出全副精力让吴畏快点儿好起来，她要弥补之前所有没能陪伴吴畏的时间。至于绝症，她不相信，她觉得吴畏肯定能好，一定会好。

有了沈鸿的照顾，吴畏在医院里确实恢复得很快。不过吴畏发现，他和沈鸿之间变得不一样了。他不知道什么是重度抑郁症，他只是觉得，沈鸿突然不爱说话了，总是心事重重的，他和沈鸿之间有很多雷区，他再也触摸不到她的内心。他知道沈鸿一定很难过，因为他发现她晚上睡觉前总是偷偷地吃安眠药。他想起自己曾经的那些不眠夜，心里该是有多少心事，才需要用这样的手段强行镇定啊。

吴畏不敢跟沈鸿提那 300 万的事情，沈鸿也不提。但吴畏一直在手机上关注财滚滚的新闻。自打李君宝自首以后，公司又陆续有十几个主要经营人被捕。公安机关呼吁各投资人到户籍所在地的派出所进行登记，以便公安部门调查取证。公安部门一再保证，现在正在进行赃款的追缴工作，等案件审理结束，届时会按一定的比例退还赃款，还请所有投资人耐心等候。此案涉及面之广，涉案人数之众，在国内也属罕见，国家不会不管的吧，一定会追讨回来的吧，吴畏心里还存着一丝侥幸。

虽然公安机关及时发布了公告，可是连续几天都有新闻说，有的投资人不堪压力，跳楼了。吴畏不敢把这些给沈鸿看，但是沈鸿也有手机。这事儿传得全国人都知道了，沈鸿怎么会不知道呢？沈鸿只是什么都不说罢了。不是她原谅了吴畏，而是她连活都不想活了，钱对于她来说还有什么可追究的呢。

另外还有最重要的一点，她不想和吴畏多说一句话，她怕吴畏提到那个人，而她实在无法面对，也不知该如何回答。

第四十二章

　　吴畏出院回家了。

　　这期间吴畏一直觉得有点儿奇怪，就是老钱的电话始终关机，发微信也没有回复。老钱怎么了，是不是回老家去了？正常情况下不会这样啊，该不会有什么事儿吧？

　　有一次，吴畏问沈鸿，说最近钱老师有没有到家里来啊？沈鸿神色一变，说没有，家里有了阿姨，钱老师就不用来了，说完立刻起身走了。吴畏看沈鸿不高兴的样子，也不好多问什么，心想可能是老钱和老沈待一起时间长了，发生了不愉快的事情，影响了两家的来往。但是吴畏是信任老钱的，他想等出院了一定要去老钱家，找老钱好好聊聊。

　　所以，在回家后的第二天，吴畏就以下楼转转为由，来到了老钱家。可是敲了半天的门，没人应答。老钱没在。

　　于是吴畏又到中心花园找了一圈，还是没人。吴畏只好悻悻地回家了。

　　吃过晚饭，吴畏又去了老钱家。这回敲了一会儿门，里面就有了脚步声。吴畏一阵高兴。

结果门开了，不是老钱，而是老钱的女儿。

老钱的女儿看到吴畏，脸色一变，呵斥道："你来干吗？！"

吴畏很惊讶于她的态度，一时竟然不知道怎么回答，支支吾吾地说："请问，钱老师在……在家吗？"

老钱的女儿瞪大了眼睛，说："你说什么？！"

吴畏说："我……我找钱老师。"

老钱的女儿愣了一秒钟，然后猛地一下子把门拉开，门咣的一声撞到了后面的墙上。客厅墙上一张黑木框的老钱的遗像，赫然出现在吴畏面前，把吴畏整个人都惊呆了。老钱的女儿哇的一声就哭了出来，指着遗像向吴畏咆哮："你们家人是怎么回事？你们害死了我爸爸，不但不知道赔命，还总是一而再再而三地来伤害我们。你们到底想要怎么样啊？到底还要不要我们家人正常地活下去啊……我爸爸到底欠了你们什么，你们要这么对他啊……"

吴畏张着嘴半天说不出话来。

天哪，老钱，居然死了。

这事儿打死吴畏他也想不到，他真的反应不过来这是怎么回事。而且老钱的女儿一再说，是他们家害死了老钱，难道，老钱是在他们家出的意外？吴畏头嗡嗡作响，心跳又加快了，他感觉吸气困难，只好捂着胸口问："钱老师，他……他是怎么走的？"

老钱的女儿还没说话，老钱的女婿冲过来一把扶住老婆，一边厉声跟吴畏说："你还问我们，你该回去问你老婆。她是死了吗？居然没跟你说。你们是什么夫妻，做了这种恶事都不在家里说的吗？

我们要不是看在她是一个弱女子的分儿上，我们早就揍死她了。你走，快点儿走！以后再也不要出现在我们家，我们不欢迎你，一辈子都不会原谅你们！"说完门砰的一声就关上了，把吴畏一个人钉在了门外的地上，任由黑暗吞噬。

吴畏真的傻了。他们在说什么啊，到底什么意思？什么叫回去问我老婆？难道这事儿和沈鸿有关？沈鸿怎么会和老钱的死有关？老钱到底怎么死的？沈鸿是不是因为这个才得了抑郁症？

吴畏脑子里乱成了一团，心脏狂跳不止，腿软得走不动路，他返身握住楼梯的扶手，不能动弹。

突然，老钱家的门又打开了，老钱的女儿拎着一包东西正要往外冲，一看，吴畏居然还在门口站着，立刻停下了脚步，然后把手上拎的包，一把砸向吴畏，吼道："正好你没走。这是我爸爸生前整理出来要拿给你的东西，都在这包里呢。本来我是要一把火烧掉的，但是念及这是爸爸的心愿，也算是遗愿了，所以就没烧。现在给你，也算是我了了爸爸最后的愿望，希望爸爸在天有灵，也能安心。你拿着这包东西赶紧滚，再也不要出现在我家门口，否则我就不客气了。"

说完，老钱的女儿又砰的一声关上了门。

借着走廊里微弱的月光，吴畏低头一看，是一个布包，里面鼓鼓囊囊的。吴畏拎起来，很沉，硬硬的，像是一包书。

吴畏抱着包，跟跟跄跄地回了家。一进家门，吴畏就红着眼睛抓住沈鸿的胳膊，声嘶力竭地问："你说，老钱是怎么死的，你为什么不告诉我，老钱死了？他的死到底跟你有什么关系？"

沈鸿被这突如其来的问话惊呆了，愣在那里。

吴畏咬着牙，流着泪，摇着沈鸿说："快说，老钱到底是怎么死的？！"

沈鸿看着吴畏，泪水一下子奔涌而出，这么多天的委屈和憋闷，早已经让沈鸿快要爆炸了。现在吴畏知道了正好，她正好可以痛痛快快地说出心里话了。沈鸿猛然甩脱了吴畏的手，双手抱着头，退后了几步哭喊着说："我杀了老钱，我杀了老钱，老钱是被我害死的。"

吴畏腿一软，跌坐到地上，盯着沈鸿说："你说什么？"

沈鸿看着吴畏，眼神直直地，可是身子一直在发抖："那天晚上我要加班，你说会回来接毛毛，可是你没有接，而我又回不来。所以我就拜托钱老师去接毛毛，结果钱老师在去接毛毛的路上，被车撞死了。"说完，沈鸿揪着自己的头发，跪到了地上，膝盖砰的一声撞到地面，也像是砸到了吴畏的胸口。沈鸿喃喃地哭喊着："是我，是我让钱老师去的，是我害死了他，是我，啊……"

说完，沈鸿就抓着自己的头朝地上咚咚地撞去，一下子惊醒了还没反应过来的吴畏。爸爸和毛毛都跑过来了，阿姨也跑过来了，说你们两个这是在干吗啊，在说什么啊。

毛毛看着妈妈的样子，一下子就吓哭了，大喊着："妈妈，妈妈你怎么啦？！"

那天夜里，沈鸿自杀了。

第四十三章

吴畏的追问，冲垮了沈鸿心里最后的一道防线。沈鸿真的再也活不下去了。她觉得每一天每一分钟，都是煎熬。死亡对她的吸引力，就像一口深井，在不停地呼唤她过去。

吴畏发现的时候，沈鸿已经倒在血泊中一段时间了，殷红的血，从浴室里流出来。

那晚，吴畏知道沈鸿会出事，因为沈鸿也是病人，老李一直提醒他注意沈鸿的情绪，当心她做极端的事情。今天终于破案了，知道了沈鸿的心结是什么，看到沈鸿彻底崩溃的样子，吴畏就猜到了她的心思。

所以整晚，吴畏一分钟也没有离开沈鸿，就一直守着她。可是，吴畏太累了，看着沈鸿好好地躺在那里，一个没忍住，眯了一下。就是眯着的这么一小会儿工夫，沈鸿就不见了。吴畏惊跳起来冲出房门，就看到了从浴室里流出的血。沈鸿割腕了。

救护车把沈鸿送到了医院，还好抢救及时，沈鸿的命保住了。

第二天中午，等沈鸿的病情稳定后，吴畏拖着疲惫的身体回了家。一进门，吴畏就把自己关在卧室里，瘫坐在地上。那一刻，他突然体会到了沈鸿的心情。有时候，死真的比活容易多了。如果没有爸爸，没有毛毛，他也想和沈鸿一起死。死了以后，就再也没有这么多烦恼和艰难了。等到下一世投胎，人生又可以重新来过，这多好啊。

这一世的苦，走到现在，已经重得扛不动了。身上背负的债务、亲情、友情、人命，吴畏觉得这辈子都还不清。

沈鸿说错了，老钱不是她害死的，是吴畏。如果吴畏不冒险参加财滚滚，那晚就可以正常下班回来接毛毛，之后所有的事情就都不会发生了。都是因为他，他的虚荣、他的投机、他的自以为是和他的侥幸心理。本来生病就已经把吴畏拖入了一个黑洞中，如果那时他可以好好反省自己生病的原因，重新看待生活，那么日子也不会太糟糕。可他就好像是一个赌徒，在输了第一笔钱后不但没走，反而拼了所有的身家性命去赌——让自己不断地跌入一个又一个的黑洞，再无爬出来的可能。他太贪婪了，什么都想要，什么都不想亏。结果却是，越锱铢必较，越功亏一篑。现在，老钱已经为他死了，沈鸿也差点儿没了命，他才是真正的凶手，他亲手毁了自己的生活。

突然，吴畏想起了老钱女儿扔给他的布包，里面是老钱留给他的遗物！他赶紧起身找到布包，打开一看，果然里面全都是书！有《中医入门》《中医基础理论》《中医内科学》《中医诊断学》《方剂学》《中药学》……总共有十几本，全是中医书。

另外还有一个笔记本，是老钱写的，只写了几页，上面记载着老钱给吴畏所有用药的记录，以及对吴畏病情的分析。

吴畏想起老钱生前最大的愿望，就是让他自学中医，自己给自己治病，可是他一直拒绝。没想到老钱从没有放弃过他，早就准备好了这些书，随时准备陪着他一起开始学习。

吴畏抱起这些书，失声痛哭。

下午，安顿好老沈和毛毛，吴畏赶紧回到医院，沈鸿还需要他，他不能倒。

病床上的沈鸿满是悲愤，看着进来的吴畏，怨恨地说："你为什么要救我？！你为什么不让我去死！"

吴畏什么也没说，默默地坐下来，轻轻地去抓沈鸿的手。

"别碰我，你这个坏蛋！"沈鸿一把甩开吴畏。

吴畏还是没说话，看着沈鸿。

沈鸿真的很生气："你这个坏人，自私的人！幼稚，可笑！你知道吗？你生病不告诉我，不是伟大，也不是爱我，而是自私，是害我！你以为你一个人看病受苦，很悲壮，其实你是在无形中让我背负了无比沉重的罪过！你让我没有尽到一个做妻子的责任，你让我自责为什么没有注意到你的异样，你让我后悔没有好好地照顾你的生活，你只想着你自己心里好受，却从没有真正地为我想过！"

吴畏低下头，像个做错了事的小孩儿，眼泪开始扑簌扑簌地往下落。沈鸿早已泪流满面，她哭喊着："如果你早点儿跟我说你的难处，我们一起想办法面对，就不会有后面的投资受骗，你也不会发心脏病差点儿死掉，我更不会让钱老师去接毛毛。所有的一切，如果你早点儿告诉我，信任我，我们就可以一个个地解决，而绝不至于走到今天！"

吴畏的身体慢慢地从椅子上滑下来，跪在了沈鸿的床边，哭得稀里哗啦。沈鸿闭上眼睛："我就那么不值得你信任吗，我是做得有多不好，让你觉得我不能知道你生病的事情，要逼着你天天在家里演戏？吴畏，你这不是爱我啊，你这是在打我的脸，在嘲弄我的无能。你知道我对自己有多失望吗，你知道我对自己有多憎恨吗？要是我能做得好些，让你信任我，就不会有今天的局面了。"

吴畏抓住沈鸿的手，哭着说："老婆别说了，都是我的错，我的错……是我太幼稚、太傻了。不是你不好，是我。"

沈鸿还是闭着眼睛，不想多看吴畏一眼："所以，你让我死吧，好吗？我真的太痛苦了。我不能面对现在的生活。我害死了钱老师，又没有照顾好你，我不能原谅自己。死是我最大的解脱，也是救赎，否则我生不如死啊。吴畏，让我死吧，求你了。"

吴畏拼命地摇着头，泪水和鼻涕混合在一起，流到了嘴里，苦涩黏腻。吴畏痛心地说："你不能死，你死了，毛毛怎么办，爸爸怎么办啊？我的身体也不好，谁来照顾他们啊？"

沈鸿听完，什么也说不出来了，这两个人是她的软肋，她再怎么活不下去，也不能让他们没有活路。"啊……"除了撕心裂肺地哭泣，她真的什么都不能做了。

从医院回到家后，沈鸿的状态大不如前。如果说之前她还因为吴畏的病，用一口气顶着自己，那么现在这最后一口气也没了。她虽然还活着，但也只是自暴自弃。

吴畏决定搬家。这个院子，绝对不能再住了。这里面有太多的回忆，关于老钱的。

沈鸿现在完全不能经过中心花园，一靠近那里，她的神志就会出现问题，紧张、发抖、恐惧。吴畏也住不下去了，他很怕面对老钱曾经出现过的地方，他觉得那里到处都是老钱望着他的眼睛。

现在的家庭情况，已经不再是过去的样子。吴畏成了一个拖着残体的穷光蛋，而沈鸿则是一个严重的精神疾病患者。这些都是吴畏不能逃避但又必须面对的现实。除了他们两个，家里还有一个患有痴呆症的老人和刚刚入学的儿童。他们都需要人照顾，都需要用钱。可是，吴畏已经不能赚钱了。吴畏辞了职。他没办法再工作了，必须时刻守护着沈鸿。

吴畏仔细地核算了一下，之前收到的三次财滚滚收益差不多 25 万，因为吴畏的这次大病救治和沈鸿的急救，基本所剩无几。好在沈鸿是公务员，所有医疗费用可以报销，同时病假期间对收入影响不大。再加上老沈的退休工资，全家一个月的固定收入在 14000 元左右，除去住家阿姨每月的工资 5000 元，剩下的钱也勉强够全家人吃饭和日常使用。

被抵押的学区房是不可能再被赎回了，随他去吧，房子不要了，等期限到了还不出款来，银行自然会收走拍卖来抵债。为了买这套房子，吴畏和沈鸿离婚了，投入了之前全部的家产。也就是从这套房子开始，吴畏的人生进入了拐点，之后所有的不幸都接踵而至。这套房子搭进了吴畏前半生所有的努力和幸福，却在短短的一年多后，灰飞烟灭。这大概就是老天给吴畏虚荣心的教训吧。

在命运面前，吴畏感到了自己的弱小和无力，也看到了欲望背后隐藏的深井，他真的怕了。

吴畏到附近几个房产中介把现在住的房子挂牌出售，完全没有收入的他只能用这个方法维持全家人的生活和自己的医疗费用。他看不到未来生活的希望，唯一能做的，就是用尽眼下的办法。

仅此而已。

为了家人，生活再难，也要坚持走下去啊。

整整花了两个月的时间，吴畏才把在近郊的房子完全安置好，没有花多少钱，只是费了一番功夫。并且，吴畏在附近的学校给毛毛插了一个名额，让毛毛顺利地转了学。以前非名校不可的吴畏，当他确定这个近郊的小学愿意让毛毛插班时，高兴得感激涕零。

人啊，有时候活得真是像个笑话。

另外，吴畏决定要开始自学中医了，此时他已没任何依靠。这是他自救的唯一出路，因为他的身体出现了很多并发症，心脏问题尤其明显，常常胸闷痛和呼吸不畅。

沈鸿表面上看起来和正常人一样，但是吴畏知道，那都是她故意做出来的样子，她在内心里，一刻都没有停止过忍受煎熬——她每晚必须吃安眠药才能入睡，抗抑郁的药完全不能停。

老沈的痴呆症已经严重到不知道自己有没有吃过饭，有没有洗过澡了。每天他都呆坐在电视机前，直愣愣地看着电视，并且由于不知道冷暖，常常感冒。

家里三个大人都有非常严重的病，只有一个弱小的毛毛还算健康。吴畏必须让自己好起来，否则他不在了，剩下两个大人也会很快不在，毛毛就成孤儿了。

"你是你最好的医生，你一定可以把自己治好。"这是老钱在世的时候，跟他说过最多的话。没想到现在成了遗训。

老钱去世的那天早上，交给吴畏的那张给老沈治病的药方，吴畏一直把它压在书桌的玻璃板下面。这是老钱的遗物，也是吴畏心里的灯。

他发誓，他一定要好好学习，一定要学成，不枉老钱对他的厚望。

第四十四章

又到了临近春节的日子，金南没有下雪，反而一直在下雨，寒冷而潮湿。即使待在房间里，整个人也必须缩成一团，心冷得发疼，呼吸都是白色的。

吴畏家的阿姨因为要回老家，怕春运买不到火车票早早地就走了。

吴畏在家里，焦头烂额。

毛毛发烧四天了。

这段日子以来，吴畏一直在废寝忘食地学习中医，除了一周三次去透析，他所有的时间都在家里看书、学习。可是，中医基础类的书籍真的太枯燥太乏味了，不是看不进去，就是看不懂。吴畏好多次都想放弃了，可是看到老钱的字条，想想自己的现状，又不得不拿起书。他一直想在书里找一个神方，可以拿来就用的，可以直接治疗尿毒症、抑郁症、老年痴呆症。可是，这些病居然在中医书里都没有。中医书里只有气血津液，只有痰湿瘀血，只有脏腑盛衰，哪有什么这病那病啊。即使感冒，中医里也分好多种证型，光是咳嗽的辨证，就已经把吴畏整晕了。

到现在为止，吴畏都没有完整地读完任何一本基础书。他好急啊，他觉得他没时间那么详细地学习基础了，他想直接学治病。

他在网上看到好多人都不学基础，直接背《伤寒论》的经文条目，就能治病。于是他也学人家，背书，背方剂，想着对上症，就能治病了。结果呢，效果时好时坏，感觉完全不受自己控制。比如吴畏也确实用经方治好过老沈的腰痛和毛毛的感冒，而且真的是一剂知二剂已。但是没效的时候更多。就像上次，老沈明明咳嗽得不能睡觉，吴畏用了专门治疗"咳喘不得卧"的小青龙汤，结果老沈病情不但没减轻，反而更重了。

这次也是。毛毛一直发烧，症状很符合桂枝汤证，也就是出汗后，身热不解。《伤寒论》原文为："太阳中风，阳浮而阴弱，阳浮者，热自发；阴弱者，汗自出。啬啬恶寒，淅淅恶风，翕翕发热，鼻鸣干呕者，桂枝汤主之。"对照之下，毛毛有一半儿的症状能对上，可是用了就是没效果。那到底该不该用啊，用得对不对啊，吴畏完全没了方向。

没办法，吴畏又根据毛毛咽痛、咳嗽、发烧的症状，改用了《温病条辨》中的银翘散，可还是不对，烧一点儿没退。吴畏心里真的很抓狂，他不知道错在哪里，也不知道怎么做才能正确辨证。

吴畏真的很头疼。

从小学习，都是老师教的。老师让把书翻到哪一页就翻到哪一页，老师说题目拿到手该怎么解答就怎么解答，一步步都是定式，都是讲好的。看什么书，怎么做笔记，老师都有交代，都有范本，只要照着做就好了，老师可从来没教过如何自学。所以现在的学生大部分都只会读死书，死读书，很少有人会自主读书，更别说完全自学一门新课了。

老钱要是还活着该多好啊，至少可以问问他是怎么自学的，跟着他学就没错了。可是现在，什么都得自己来，没人指导，没有正确答案，遇到问题就抓瞎，连个商量的人都没有。这种学习真的是太难了，好想放弃啊。

毛毛烧了四天，吴畏换了四种药，最后沈鸿沉不住气了，执意要带毛毛去医院。吴畏知道，去医院无非就是挂水，抗生素寒凉，而且是直接输入到血管中。如果真的是热证也就罢了，但万一是寒证引起的，那就是雪上加霜，可能还会引起肺炎也说不定。吴畏不让去医院，当晚他守着毛毛，不停地抓耳挠腮，最后也没什么太好的思路，只好用了三包小柴胡颗粒。第二天凌晨的时候，烧居然慢慢地退了。

这次发烧给吴畏的打击很大。想靠背经文治病，这条路显然不靠谱。捷径不通，让吴畏很沮丧。而更沮丧的是，如果重新开始基础学习，按照现在的进度，他什么时候才能治好自己的病，治好沈鸿的病啊。

不过好在老沈的病倒是控制住了，用的是老钱最后给吴畏的药方。吴畏记得老钱最后交代的是，用来泡脚。在出租房里安定下来之后，吴畏就按方子给老沈配了药，后来自己看《方剂学》的时候才发现，这个方子是用柴胡疏肝散加减而成的。说真的，泡脚之前吴畏没有抱太大的希望，就是想试试看。但老沈泡了以后，吴畏感觉老沈确实好多了，没那么心烦了，失眠也大有改善。而且出人意料的是，老沈的眼神开始慢慢地活泛起来，不像刚搬来的那会儿，眼神要么淡漠，要么直勾勾地放空。

老沈的好转，虽然不是质的变化，但起码病情控制住了，所以吴畏就隔一段时间给老沈用三到四个疗程，效果一直不错。然而吴畏知道，如果老钱在，这时候一定会根据老沈新的情况进行换药。可是吴畏不会换，他还不会辨证，因此老沈的治疗就此僵住，停滞不前。对于老年痴呆症，老钱的方子都如此有效，那沈鸿的抑郁症如果在老钱手上，也一定会有很大改善。可是现在老钱不在了，吴畏到底该怎么办，该找谁帮忙啊？

这时候，吴畏突然想到了一个人。

年后，刚过了元宵节，吴畏就不停地催促阿姨赶紧回来上班，因为他要带着沈鸿去趟老钱的老家，他想到的那个人，就是老钱村上的冷大夫。好在老钱说得仔细，他的老家在安徽的农村，镇子叫什么，怎么走，都跟吴畏聊过。吴畏依着这模糊的印象，终于带着沈鸿找到了老钱的老家钱多村。这个钱多村，都是姓钱的人家。按老钱的说法，这里应该是很热闹的。可是吴畏和沈鸿到了这里后，发现年后的村子就像是个无人村，只零星地住着几个老人和孩子，还有狗。

好不容易才打听到老钱的弟弟家。推开门，院子不大，收拾得还挺干净，像电视里的农村一样，院子里挂着几排玉米，地上有几只母鸡走来走去。在院子的一角，搭着一个简易的厨房，里面有个大土灶，还有一口大铁锅，一些木柴零星地散落在角落里。里屋的门开着，望进去黑洞洞的。吴畏和沈鸿怯怯地站在院子里，有点儿紧张。吴畏镇定了一下，伸着脖子朝着里屋大声喊了一句："请问，有没有人在啊？"

过了一会儿，里面慢腾腾地走出来个老头儿，微驼着背，奇怪地看着这城里来的两个人。吴畏刚想介绍一下自己，老头儿突然指着沈鸿发了话："我认识你。"

老钱的弟弟认出了沈鸿，去年在老钱的葬礼上，他见过沈鸿。当时，除了自家的孩子外，唯有沈鸿穿着孝服，在人群中分外扎眼。当时老钱的弟弟就很奇怪，怎么从来没见过这个孩子，后来有亲戚悄悄地告诉他，就是这个人叫老钱去帮忙接孩子，老钱才出车祸的。当时老钱的弟弟也很生气，故意没搭理她，但是沈鸿的样子，老钱弟弟记住了，挺文弱、挺秀气的一个姑娘。

不过沈鸿并不记得老钱的弟弟。她当时眼睛里没有任何人，只有镜框里的老钱。所以老钱弟弟说认识她，沈鸿吓了一跳。她本来就很抗拒这里，要不是吴畏好说歹说地拉着她，她到现在都无法面对老钱的事情，更别说到老钱的老家。但是吴畏跟她说，他要找冷医生治她的病，因为他迟早有一天会离开的，到时候她的身体也不好，那爸爸和毛毛怎么办呢？这两个人，是沈鸿的软肋，沈鸿没办法拒绝，只好答应。一路上，沈鸿都心事重重的，精神紧张，刚进村子的时候，头都不敢抬，任由吴畏拉着往前走。她本想着，还好没人认识自己，没人知道她和老钱的渊源，不太会注意她。哪承想，刚进老钱弟弟家，就被认出来了。沈鸿紧张得背脊发凉，死死地咬着嘴唇，用力地拉着吴畏的衣服，不敢松开一下。

吴畏看到沈鸿惶恐的样子，当然很理解，顺势往前站了站，挡在了沈鸿的面前。吴畏看着老钱的弟弟，不敢追问这个老头儿是怎么认识沈鸿的，只想赶紧岔开话题，于是他一边放下手中的礼物，一边急切而诚恳地说："大叔，我们屋里谈行吗？"

吴畏找了个小椅子放在院子里，让沈鸿坐下，用劲儿地捏了捏她的手，用眼神告诉她别怕。然后吴畏走到里间，在一个能看得到沈鸿的角落里坐下，低声地，把事情的来龙去脉大概地跟老人说了一下。老钱的弟弟这才知道了事情的原委，也觉得这事儿算是天意，怪不得外面坐着的这个可怜女孩儿。毕竟，她现在已经是重病患者了，活得很痛苦，不容易。

吴畏说，他这次来，主要是带沈鸿来看病的，希望能找到冷医生，给沈鸿看看。

没想到老钱的弟弟摇了摇头说："冷医生不在了。"

"啊？"吴畏一声惊呼，"冷医生也死了？"

老钱的弟弟说，那倒没有，是出门打工了。

原来，最近几年没有行医资格证，即使是在乡村，也不许行医。本来就是赤脚医生的老冷，就没办法再依靠这看病的手艺吃饭了。小诊所被县里的相关部门查过好多次，罚了很多钱。冷医生本想去考个行医资格证，可拿到材料才发现，考中医执照里面有一半多的西医内容。冷医生完全没有学过西医，看了一些西医书，发现根本不可能自学，所以连考都没考就放弃了。心灰意冷的冷医生在村子里没有活下去的技能，只能种地。可是他天生就是个手无缚鸡之力的书生，干不了农活，没多久就累病了。当时村子里有很多人都在广东那一带打工，说是收入不错。冷医生动了心，前年就带着老婆去了广东，只有过年才会回来。吴畏他们如果元宵节前来，就能碰到他了。可惜年后村里所有的人都出去打工了，冷医生和老婆也才刚走。

吴畏听了老钱弟弟的话，悔得直拍自己的大腿，早知道这样，说什么都得早点儿来了。不过，老钱的弟弟很热情，他说他可以去冷医生家问问，冷医生到底在哪里打工，你们可以去广东找他。

吴畏听了直点头，无论如何要找到冷医生。这是他最后的希望了。

老钱的弟弟帮吴畏要到了冷医生的电话。

接通后，吴畏竟然激动得有点儿语无伦次。如果说老钱算是吴畏的中医师父，冷医生是老钱的中医师父，那冷医生就是吴畏的师爷了，辈分很高啊。吴畏大概讲了一下他和老钱的关系，以及沈鸿的情况。他希望冷医生同意他们来找他，想想办法治疗沈鸿。

冷医生犹豫了一下，同意了，说："你们来吧。我在深圳。"

第四十五章

　　吴畏和沈鸿到达深圳之前，对冷医生有很多设想，比如很辛苦地在做外卖小哥，或者是个快递小哥，比较好的情况，也许和老婆开了个小店，做点儿小生意。

　　总之，吴畏和沈鸿万万没有想到，冷医生在深圳过得要比他们俩好多了。

　　冷医生是深圳一家很大的养生馆的高级养生主管。站在这家豪华的养生馆门外，吴畏和沈鸿倒有点儿不知所措了，他们没想到冷医生现在是这样的排场。门口的迎宾小姐把他们俩带到了楼上主管办公室，冷医生坐在里面，正在和一个客人说话。看到他们来了，冷医生淡淡地笑笑，示意他们稍等。

　　吴畏和沈鸿毕恭毕敬地站在一旁，看着冷医生。讲真话，他没有半点儿农村人的气质，反而温文尔雅，说话低沉有力，略带一点儿安徽口音；穿着一身中式的宽衣大袍，估计是养生馆的指定工作服；理着简单的短发，皮肤白皙，眉眼温和。虽然冷医生身材并不高大，甚至有些文弱，但是他整个人散发的气场却很强大，让人一靠近他就觉得安心。

他的背后，挂着好几面红色的锦旗，上面印着烫金的字，"妙手回春""医者仁心""诚信服务，以人为本""职业崇高，治病救人"。看到这些，吴畏放心多了，看来虽然不能正大光明地执医看病，冷医生还是隐藏在养生馆里，做着医生的事情。估计他在养生馆的掩护下，治好过不少病人，所以才会收到这样的锦旗。吴畏大概听到冷医生在跟那个客人说，他的主要问题是痰湿，所以可以根据这种体质进行有目的的调养，可以选择拔罐、艾灸，也可以选择喝一些汤药。说着，冷医生就给客人列了一张养生计划表，客人根据自己的时间又做了一些细微的调整，然后就满意地离开了。

等客人走了，冷医生站起来抱歉地笑笑，说久等了，然后招呼吴畏二人坐下。

冷医生问："你们需要我做些什么？"

等吴畏把沈鸿的症状详细地跟冷医生说了后，冷医生对沈鸿做了面诊。冷医生皱着眉，对吴畏说："我不知道发生了什么事情导致她发病，但是我想一定很严重，所以病人心理负担才会如此之大。你说你学过一些中医，那我相信你也摸过她的脉。她的脉跳得又弦又快，可见肝气郁结的程度。她的主要问题不是生理上的，是心理上的。她身体里有团火，这个火因肝郁而成，但现在却在心里灼烧。她虽然外表淡漠、疏远，但是内心煎熬剧烈，思虑不宁，心烦不堪，难以解脱。"

停了一下，冷医生接着说："用药虽可缓解，但是心病还需心来医啊。"

吴畏急切而充满希望地问:"那您的意思是,中医可以治抑郁症了?"冷医生又皱了皱眉,说:"你一个学过中医的人,怎么会问出这种话?"

吴畏被说愣了。

冷医生说:"中医药不治病,调理的是人体的脏腑功能,治的是人。所以中医是辨证论治,不听西医的病名。这个道理学过中医的人都应该懂,否则中医白学了。老钱既然教过你一些中医医理,他也一定告诉过你这个道理。中医不治任何病,但同时中医也能治任何病。只要有症状,中医就有办法和思路。但最后这个病能不能好,一小半在医药,一大半在人本身。生理机能、心情意志、生活习惯,这些都决定着病情走向和恢复程度。像你爱人这种情况,我用药也只能是帮她疏肝解郁,安神定志,想要彻底恢复,必须靠她自己的情绪调节,解开心结才行。"

一番话,说得吴畏和沈鸿都无言以对。

行吧,就算不能百分之百用药治好,也总比没有用药强。吴畏只能请求地说:"那麻烦冷医生您给开个药方吧。"冷医生说:"我现在是养生调理师,没有开药的资格。我只能推荐你一个方药,你自己参考使用。"这话说得滴水不漏,估计是被相关部门查怕了,生怕被揪住把柄,再惹麻烦。

说完,冷医生就在纸上写了一个疏肝理气、清心凉血的方子,递给了吴畏,然后说:"中医诊病是需要复诊换方的。她这个病,现在用这个方子合适,以后情况改善了,用此方就不合适了。但是你们离深圳这么远,也不可能每次都过来复诊。所以我建议你继续认真学习中医，之后的治疗靠你来完成。你刚才说你爱人的病因你而起，那你就自己把这个功课做完吧。"

吴畏和沈鸿走后，冷医生并没有再多想这件事。平时朋友介绍来看病的人很多，基本都是医院解决不了的疑难杂症，所以冷医生见怪不怪。

晚上 7 点，冷医生下班，没想到刚出门，就看到了等在外面的吴畏和沈鸿。他们，居然没有走。

冷医生很意外，问："你们还有什么事儿吗？"

吴畏笑笑，恳求似的说："冷医生，我们想请您吃个饭。"

冷医生本想回绝，但是一想到他们从中午到现在，等了这么久，又有点儿于心不忍。吴畏看到冷医生犹豫的表情，近似讨好地说："冷医生，拜托您了，一起吃个饭吧，我还有很多事情想跟您请教，麻烦您了。"

如果是平时，冷医生肯定就谢绝了，但是今天的这两个人，让冷医生无法拒绝。毕竟是老钱的关系，老钱已故，对他的朋友好些，也算是告慰故友在天之灵了。

饭桌上，吴畏非常真诚地向冷医生提出，想拜冷医生为师。

冷医生问："为什么？"

吴畏说，因为中医太难了，没个师父带领，学得太慢，太没有思路。可是他没有时间耗下去了，他必须尽快学会。他要治很多人，他自己、沈鸿、岳父，还有总是生病的女儿。而且，吴畏不好意思地说，他已经很久没有收入了，他看冷医生靠这门手艺生活得这么好，他也想赶紧学会中医，去挣钱。吴畏说得非常坦诚，他没有隐瞒自己对健康的渴求和对挣钱的渴望。这些已经不算是欲望了，而是一个人最起码的生存愿望。冷医生收他为徒，大概是吴畏能想到的最快达成愿望的捷径。这样，不管是中医的学习还是身体的治疗，都有了新的希望。

吴畏说得很直接，冷医生回绝得也很直接。这一次，冷医生没有不忍，也没有犹豫。

不行。

吴畏虽然有些心理准备，但听到这两个字的时候还是掩饰不住失望："为什么啊？"

冷医生毫不留情地回答他："因为你功利心太强。"

吴畏觉得委屈："我只是想治好家人的病，我只是想赶紧工作挣钱养活家庭，这是人的基本生存需求吧，是最朴素的想法吧，称得上功利吗？"

冷医生淡淡地回答："这个，就是功利。你现在的眼中只有病和钱，这不是功利又是什么？"

吴畏辩解道："我现在被这两件事死死困住，不能正常生活，我想解决掉它们，难道有错吗？如果说是功利，那我也没有办法啊。"

冷医生看吴畏很激动，就没有立刻接话，他也不生气，给吴畏的杯子里斟了一些茶，然后自己倒了一点儿酒，一饮而尽，说道："这就是你学不好中医的症结所在。中医之所以被称为传统文化，是因为它和文化、哲学息息相通。中医治病，是把一个人当成一个整体，医生不是紧盯着病症细节看，而是远远地观测。就好像水墨画，近看一个点，粗糙不堪，什么细节都没有，但是走远了，就看出意境，看出神韵了，这就是中国文化的共同点——意。中医里的意包含的内容很多，不但要看出病的意，中医治病也要有自己的意。一个普通的感冒，在不同中医眼里就有很多不同的解答。有的人看到了病邪，有的人看到了病气，有的人看到了病人，这些都是不同中医的意产生的念。最好的中医一定是看到了病人，而不是病。所以一心想学会治病办法的人，眼里只有病本身，那肯定学不好中医。只看重术而忘了道，即使再努力，水平也不过尔尔。就像学国画的人，如果只一味地强调色彩搭配，那不但画不好画，还破坏了意。小吴，等你什么时候能跳脱出病情本身，眼睛里没有病，只有人的时候，你才能真正体会到中医的意，感悟到中医的力量，届时你自有方向。你的尿毒症是怎么引起的，你自己心里很清楚，那些都是你之前的恶性积累，这是你该受的惩罚，该承担的后果。你抱怨、怀恨、急于摆脱，都只会增加恶的报复。你打击得越猛烈，它的反击也越强烈，越是对抗，后果越严重。你想赶走它最好的办法就是先和生病的人，也就是和你自己和解，把之前所有引发疾病的恶源全部消除掉，你再想着如何治病。否则，我这次治好了你，以后你还会再病。"

这些话，有些吴畏听懂了，有些则是懵懂。不过有一点冷医生没有说错，他确实太浮躁，也很功利。他就是想赶紧找到治疗家人疾病的办法，急于脱身困境。至于中医本身，他并没有想过真的去深究，真的去领悟。在目前，学习中医更像是手段，是救命稻草，而非真正的追求。冷医生当然看出了吴畏的想法，所以才如此决绝。

冷医生说："小伙子，如果老钱给了你那么多中医基础的书，那他对你的期望就绝不是给你治好病这么简单了。他一定认为你可以通过学习中医做更多的事情。老钱不在了，可是他的心意我能体会，我也希望你能体会，不要辜负老钱的遗愿。"

虽然没有收徒，冷医生还是根据自身的经验，给吴畏确认了最佳学习路径：学中医，一定要从基础知识学起。他就是因为看了秦伯未先生写的《中医入门》，才真的入了门。他相信，基础知识是自学唯一的路，否则即使背会了《伤寒论》所有的条文，也很难灵活应用。那么多自学的人学不到中医的精髓，就是因为没有中医基础理论，连气血津液、阴阳虚实都不能说清楚的人，又何谈中医辨证。

那晚，冷医生跟吴畏和沈鸿聊到了很晚。

"没有无缘无故的重病，你若不改变心性，以后必定复发。你只有在自学中医的时候不断地磨炼心性，体会自然之道，才能彻底痊愈。"这是冷医生分手前给吴畏最后的忠告。然后冷医生就走了，不过冷医生还给吴畏留了一句话，他说："等你学完基础知识后告诉我，我送你一本书。"

第四十六章

冷医生的话像是一双手撕破了很多吴畏之前对中医的看法，也撕开了一道口，让吴畏重新看清了自己。从深圳返回金南后，吴畏感觉自己不一样了。再次躺在病床上透析的时候，他变得很平静。以前那些幽怨、愤怒、沮丧的情绪，竟然慢慢地都消失了。他耳边一直有个声音："你应该感谢你的身体，至少，它还没有更糟糕。"把对身体的怨气变为感激，愿意全盘接受这样的自己，那四个小时的透析也就不那么难熬了，看着自己的血液在眼前流淌，就好像看着生命从死向生，还有希望。

虽然心情变得不一样了，但不能改变的是中医基础知识仍旧那么枯燥。而且由于身体的原因，吴畏的记忆力很差，常常前一天看过的东西，第二天就忘了，很多内容需要反复看，学习进展缓慢。虽然冷医生说不要太心急，不要急功近利，可是这样低效的学习也不是办法啊。吴畏一筹莫展。

沈鸿也替他忧心，很怕他不能坚持。冷医生的话沈鸿全听进去了，她知道如果想学好，吴畏必须靠自己，于是说："要不这样吧，我给你一个建议，你在微博上更新自己的学习笔记怎么样？每天写一篇，把你当天所学的中医知识要点记下来，加上自己的理解，然后分享给大家。"

吴畏笑了，说："谁看啊？现在有那么多关于中医养生的文章，我都懒得看了，谁又会来看我写的基础知识。"

沈鸿一歪头，笑笑说："对啊，就是因为大家都在写养生，没有人写基础知识，所以你的文章才珍贵而有价值。中医的内容那么多，怎么可能被人写尽写全。你完全可以从自己的角度出发，写跟别人不一样的内容。这是个信息爆炸的时代，但也是信息最错乱无章的时代，大家都是浅阅读，真正能获取到的实用知识并不多。你可以用文章引导大家深阅读，让大家从你的文章中获得知识型干货，你的文章就一定有阅读量，一定有受众群。再说了，对你自己也是一个促进。如果你想把知识点写清楚，就必须把这些书本上的知识点先化为自己的东西，然后才可能用自己的语言表达出来。整个过程，其实是你吸收消化的过程，这才是最有价值的。至于有没有人喜欢，有没有人阅读，那就交给老天吧，那不是你需要操心的事情。"

吴畏很心动。每天翻开手机，是有很多中医文章，但很少有成系列的，而且多为养生小窍门和一些常见病治疗方法，比如感冒咳嗽啥的。猛地一看，好像很实用，但看多了自己会乱。有的说生命在于运动，有的说生命在于静止；有的说一天要喝八杯水，有的说不渴就不要喝。到底谁说的对呢，无从分辨。这些都是没有中医基础知识导致的，否则，很容易就能辨清真伪对错了。

沈鸿的话好像给吴畏打开了一扇天窗，让他一下子看到了不一样的光芒。沈鸿说得对，如果想把这些知识真的变成自己的，就得用转述的方式。自己学习的效果和讲给别人听的效果，是完全不一样的。有时候之所以记不住，是因为那些东西都没有化为自己的，一旦变成了自己的血与肉，又怎么会忘记呢？

从那天起，吴畏就开始日日更新他的微博。从五官、五脏、六腑这些最基本的概念说起，然后讲到阴阳五行和气血津液。吴畏一边写，一边查找资料，还配上了一些插图，尽量使知识准确，但又通俗易懂。

写了一阵子，效果还挺好的，尽管阅读量不太高，但是有不少朋友在下面留言，说：不要停，喜欢看。

沈鸿一直都没有上班，寸步不离地和吴畏在一起。从深圳回来，不但吴畏改变了很多，沈鸿也发现了自己的变化。她不再那么焦虑和自责了，心情也平静了很多。沈鸿明白，她若想病好，就得从调整自己的心性开始。

这段日子以来是他们婚后最幸福的时光，虽然家境一落千丈，三个大人都重病缠身，但是他们却可以整天在一起，相守相伴。之前，因为吴畏的自私和老钱的死，而造成的夫妻之间的嫌隙，慢慢地被平淡温暖的生活填补起来。这种生活以前求都求不来，现在突然拥有了，她还有什么资格再让自己沉沦在过去的痛苦中，走不出来呢？

而且，她也看到了吴畏的所有努力。吴畏在读书写作的时候，沈鸿也常常拿着一本书，静静地坐在吴畏身边，看一会儿书，再看一会儿吴畏。吴畏是不比年轻时那么阳光帅气了，但是大病之后，却多了沉稳和内敛。尤其是他专注的样子，沈鸿忍不住地喜欢。有时候，看到吴畏因为写不下去而愁眉苦脸时，沈鸿就觉得很好笑，觉得他像个孩子，因为完不成作业着急得抓耳挠腮。每当这个时候，沈鸿总是会轻轻地把吴畏的头搂在怀里，然后像抚慰小朋友一样开导他："所有的事情都是开头难，你都三十好几的人了，从头开始学一门学科当然不容易。不要太着急，给自己的脑袋一点儿时间，让它慢慢地进入状态。谁让你之前把人家搁置了那么久呢，你的脑袋已经忘记自己是干吗的了。你只有不停地唤醒它，帮它找到自己的位置，它才能开始正常工作啊。所以，你一定不能气馁，要加油坚持下去。"沈鸿说这些话的时候，吴畏就不说话，搂着沈鸿的腰，很配合地做个痴呆宝宝，享受着沈鸿对他纵容的爱。

这些日子，吴畏发现沈鸿的笑容多了，他逐渐感觉到冰山开始融化。靠在吴畏身上的沈鸿的身体，也不再像以前那么僵硬和冰冷了，软软的，散发着迷人的热气。

和沈鸿朝夕相处的这段日子，对于吴畏来说也是崭新的。他深刻地体会到了之前沈鸿的不易。一个女人不但要忙自己的工作，还要照顾老人和孩子。这些事情，可比喝酒应付客户要难得多。沈鸿割腕自杀的那几天，也就是几天而已，他又要回家照顾老沈和毛毛，又要到医院看护沈鸿，他真的忙疯了。可是有多少女人的中年，她们的日常就是这样的啊！

所以，只有身在其中，才能体会这种辛苦。吴畏在想，女人的韧性真的太强了，如果他和沈鸿互换角色，那得肾衰的人，肯定还是他。琐碎繁杂的家务事，老老小小的生活起居，这些和工作相比，辛劳的程度丝毫不差啊。可是这些，吴畏之前从来都是不知道的，现在知道了，只是代价太大。

他和沈鸿的爱，也因为这些，变得深刻而日久弥坚。他终于明白，真正的爱是理解与体谅，而不是好看的衣服和名牌包包。现在的他们，没有钱，没有健康的身体，却好像对生活有了更甜美的体验。曾经的那些灾难，现在看来，或许才是生活真正的礼物吧。

第四十七章

　　吴畏边学习边写作的方式很好，对于理解和加深对基础知识的应用很有帮助。在这期间，吴畏进步很快。这时候他再看《伤寒论》，再看《圆运动的古中医学》，感觉已经完全不一样了，他开始慢慢地从心里喜欢上了中医学。他常常感叹中医将人与自然结合得太好了，天地与人体都是对应的，宇宙的阴阳五行在人体都有体现，最好的养生之道就是顺应自然。所以《黄帝内经》在开篇就讲道："上古之人，其知道者，法于阴阳，和于术数，食饮有节，起居有常，不妄作劳，故能形与神俱，而尽终其天年，度百岁乃去。"吴畏之前就是因为起居无常，太妄劳作，而导致生病的。

　　只是现在知道，真的太晚了。如果所有人都能早点儿知道这些，该少生多少病啊。

　　中医，就是知道的人太少了。这个想法，在吴畏见到一个女人后，更加确定。

　　这个女人，就是夏总。离职后，吴畏和之前的同事已经很少联系了，但是吴畏在朋友圈发过自己的微博文章，很多前同事都加了关注，夏总也不例外。大家都对这个久病成医的人感到很好奇。

那天，吴畏突然接到夏总的一条微信。夏总在微信里说："吴大师，帮我看个病呗。"

吴畏回信："看病不会，只能做点儿中医方面的咨询。"

夏总很干脆："发个定位来。"

看到夏总的时候，吴畏觉得恍若隔世，倒不是夏总有什么变化，而是离职后的这些日子，吴畏沉浸在自己的世界里，几乎都和以往的生活隔绝了。再见故人，真是感慨万千啊。

夏总和吴畏寒暄了几句后，就直接切入了正题。

她说："我查出了宫颈癌前病变，医生建议我把子宫拿掉，我想听听你的意见。"

"啊？"吴畏很惊讶，"有这么严重吗？"

夏总愁眉苦脸地说："很多指标都不是太好，就算我不把子宫全部拿掉，也要做宫颈切除手术，但是医生说，后期子宫癌变的概率也会很大，不如这次就一刀切掉拉倒。"

吴畏一听急了："子宫这么重要的器官，怎么能一刀切掉拉倒呢，又不是赘肉或者脂肪，那是有用的东西啊。"

夏总说："医生说了，生过孩子后，子宫对于女人来说就没什么用了，切了没关系，不影响生活。"

吴畏一边听一边摇头："瞎说，怎么会没用呢，身体里所有的装备都是有用的，都要和其他脏腑协同工作。子宫孕育孩子，只是功能之一啊！"他张开手，掰着手指头跟夏总认真地说："来，我跟你一个个地说说子宫的功能。第一，子宫是孕育胎儿的地方，这个大家都知道。第二，子宫可以来月经，通过经血排出体内的毒素和瘀血。第三，子宫可以给卵巢供血，子宫切除后，卵巢就很容易早衰。第四，子宫可以分泌很多有用的激素，防止其他疾病的发生。第五，它是盆腔支撑，它位于膀胱和直肠之间，是内脏、膀胱和直肠的支持物，可以维持盆腔内各脏器的正常位置。第六，它是性兴奋的组成，高潮时子宫肌肉会节律性收缩，增加性舒适度。"

他举着六根手指在夏总面前晃："子宫有这么多的用处，怎么能说没用呢？"

夏总手一摊无奈地说："我也不知道啊，医生真的就这么说的。唉，说真话，我对自己的身体是一点儿都不了解，我都不知道身体里具体都有啥，长在什么地方。就像你现在问我，子宫确切在哪儿，我都说不太清楚，更别说其他脏腑了。"

吴畏点点头，问："那你有什么症状吗？"

夏总想了想说："主要就是月经不调和阴道瘙痒，白带比较多。很多人都有接触性出血，但是我没有。"说到这里，她尴尬地笑了："很久没有性生活了，也不知道接触后会不会出血。唉，中老年妇女了，哪儿来的性生活。"

吴畏也笑了，说："您今年到底多大啊？"

夏总叹了口气说："周岁 46 了。"

吴畏很套路地说："哟，看着不像啊。这个年纪，确实快到了闭经的时候，但是即使闭经了，子宫也不能随便割。更年期一般是49 虚岁，在之前的两三年月经不调都很正常。"

夏总又问："那阴道湿痒呢？"

吴畏说："那就跟宫颈更没有关系了，只是你身体湿热下注而已，事实上你的宫颈问题，有可能也是湿热下注的结果。"

夏总皱皱眉头说："你说得这么简单，那为何我的癌症指标会高，有癌前病变的可能呢？"

吴畏说："身体的湿度热度发生变化，所谓的一些检查指标肯定会有相应的改变。你需要关注的是调整身体机能和除湿散热，让子宫的生理环境恢复正常。如果身体内环境正常了，症状自然会消失。至于指标，不用去管他啊。"

夏总听了没说话，但是表情凝重，显然她并不认同吴畏的话，是否生病不就看指标吗，否则还需要体检干吗？

吴畏看出了夏总的疑虑，说："这样吧，我推荐一个治疗湿热下注的方子给你，你先用着，看看症状是否会消失，如果没有，你再考虑手术的事情好吗？"

夏总拿着吴畏的方子，满怀心事地走了。

沈鸿站在门口目送夏总的背影，然后回过头来拍拍吴畏的肩膀说："她不会用你的方子的。"

吴畏问："你怎么知道？"

沈鸿笑了："女人的直觉。"

沈鸿说得没错，一周后夏总就把子宫割了。

夏总临手术前发了微信给吴畏："抱歉，我没有吃中药，我实在太怕得癌症了，我赌不起。"

吴畏看完短信，感到了心痛，不是为夏总，而是为现代人。

现代人，已经习惯了急功近利，遇到任何身体问题，都希望用最快的办法进行解决，以为这样就可以永无后患了，完全没有考虑过身体的承受能力和是否过度医疗。血压高了，就用降压药；肾坏了，就用仪器代替肾工作；胰腺不分泌胰岛素了，就直接注射胰岛素；甲状腺亢进了，就吃甲减的药；有肿瘤了，不管良恶，都一刀切……反正，只要身体有问题，不问前因后果，不管青红皂白，能用靶向药的就用靶向药，能动刀子的就绝不留情，强行让身体恢复"正常"，不管你是否能吃得消，不管你是否以后再犯，先把当下的病情"解决"了再说。

所以今天中医才会处在那么弱势的地位，因为见效慢啊——血压数值不能当即就降下来，肿瘤也不能在一夜之间就消失。现代人都太心急了，不能等，生怕万一等出个好歹来，谁负责？即使降压药有副作用，即使动了刀子后也可能会死，但是起码在治疗的那一刻，是立刻见效的，这太诱人了。中医的"用药帮助身体自愈"的理念，在现代社会是很难被接受的。追本溯源，还是人们对身体的了解太少，对中医常识知道得太少，所以才会那么容易生病，而生病后又过度医疗。

吴畏想到了过去的自己，也想到了老钱。多少人都在走他们曾经的路，只是又有几人，能有机遇想到用中医自救呢？

那天晚上，吴畏确定了一件事情，就是他的目标不再是治好自己和家人的病了，也不是学中医挣钱，而是科普中医。他要尽最大的努力，传播中医，让更多的人从认识自己的身体开始，学会用中医的办法保护自己和家人，真正拥有健康的生活。

中医是老祖宗给我们留下的宝藏，绝不能就这么断了。

吴畏决定开一个自己的微信公众号，写不一样的中医文章。一周后公众号过审了，公众号的名字叫作"五味子"。

五味子，既是一味中药，也暗含了吴畏的谐音。另外，《新修本草》中说："其果实五味，皮肉甘、酸，核中辛、苦，都有咸味，此则五味具也。"酸、甘、辛、苦、咸，这不就是人生吗？

尾声

两年后。清明节前。

一连几天，金南市都下着蒙蒙的细雨，到处都湿漉漉的，虽然已经是春天，还是感觉阴冷。"清明时节雨纷纷，路上行人欲断魂"，这一千多年前古人对这个节气的描述，放在当下依旧是准确的。不得不感叹，虽然这千年的时光对于人类来说历史久远，但是对于地球来说，不过是眨眼的工夫。连节气都来不及变化，就走到了今天。

那天早上起床，吴畏对沈鸿说："我带你去个地方。"

他带沈鸿来到了老钱的墓地。

沈鸿心情复杂，但是也理解吴畏的苦心。墓碑上，老钱一如既往笑眯眯地看着他们，没有半点儿的责怪。沈鸿想张嘴说点儿什么，但什么也说不出来，泪水早已不知不觉地涌了出来，淹没了她。

这时候，身边突然出现了一个人。

沈鸿扭头一看，一声尖叫，下意识地扑进了吴畏的怀里，惊恐万分。没错，这人就是老钱的女儿。

当然，这也是吴畏的安排。来之前，吴畏亲自去了老钱的家，时隔两年多，老钱的女儿心情也恢复了平静。她本人和老钱一样善良，丧父之痛过后，她也能认识到老钱的死不能全部归罪于这对无辜的小夫妻。加上后来她也听说了沈鸿的病情，以及自杀的事，这些多少也让老钱的女儿感到些许内疚。她并不是真的要沈鸿一命赔一命，那样，父亲在天之灵也不会原谅她。所以当吴畏来找她，请求她出面当场了结这段恩怨时，她同意了。她相信，这大概也是父亲的心愿吧。

　　看到老钱的女儿后，沈鸿崩溃了，放声大哭。多少委屈与愧疚，都在泪水中彻底释放了。沈鸿哭了多久吴畏不知道，但是他知道，当老钱的女儿抱住沈鸿的那一刻，沈鸿解脱了。

　　清明节后不久，吴畏终于收到了冷医生寄给他的书。这本书，就是当初冷医生答应吴畏，在他学完所有的中医基础知识之后，要送给他的。吴畏原以为是什么失传的中医秘籍，结果打开一看，是本普普通通的书——《赵绍琴验案精选》。

　　冷医生在书中附了一张纸条：赵绍琴先生生前是北中医的教授，肾病专家，治好的肾衰患者不计其数。这本书里有七个尿毒症的治愈案例，供你参考。另外，我一直有关注你的公众号，做得很好。我觉得现在是时候把这本书给你了。

　　吴畏拿着书，热泪盈眶。

　　推开窗，又是一年的春天，万物生发，绿意盎然。

　　身后传来老沈的声音："毛毛，你这孩子，天儿还凉呢，又脱衣服，你以为你现在身体好了，就不会感冒了？到时候发烧你爸又该给你喝苦药了。"

毛毛哼了一声，不服气地说："我都多久没请过病假了，老是全勤，一天休息都没有，我都觉得亏死了。外公，您去看电视行吗？别整天盯着我，上集电视剧演到哪儿了，那个代号青铜的间谍到底抓住没？"

"哎哟，你不说我都忘了，我赶紧去看看，这集确实到关键时刻了。"说完老沈转身就跑了。

吴畏深吸了一口气，闭上了眼睛，窗外飘来了一阵混杂着各家晚饭的菜香味儿。

生活的味道，原来就是这样的烟火气。

图书在版编目（CIP）数据

　　五味子 / 懒兔子著 . —北京：北京联合出版公司，
2020.7

　　ISBN 978-7-5596-4261-5

　　Ⅰ . ①五… Ⅱ . ①懒… Ⅲ . ①长篇小说－中国－当代
Ⅳ . ① I247.5

　　中国版本图书馆 CIP 数据核字（2020）第 081571 号

五味子

作　　者：懒兔子
出 品 人：赵红仕
责任编辑：徐　樟

北京联合出版公司出版
（北京市西城区德外大街 83 号楼 9 层　100088）
嘉业印刷（天津）有限公司印刷　新华书店经销
字数 210 千字　880 毫米 ×1230 毫米　1/32　印张 9.75
2020 年 7 月第 1 版　2020 年 7 月第 1 次印刷
ISBN 978-7-5596-4261-5
定价：49.80 元